Clube dos Injustiçados

André Amado

Clube dos Injustiçados

EDITORA RECORD
RIO DE JANEIRO • SÃO PAULO
2013

CIP-BRASIL. CATALOGAÇÃO NA PUBLICAÇÃO
SINDICATO NACIONAL DOS EDITORES DE LIVROS, RJ

Amado, André

A494c   O clube dos injustiçados / André Amado. – 1. ed. –
Rio de Janeiro: Record, 2013.

il.
ISBN 978-85-01-40301-8

1. Romance brasileiro. I. Título.

13-01577   CDD: 869.93
                              CDU: 821.134.3(81)-3

Copyright © by André Amado, 2013

Capa: Rachel Braga

Texto revisado segundo o novo Acordo Ortográfico da Língua Portuguesa.
Direitos exclusivos desta edição reservados pela
EDITORA RECORD LTDA.
Rua Argentina, 171 – 20921-380 – Rio de Janeiro, RJ – Tel.: 2585-2000

Impresso no Brasil

ISBN 978-85-01-40301-8

Seja um leitor preferencial Record.
Cadastre-se e receba informações sobre nossos
lançamentos e nossas promoções.

Atendimento e venda direta ao leitor:
mdireto@record.com.br ou (21) 2585-2002.

EDITORA AFILIADA

A Helena

Coisa esquisita

Amanhã espreguiçava-se lenta, sem pressa de acordar. O horizonte, banhado de amarelo, estendia-se limpo por léguas, a perder de vista. Fosse hora de batalha, os soldados decerto deporiam as armas, pelo menos por minutos, para orar reverentes perante o esplendor do céu que irradiava vida. Mas a história é escrita de paradoxos. Não brilhava o dia quando aviões e mais aviões bombardearam Pearl Harbour? Não sorria o sol quando Hiroshima serviu de berço macabro à era atômica? A manhã não se assanhava radiosa quando os aviões, um depois do outro, se estatelaram contra as torres gêmeas em Nova York?

Esse mesmo cenário de aurora e esplendor ocultava a figura do assassino, que, inerte, se encostava no muro da escola, na campana de seu alvo. Quem distraído passasse pensaria tratar-se de algo bem-encaixado na paisagem, uma pessoa no fim das aulas, à espera de um menino ou menina, cena mais comum, impossível. Tanto mais que nada de peculiar o distinguia. O corpo era esguio. Se alto, não dava para ver, porque apoiava a sola do sapato direito contra o muro, reduzindo a envergadura a dimensões médias. A cor do cabelo escondia-se sob um boné escuro sem publicidade. A pele parecia branca, mas, no Brasil, os matizes de branco são múltiplos. A camisa podia ser azul ou cinza claro, de manga comprida, dobrada sobre os punhos, solta sobre a calça jeans, nem nova nem *délavée*. O homem não usava tênis, mas sapatos pretos de sola de borracha, silenciosos ao andar, úteis em combate, ágeis em emergências.

Mais de perto, alguém poderia discernir algum traço mais expressivo naquela pessoa que tudo fazia para não chamar atenção. Talvez os olhos. Cravavam-se na porta da escola e mal piscavam, para não perder detalhe algum da movimentação buliçosa dos alunos. Estavam separados por um nariz largo, que se esticava sobre lábios finos, acima de um queixo quadrado, como quadrado seria todo o rosto, não fossem ossos arredondados nas sobrancelhas e acima das faces, o que um segundo exame, se alguém se interessasse em fazê-lo, revelaria tratar-se de inchaço crônico da pele, tantas vezes exposta a lutas, prática também responsável pelos calos que lhe enrijeciam as mãos.

A saída da escola começou no horário previsto. A solidão do assassino contrastava agora com a agitação da rua. Mães e crianças disputavam os espaços na calçada e competiam entre si na altura dos gritos. Como se levadas por alguma força mágica, caminhavam todas para os carros, estacionados em segundas e terceiras filas, o trânsito um caos. De vez em quando, um garoto, exultante por afastar-se da escola, desgarrava-se a toda, arremetia na direção do assassino, raspava-lhe as calças, mas não o distraía nem o abalava. As mãos enfiadas nos bolsos permaneciam escondidas, como se acariciassem uma arma.

Faca? Talvez. Em público, só amadores ou amantes desesperados recorriam a tiros, atraíam os olhares de todos e, em geral, feriam inocentes. Os desprezíveis terroristas é que são pagos por quantidade de vítimas, teria cuspido o assassino, estivesse incluído na conversa. Profissionais como ele trabalhavam com nome, rosto e currículo bem conhecidos, porque estudados em seus mínimos detalhes. Assim construíra sua reputação de perito em "liquidar os problemas dos outros", "despedir desafetos", "despachá-los", eufemismos deslavados para matar pessoas por encomenda, a preços que poucos podiam pagar, decerto os que mais deviam à sociedade.

O alvo de sua "encomenda" do momento por fim apareceu à porta da escola. Junto com as demais mães, ela tentava controlar a euforia de um menino que seguia em recreio. O assassino examinava sua futura vítima com paciente objetividade. Tudo dependia de cálculo, preparação e engenho. Um passo em falso, do tipo aposta na sorte ou convite a emoções, poderia resultar em tragédia, a "encomenda" não seria entregue, a polícia teria pistas claras do atentado baldado ou, pior, a caça ganharia tempo para voltar-se contra o caçador, e aí seria morte certa. Do caçador.

O assassino precisava de todos os sentidos em prontidão. Tinha de concentrar-se em concluir os encargos de maneira satisfatória, isto é, "despachar a encomenda" sem ser visto, sequer notado, antes, durante ou depois. A memória só lhe servia para recolher lições de erros ou quase erros cometidos em situações semelhantes. Jamais para rever rostos, menos ainda inquirir sobre as implicações morais de seu trabalho. No mundo em que nascera e fora criado, as regras tinham sido escritas por homens e, portanto, por homens poderiam ser reescritas. Esse negócio de inibição ética de parte da sociedade só funcionava para quem tirava proveito dessa tal de sociedade. Para o assassino e seus pares, sociedade era sinônimo de polícia e prisão. Logo, nada que merecesse respeito.

Assim escolado, ele não entendia por que aquele caso insistia em incomodá-lo. A imensa intimidade que desenvolvera com o ofício mais do que o convencera de que a iminência da morte não o afetava. Desafetos eram desafetos. Tivessem sido rotulados em camas, livros contábeis, becos escuros, corredores do poder ou em vários outros locais que importunavam o capricho de homens movidos a dinheiro, muito dinheiro, não era importante. Desafetos eram, logo...

Por isso, todos os encargos eram-lhe iguais, à exceção, é claro, da estimativa do montante a ser cobrado pelo serviço. A variação não acompanhava a complexidade do processo de preparação nem a delicada etapa de execução. Poucos estavam em condições de avaliar ou valorizar o engenho e a arte, exigidos para o pleno êxito de missões daquele tipo. A base de cálculo era mais objetiva. Na verdade, o assassino aprendera a apreciar a simplicidade do funcionamento das lojas de griffe, onde só é bom o que for caro. E, como ele se julgava bom, muito bom mesmo, seu preço haveria de ser alto, muito alto.

Gostava, também, de imaginar-se um médico. Quantas vezes no mês ele se vê naquela situação de revelar a seu paciente – uma criança ou um amigo de toda a vida – que padece de uma doença terminal? Já pensou se ele se deixasse levar pela emoção a cada conversa desse tipo? Iria cedo parar no manicômio. Daí a aparente frieza do médico ao ter de anunciar:

—Você tem um câncer e poucos meses de sobrevida.

A diferença para ele, assassino, era que não precisava anunciar coisa alguma a quem quer que fosse, menos ainda oferecer meses de vida, às vezes meros segundos, antes de executar a sentença fatal.

Então por que, agora, aquela estranha sensação de mal-estar? Supersticioso como era, temeu tratar-se de um sinal de mau agouro. Estaria por chegar sua hora? Poucos assassinos morriam de velho. Que ele conhecesse, nenhum. Conclusão, a tensão cresceu, reflexo terrível, em geral suicida, pois seu corpo precisava estar relaxado, pronto para explodir em movimento de ataque, defesa ou fuga.

E, ainda assim, perguntava-se:

— Será que é porque ela é um mulherão?

Quase riu. Quantas vezes já havia despachado mulheres até mais jovens, ainda que com menos classe.

— Será que é porque é mãe?

Ora, toda mulher é, foi ou pode ser mãe. Se vamos excluir mulheres desse negócio, é melhor pedir falência porque tem muito mais encargos envolvendo mulheres, de todas as idades, aliás, do que homens.

Para ele, portanto, nunca foi grave, homem ou mulher tanto fazia. Grave mesmo – e aí sobrevinha seu limite, se ele ainda tivesse algum – seria causar dano a crianças. Meninos ou meninas, crianças como um todo estavam fora de cogitação, e ponto parágrafo!

Então por que o incômodo? Chega! Tirou o pé da parede e aprumou-se. Queria espanar aqueles pensamentos da cabeça, onde não havia lugar para emoções. A mulher e seu filho já se instalavam no carro, que tardaria, porém, a tourear os outros que, parados em flecha diagonal ou oblíqua, também tentavam manobrar em busca do sentido normal do trânsito.

O assassino recobrou o controle e dirigiu-se até a esquina. Sua moto aguardava-o ao abrigo de uma árvore. Não foi difícil seguir seu alvo. Era provável que ela se dirigisse à casa, para deixar o filho. Podia até parar em alguma loja pelo caminho, mas o destino final seria o escritório, disso ele estava quase seguro. A senhora não interrompeu sua trajetória, porém, nem demorou para depositar o filho em casa. Ato contínuo, voltou para o carro e partiu com determinação. Ela sabia com segurança aonde queria chegar. E o assassino agora também, confirmou logo em seguida. O endereço era de quem o havia contratado. Por isso, tanta coisa esquisita em toda aquela história.

Escritor. Sou?

Na estante de livros, não encontrei o que procurava. Mas o que procurava? Algo que me distraísse e, ao mesmo tempo, me enriquecesse. Algum texto tão bem-escrito que todo o mais seria dispensável. Os cenários, o enredo, os personagens entrariam na categoria de coadjuvantes. García Márquez fazia isso como ninguém. Só que eu tinha lido a obra completa do bom Gabo.

Na verdade, não sabia se era mesmo atrás de um livro que eu estava. Já pensou abrir um buraco na minha biblioteca, organizada, com todo carinho, por ordem alfabética do autor, respeitando, ainda, o gênero das obras? Eu tinha o maior orgulho desse trabalho, porque só com meus livros e discos eu conseguia ser arrumado, o resto seguia uma tragédia. E, ali, agora, nas estantes, estavam dispostos meus queridos amigos da literatura luso-brasileira, literatura estrangeira, História do Brasil, História mundial, Filosofia e pensamento contemporâneo, policiais, espionagem – esses cobrindo grande parte da parede – e artes. Sou obrigado a confessar que da maioria dessas modalidades eu só tinha um livro, e olhe lá.

Hesitei muito em remexê-los, tanto mais porque, no fundo, um outro sentimento me invadia, e isso era o que me desanimava, acho. Qualquer que fosse o livro escolhido, eu teria de expor-me às histórias dos outros, animadas por encontros e desencontros que costumam transformar angústias e grilos em combustível obrigatório dos enredos, cujas soluções, se antecipáveis, haveriam de decepcionar-me e, se surpreendentes, frustrar-me, Por que não pensei nisso naquele conto que me deu um trabalhão escrever?

Como é fácil de imaginar, sou escritor. Ou melhor, escrevi e publiquei três livros para ter a autoridade de mercado de me apresentar como escritor. Mas escritor mesmo ainda não sou. Adoraria acreditar nessa lenga-lenga de que os melhores artistas só foram de fato reconhecidos depois de mortos. Prefiro a versão de Nelson Cavaquinho, ...*Sei que ninguém vai se lembrar/ Que eu fui embora.../ Se alguém quiser fazer por mim/ Que faça agora/ Me dê as flores em vida.../ Depois que eu me chamar saudade/ Não preciso de vaidade...*

Como gostaria de sentir-me um escritor de verdade. Meu primeiro livro, por exemplo, foi sensacional. Imaginei-o como um paredão de tênis. Jogava no papel os cheiros, os olhares, as ideias, as angústias, as emoções. A expectativa era fazer um destape geral e deixar tudo sair, à la vulcão. Quem sabe assim, no cara a cara com as curvas, os becos, as esquinas, os porões do que se passava lá dentro de mim, eu não terminasse mais sábio? O diabo é que literatura não é psicanálise, tanto mais porque o tal paredão devolve apenas o que recebe, sem alterar nem arredondar coisa alguma. Portanto, como material analítico, o que eu estava fazendo era improdutivo. E, como literatura, beirava o inqualificável. O texto corria morno, cheio de repetições, clichês, sem ritmo nem imaginação. Duvido que fosse provocar um ah sequer de prazer no leitor mais tolerante.

Abandonei, assim, a psicoliteratura e optei pelo romance mesmo, com a condição de assumir o papel de mero observador. Acho que a decisão foi acertada. Pelo menos, conseguia ler o que escrevia sem o impulso de varejar, de imediato, as páginas no lixo. E como escrevia! Encantava-me acompanhar a redução diária da tinta azul no tubinho interno de plástico da caneta bic novinha com que começara o livro. Era a prova tangível da minha evolução como escritor. Estava convencido de que meu caminho na direção da celebridade literária seria facilitado se eu desenhasse à mão – e não metralhasse com os dedos – minha obra sobre o papel. Ao mesmo tempo, para provar que não era avesso aos avanços tecnológicos, transcrevia, todas as noites, no computador, a produção do dia, momento de particular magia e iluminação, desde que fosse para editar o texto, jamais iniciá-lo.

Nem preciso confessar o número de vezes em que, mesmo depois de esvaziar duas ou três bics, pensei em desistir e aceitar a triste e singela realidade de que eu não seria capaz de escrever um livro. Pois bem, enganei-me, ou melhor, enganei a mim mesmo e concluí o diabo do livro. Não quero dizer que aterrissei no fim com toda a segurança do mundo. Ao contrário, tão pronto terminei, decidi levar o texto a viajar pelas mãos e vistas de amigos meus, amigos, diga-se de passagem, escolhidos a dedo, que soubessem temperar sinceridade com gentileza, profissionalismo com generosidade. Algumas críticas ditas construtivas poderiam até ser formuladas, contanto que viessem sempre muito bem-embrulhadas em mentirinhas de circunstância. Quem sabe se assim motivado não chegasse a escrever melhor?

Uma semana, dez dias, um mês depois, e palavra alguma de malhação ou entusiasmo. Estava mais do que claro que minhas prioridades não coincidiam com as de meu seleto primeiro clube de leitores. Por que parariam de trabalhar, comer, divertir-se, namorar ou dormir, para debruçar-se sobre meu livro, em busca de coisas inteligentes ou, pelo menos, interessantes a me dizer?

Nunca antes de dois meses chegariam as reações dos mais aplicados. Foi quando se evidenciaram os desafios à amizade, como se, no abraço e soluço fraternos, não pudesse sobrar espaço para reparos e, ofensa maior, ideias novas fantásticas. Afinal, como diria Drummond, *sejamos francos, abominamos a franqueza*. Experimente dizer a quem quer que seja, amigos inclusive:

— Você tá mais gordo, ou mais velho.

E às amigas:

— Tá acabadinha, hein?

As conversas passaram por duros testes. Mesmo quando meu dileto leitor se esmerava em habilidades – aliás, quanto mais hábil o amigo, mais chumbo grosso estava por vir –, doía na alma o retempero de algumas expressões, às vezes de parágrafos inteiros, quando não de toda uma passagem. Sobretudo se os reparos procedessem, isto é, se eu, depois de espernear e xingar, acabasse de acordo com eles.

Ao cabo de três/quatro conversas – as piores eram as unilaterais, protegidas pelo silêncio diabólico de cartas detalhadas, bem-escritas e, portanto, arrasadoras –, restava-me a alternativa, simples, de desconsiderar os comentários ou botar o rabo entre as pernas e, humilde, aceitar ter de reescrever o que sobrevivera da demolição dos castelinhos construídos no texto original. A primeira opção estava de início descartada. Que debutante no mundo das letras ousava refutar a opinião de terceiros? Logo, fiquei com a segunda e entreguei-me a retrabalhar o texto. Tive, pelo menos, a coragem de lançar uma boia à minha autoestima. Decidi não incorporar em bruto todas as sugestões. Tentaria filtrá-las por meu talento artístico.

— Afinal, sou ou não sou escritor?, cobrava-me, o nariz algo empinado.

Não deu muito certo. A segunda, a terceira, a sétima versões do mesmo original tiveram sorte semelhante à da primeira, Por que você não mexe aqui ou ali?, Por que não acrescenta isso ou retira aquilo? Se, por algum milagre, conseguisse concluir o livro, já cogitava propor uma relação de autores no frontispício da célebre obra, tamanha a lista de colaboradores. Por sorte, tive uma inspiração genial e resolvi esse problema, de forma até engenhosa. Prometi-me que, se chegasse ao final, manteria meu nome sozinho na capa e incluiria, lá nas últimas páginas, longa lista de agradecimentos a todos que me ajudaram. Esperava, assim, aplacar o ego de meus coautores e, de passagem, quem sabe impressionar os futuros leitores, pois quem muito consulta mais autorizado está.

Quanto à questão maior de minhas angústias – concluir o livro –, um dia pus um ponto final no manuscrito, na base do homem que é homem faz assim. Chega de reescrever. O ótimo é inimigo do bom, apelei para a sabedoria popular, e, à la macho, declarei:

— Finito!

Só que saltara uma etapa crucial de minha aventura literária, a publicação. Ninguém é escritor se não publica, é óbvio. Um artigo, uma crônica, até um conto poderiam sair em jornais, semanários ou revistas. Mas um romance carecia de editora. Ah, então, é simples, supus. Levantei onde pude o endereço das casas editoriais mais conhecidas e despachei cópias caprichadas do original, cada uma encadernada de maneira profissional e artística, com direito a espiral e tudo mais. Ainda não se tinha a prática de remeter o texto por computador. Era por correio mesmo.

Desnecessário dizer que teria de aguardar, de novo, outros dois meses em média para receber alguma reação. A primeira editora disse-me em poucas letras, gentis e secas:

— Sua obra, com aspectos positivos embora, não se ajusta ao nosso planejamento de publicações para o corrente ano, gratos pela remessa, tchau e bênção.

A segunda – e última a responder – limitou-se a devolver o manuscrito, sem palavra alguma de consolo. Abri o embrulho e folheei decepcionado o calhamaço rejeitado. Foi quando percebi algumas anotações, feitas a lápis à margem do texto, que exclamavam, Humor infantil!, *Non sequitur*!, Já disse isso antes!, e amenidades parecidas. Perguntava-me por que as exclamações ao final de cada açoitada. Será que alguém poderia tirar prazer em adicionar insulto à injúria?

Recuperei-me do impacto das reações das editoras graças à opinião de amigos – incluindo alguns que haviam esquartejado versões preliminares do livro – de que, na verdade, não me faltavam qualidades literárias para ser um escritor, mas sim alguém que me representasse, lutasse por mim, defendesse meus interesses. Soube, então, que essa pessoa seria um agente literário. Achei chiquíssimo. Já pensou eu soltar, assim de modo displicente, em conversas com interlocutores vários, algo do tipo:

— Meu agente literário disse que...

Não seria sensacional?

Por mãos de pessoas entendidas no assunto, fui apresentado a uma senhora reputadíssima no ramo. Mulher é mais incisiva, argumentavam. E também mais dedicada, arrematavam. Aceitei, sem discutir, feliz com a escolha de alguém com todas aquelas virtudes. Só que, incisiva e dedicada ou não, a tal senhora levaria de novo os mesmos dois meses para dizer-me algo sobre meu livro.

Já não estava conseguindo me conter no trabalho, e isso me preocupava. Não podia dar-me ao luxo de perder aquele emprego. Estava ali porque saíra de um outro lugar muito melhor, por conta do que dissera na hora errada. Submeteram um projeto de construção de um edifício, e eu, mais do que inocente, escrevi:

— O que quer que se construa no centro da cidade, sobretudo se for para abrigar escritórios, deverá contemplar área adequada de estacionamento, para não sobrecarregar a circulação das ruas de acesso.

Mudaram a mim de estacionamento. Tiraram-me do planejamento urbano e promoveram-me para o setor de multas.

— Mas isso é o que vocês chamam de promoção?, interpelei.

E responderam:

— Se você considerar que a opção seria botá-lo no olho da rua, essa foi uma baita promoção.

Entendi que, para enfrentar interesses de gente grande, só sendo grande também, o que estava longe de ser meu caso naquela época, e agora, então, nem mencionar. Portanto, não podia permitir-me destratar os outros só para desopilar minha sofreguidão de escritor não publicado.

Fácil de imaginar o alívio que senti quando, enfim, a tal agente literária deu o ar de sua graça. Foi por telefone. Conversa quebrada e sem a tão esperada empolgação:

— Li os originais de seu livro, começou.

Mas, em seguida, calou-se, para, em seu momento, prosseguir com algumas frases de circunstância e, de repente, brindar-me com um inesquecível:

— Gostei do livro e vou recomendá-lo a editores amigos meus.

Agradeci com elegância, como convinha afinal a uma conversa de negócios – cultura ou não cultura, de negócios falávamos –, devolvi com cuidado o telefone ao gancho e aí não aguentei mais, saí gritando como um descontrolado, Sou escritor!, Sou escritor!, Sou escritor!, até me dar conta de que estavam em reunião em pleno escritório, três ou quatro companheiros de trabalho, meu chefe inclusive, sentados à mesma mesa, todos agora de olhos e boca abertos.

Expliquei-lhes por alto o ocorrido, aceitei os cumprimentos e fingi voltar a atenção ao trabalho. Não sei se meu disfarce profissional colou nem estou seguro de ter me importado com isso. Por fim, teria um livro publicado, pessoas haveriam de ler-me, compartir comigo as fantasias, as viagens que imaginara ao infinito. Umas saltariam cedo do trem, outras perseverariam até a última palavra e aí diriam:

— Que belo livro!

— Que merda de livro!

— Vou dá-lo de presente a fulano.

— Não vou deixar ninguém ler essa porcaria etc. e tal.

Nada disso contaria. Àquela altura, já teriam lido o livro, o que me permitia viajar a bordo da possibilidade de, um dia, entrar na antessala de um dentista, no saguão de embarque de um aeroporto ou mesmo num desses aviões-baleia e perceber justo a meu lado uma pessoa com meu livro aberto, absorvida pelo relato, personagens, intrigas e contraintrigas, sorrindo às vezes, franzindo a testa outras, mas sem jamais desviar o olhar, hipnotizada pelas qualidades incontestes da obra. Seria consagrador!

Aconteceu, enfim, o dia do lançamento. Os convites foram enviados a amigos meus e a centenas de pessoas da farta lista-padrão da editora. A capa do livro, obra delicada e de grande beleza de uma artista do Rio, estampava-se ao longo de toda a vitrine da livraria. Uma amiga comandava a mesa de recepção dos convidados. Com uma das mãos, empalmava o dinheirinho da venda e, com a outra, me entregava um pequeno pedaço de cartolina branca com o nome da pessoa ou casal, para facilitar minha vida na hora de dedicar uma mensagem:

— Aos caros Fulana e Fulano, com a amizade/ o abraço/ o beijo/ o reconhecimento de Rui dos Arcos, Brasília, em...

Era o texto-padrão, com variações em função do maior ou menor grau de conhecimento ou intimidade com os generosos leitores, maior ou menor dívida de gratidão pelas sugestões incluídas na obra histórica.

Embora nunca chegasse a serpentear, a fila alongou-se e fluía sem pressa. Eu mesmo a retinha de propósito. Gostei da visão hipnótica de todas aquelas pessoas em pé, à espera de um dedinho de prosa com o autor – eu – e de uma fotografia colorida a meu lado, para o livro de recordações – que seria só meu, à luz do preço unitário das fotos, cuja distribuição pródiga me levaria à falência. Era indescritível! Se no começo já era gostoso assim, imaginem como seria o futuro de minha carreira de escritor.

Escrevi mais tarde dois outros romances, mas sou levado a reconhecer que as experiências vividas em ambas as situações em nada destoaram dos primeiros momentos de ilusão, quando de meu ingresso nessa vida incompreendida de escritor. O lado positivo ficava por conta de já poder falar de lista de obras. Afinal, três é um coletivo de respeito nos meios literários. De todas as maneiras, tentava não estimular conversas sobre o acolhimento do público a meus livros, menos ainda o tratamento que a crítica especializada reservara a cada um deles. Fingia não ter ouvido direito as perguntas.

Revés algum seria capaz, no entanto, de conspirar contra o sonho que de forma secreta eu seguia alimentando, de ter um, dois ou os três livros traduzidos, primeiro para o espanhol, em atenção ao clamor por minha obra que, decerto, se alastraria pela Espanha e todos os países hispânicos da América Latina e, depois, para o inglês e francês, confiante de que haveria de satisfazer às mais altas exigências do público nos Estados Unidos e no continente europeu. O projeto era, de fato, consagrar-me como escritor. Dinheiro, confesso, ficava em segundo plano, não chego a dizer muito longe da vista, mas nunca na linha de frente de minhas prioridades.

Só que não aconteceu assim. E, agora, diante da estante de livros, na dúvida de qual escolher, concluí que o sentimento predominante era o mais direto e descarado despeito. Todos aqueles livros diante de mim tinham glorificado seus autores. Como queria estar entre eles! Ainda bem que estava sozinho, para que ninguém me visse repetindo o que Salieri deixara escapar a respeito de Mozart na frente do espelho, em *Amadeus*, do Milos Forman:

— Deus, se o Senhor não quis me dar o talento dele, por que, então, me deu a capacidade de saber disso?, ou algo do gênero.

Parei bem no meio da biblioteca e respirei fundo. Não seria derrotado por inibições. Precisava tomar uma decisão que honrasse minhas calças e não hesitei em fazê-lo. Enchi os pulmões e anunciei alto e bom som para quem quisesse ouvir:

— Não vou ler livro nenhum, tão sabendo?, e tem mais, não contem comigo para ajudar no sucesso de quem quer que seja, sobretudo dos que têm talento.

Dei as costas para a biblioteca e bradei:

— Viva os artistas injustiçados de todo o mundo!!!

Eta causa humanitária!

Como para tantas outras meninas, o sonho de Lia era ser bailarina. Talvez pela elegância dos gestos da mão, dos movimentos dos braços. Talvez pela leveza do corpo que acompanhava a música, às vezes até a guiando por notas que não terminavam nem poderiam, as pernas alongando o som no ar, os pés marcando a cadência no chão, tudo um festival de graça, ritmo e beleza. Ser bailarina significava mais do que um desejo. Ser bailarina equivalia a tornar-se uma dama no mundo. Assim vagavam as fantasias da menina diante da dançarina de cerâmica que rodopiava na caixinha de música que seu pai lhe dera, de volta de uma viagem à capital.

Não havia academia de dança no bairro. E, ainda que tivesse, como pagar? Na escola pública, as aulas de canto orfeônico – tão insuportáveis quanto a professora, que se julgava uma diva do bel canto – eram o que mais se aproximava da educação artística por que a menina tanto ansiava. Um dia abordou Tia Arlinda, a moça que, apesar de cuidar da disciplina da turma, volta e meia se dispunha a responder à pergunta, Como vai?, e, vez por outra, até queria saber, Bem, e você, como está?

Com essa abertura, Lia tomou coragem e comentou num recreio:

— Seria bom se a gente tivesse mais aulas de arte.

Tia Arlinda revelou curiosidade:

— Como o quê?

— Aula de balé, por exemplo, completou a menina.

— E você sabe dançar balé, por acaso?, cutucou a bedel.

— Também não sei matemática e tenho de fazer contas todos os dias, devolveu na hora.

Arlinda gostou da resposta, não disse mais nada, apenas deixou os olhos sorrirem. Pouco tempo depois, foi sua vez de abordar Lia:

— Me espera na saída, lá na esquina. Tenho uma novidade para você, sussurrou.

Lia começou as aulas de balé. Não era uma academia, o espaço não dava para tanto. Tampouco cobrava, a instrutora não era profissional. Mas a irmã de Arlinda não se inibia diante de restrições formais. A garagem da casa, despachados o carro e o marido para o trabalho, transformava-se em palco perfeito. A vitrola precisava de algumas manivaladas, para não deixar cisne algum morrer. Os exercícios de alongamento eram duros. Senão, você terá uma distensão dos diabos, explicava Dona Jaqueline, cujo nome de batismo era Maria das Dores. Mas Jaqueline e balé somam melhor, né não? E as aulas mesmo deslizavam gloriosas, Primeira posição, segunda posição..., comandava empolgada a professora. Lia passava os dias na escola descontando nos dedos os minutos para voltar à garagem encantada.

Apesar do incontido entusiasmo, Lia não conseguia interessar sua melhor amiga a acompanhá-la na nova aventura:

— Vem, vem comigo, vem, você vai gostar, balé é um barato, insistia com Marly, cujas piruetas, no entanto, se situavam em outros tablados.

Justo no horário das aulas de balé, comprimido entre o fim da escola e o começo do jantar, esparramavam-se pela rua os garotos de toda a vizinhança. E ela não podia deixar passar a oportunidade de ver dançarem os verdadeiros bailarinos do bairro, com músicas sempre ao gosto de quem mais se aproximasse deles, era só escolher o ritmo e o tom. Do resto, ainda era cedo para dizer que a natureza cuidasse, mas já se insinuava.

Uma noite, Lia perguntou à mesa do jantar:

— O pai da Marly é fiscal da Prefeitura, como você, não é, papai?

Seu Quaresma, meio contrariado, enfiou um pedaço de carne na boca, para ganhar mais tempo antes de responder, e apenas acenou que sim com a cabeça. Mas a menina engrenou:

— Então por que ele cansa de viajar à Europa e a Marly tem um equipamento de música ultramoderno, e eu nunca saí de Diadema e só ouço música no radinho?

Seu Quaresma e Dona Berenice entreolharam-se, como para confirmar o temor de que, hoje, amanhã ou depois, perguntas daquele tipo terminassem por cobrar explicações pelas diferenças de níveis de vida, a partir de fontes de renda na teoria iguais dos pais das duas amigas.

Quaresma antecipara o problema desde a primeira viagem à Europa do Erasmo. Ninguém na repartição ouvira falar em herança alguma nem de prêmio em loteria. E, no entanto, lá iam Erasmo, a mulher, Olga, e a filha Marly de viagem ao Velho Continente. Segundo seus próprios relatos, só se hospedavam em hotéis recomendados, comiam do melhor e traziam malas e malas de lembrancinhas. Com o fruto de seu trabalho ali na Prefeitura? Desculpa, a conta não fechava. E daí? Naquela época, não se sabia muito bem a quem pertencia o dinheiro público. Meu é que não é!, escapava do debate a maioria. Logo, deve ser do governo. E, como o governo estava tomado por militares, que se danassem os militares.

Ninguém perdeu muito tempo, assim, com a origem lícita ou ilícita do pote de ouro do Erasmo. À exceção do Quaresma. Para os demais, ele era, no fundo, um sujeito bem esperto, além de divertido. Olha só as estórias que contava, de volta das viagens, sem consciência alguma da gozação à que se prestavam.

Uma, protagonizada por Dona Olga, ocorrera em Roma. No terceiro dia de excursões e mais excursões pelo inesgotável patrimônio arquitetônico e histórico da cidade, ela consultou o porteiro do hotel, a expressão de profundo enfado:

— Me diga uma coisa, meu filho, aqui só tem coisa velha pra ver?

Outra, ainda melhor. No bar do hotel, ao fim de uma jornada turística, Erasmo fez amizade com um casal de suecos, já de olho na filha deles, um estrondo de menina de seus 18 a 20 anos. Conversa vai, conversa vem, o casal convidou a família brasileira para visitar a Suécia, convite aceito de pronto.

— Olga, nós vamos à praia, chega de ruína!

Na tal da praia, tudo bem, salvo por dois detalhes: a água era gélida e todo mundo estava pelado. Com algum constrangimento, Erasmo, Olga e Marly despiram-se e lambuzaram-se de areia para embaçar a visão de suas partes pudendas. Ele foi o primeiro a apreciar o programa. Seu problema, porém, era conter a excitação que lhe provocava o corpinho perfeito e agora nu da mocinha sueca, a tão poucos centímetros de distância. Não tinha jeito, a saída era mergulhar no mar glacial sucessivas vezes. Ele nem reclamou depois do resfriado, menos ainda do esculacho que lhe passou Dona Olga, indignada ante a saliência do marido.

Mas a estória não acaba aqui. No ano seguinte, o próprio Erasmo ofereceu-se a visitar os amigos suecos. Dessa vez, a viagem seria desde Paris, onde o atrativo das lojas e as bolsas lotadas de dólares reteriam a mulher e a filha e, por conseguinte, liberariam-no a embarcar sozinho para Estocolmo.

Logo após sua chegada, o casal levou-o ao melhor clube da cidade.

— Que pena que Olga e Marly não tenham podido vir, porque vamos curtir o dia à nossa maneira. Entre no banheiro, fique à vontade e venha se juntar a nós lá do outro lado desse mesmo prédio.

Erasmo salivou de prazer, na antecipação do que pudesse ser a maneira sueca de passar o dia. Que boa ideia deixar as mulheres para trás, rejubilava-se. Não tardou para tirar toda a roupa, cueca inclusive, sequer preocupado em dobrar ou pendurar seus pertences, e precipitou-se nu porta afora, onde o aguardavam várias pessoas, tal como prometido pelo casal sueco, só que todos vestidos. Ele era o único pelado.

— Engraçado?, indignava-se Seu Quaresma quando alguém lhe repetia a estória de Estocolmo. O Erasmo é um imbecil, além de ladrão, safado e sem-vergonha, decretava.

Mas, diante da pergunta da filha na hora do jantar, ele hesitou. Como revelar que o pai de sua melhor amiga era um bandido? Mais do que isso. Estaria sua filha já na idade de entender o valor, a importância e, sobretudo, o preço de ser honesto? Isto é, Lia saberia equilibrar a tentação do consumismo com o fundo do bolso do pai? Ser honesto é ser obrigado a fazer apenas o que for possível pagar? Ficava difícil explicar. Pensando melhor, Seu Quaresma limitou-se a dizer:

— O pai da Marly tem muita sorte na vida, minha filha.

Lia não entendeu a resposta nem tentou esclarecê-la. O importante era concluir que continuaria sem conhecer a Europa e teria de seguir ensaiando no quarto os passos de balé ao som de sua memória, onde nunca cessavam de tocar Tchaikovsky, Poulenc, Prokofiev e companhia. Até uma tarde, quando, na pressa de deixar a escola, perdeu o equilíbrio na escada para o térreo, caiu e quebrou um ossinho do tornozelo. Era o adeus patético ao sonho de bailarina.

Arlinda, Jaqueline e Lia choraram uma semana inteira. Tragédia maior, impossível. Mas, como não há um sem dois, o coração de Seu Quaresma se negou, à mesma época e sem aviso prévio, a bater. Morreu sobre a mesa de trabalho na Prefeitura.

Nada na vida nos prepara para o sofrimento, talvez porque o mal vitima os outros, com quem tudo pode acontecer, nunca a nós, pelo menos assim pensamos ou torcemos para que seja. Quando o pior nos alcança, a dor surpreende e vai tão fundo que levamos um bom tempo para driblar a depressão, durante a qual tentamos recuperar a ausência da pessoa querida por meio de recapitulações sucessivas de cenários e diálogos, em geral em clima de conflito, justo quando a memória emocional faz vibrar todos os complexos de culpa. Por que fiz isso?, Por que disse aquilo?, Por que não entendi assim?, Por que não entendi assado? É o tal negócio, se já é difícil corrigir o futuro, tentar corrigir o passado é fonte da pior tortura.

Não causava espécie, portanto, que Lia se arrastasse, no começo, atrás de Dona Berenice e se flagelasse com frases do tipo:

— Por que humilhei papai com aquela estória de Europa e do equipamento de música?, o que obrigava a santa mãe a contornar:

— Você não o humilhou, minha filha. Ele é que se constrangia de não poder ter muitas coisas, mas não tinha vergonha, sabe por quê?, porque ele vivia do que ganhava, era muito honesto. Me disse várias vezes como lhe apertava o coração não poder dar a mim e a você tudo o que queríamos, mas, ao mesmo tempo, exclamava que conseguia fazer a barba olhando-se de frente no espelho, sem ter de desviar o olhar. Ele não nos deu muito nem nos deixou riqueza, mas tampouco temos dívidas, de dinheiro ou de caráter.

Com o tempo, frases desse tipo ajudariam Lia a absorver os dois golpes. Ao caminhar, a dor no tornozelo recordava-lhe a despedida do balé, mas, nem por isso, ela detinha a marcha. E, na casa silenciosa à noite, aprenderia a conviver com as infindáveis conversas que imaginava ter mantido com o pai. No momento apropriado, tomou a decisão de cursar Direito, em uma universidade de primeira linha, e antecipava inclinação por especializar-se em Direito Criminal. Jamais disse-o de forma expressa, mas transparecia que Lia escolhera estudar e trabalhar a honestidade, sua maneira de homenagear a memória do pai.

O problema era como conseguir isso. A preparação para o vestibular — conhecendo-se o custo dos cursinhos mais renomados, para não mencionar o que teria de desembolsar, depois, em uma universidade privada — era uma aritmética que não fechava com o orçamento doméstico. A injustiça estava em que quem pudesse pagar escolas privadas se apresentava de maneira mais qualificada aos exames de ingresso das universidades do Estado, que eram não só de graça, mas também as melhores em termos de ensino. Dito de outra forma, quem tivesse dinheiro de família para estudar com decência na juventude, agora, na universidade, poderia desfrutar do bom e do melhor, além de pagar muito menos. Por outro lado, quem quando criança frequentara escola pública teria de cortar um dobrado para mais tarde passar no vestibular, decerto em uma universidade privada, onde teria de produzir uma baba de dinheiro para cobrir a matrícula e as mensalidades, se aprovado fosse. E, lá na frente, terminando o curso superior, às vésperas da formatura, na hora de disputar vagas no mercado de trabalho, adivinhe em quem os grandes patrões concentrariam os olhares?

Esse cenário não podia deixar de angustiar Lia. Por extrema ironia do destino, porém, quem lhe deu o maior empurrão na vida — embora ela não o tivesse sabido à época — foi o pai da Marly, o mesmo Erasmo a quem Seu Quaresma, de enlutada memória, tanto desprezava. E ainda dizem que a vida imita a arte!

Uma tarde, Dona Berenice viu pela janela da sala um carrão de luxo estacionar bem em frente à sua casa e um motorista saltar, para abrir a porta e dar desembarque a Seu Erasmo. Incrédula, ouviu a campainha da rua soar. Estupefação e desagrado confundiram e desconcertaram a pobre senhora a tal ponto que ela abriu a porta de entrada e, por um impulso que nunca conseguiria explicar, convidou a entrar a pessoa que talvez fosse a menos admirada e respeitada naquela família. De sua parte, Seu Erasmo não se iludira quanto à recepção que teria ali, Quaresma evitava-o de maneira regular e acintosa, e a viúva haveria de copiar gesto por gesto o falecido. Por isso, entendeu quando poltrona alguma lhe foi oferecida e entrou logo no motivo de sua visita:

— Sei que minha presença não é bem-vinda, mas o objetivo é humanitário.

Dona Berenice ouvia muda e imóvel e repetia-se com vigor por dentro, Oferecer café só morta! Seu Erasmo engrenou o discurso:

— Sua filha é a melhor amiga da minha Marly, com a diferença de que Lia não bebe, não fuma nem sai por aí com qualquer um. Já a Marly... me preocupa muito, fuma, bebe e sai com sei lá quem. Já botei gente minha nos calcanhares dela, e os relatos que recebi me gelaram a alma. Ela tem de mudar de vida. Tô precisando tirar ela desse mundo de perdição, e a Lia é a melhor aliada que tenho para isso.

— Como é que é?, saiu do sério a mãe.

— Por favor, Berenice, me escute. Eu tinha a maior admiração pelo Quaresma. A gente discutia e divergia um pouco, é verdade, porque ele não concordava com... com umas coisas que via lá na Prefeitura. Hoje, eu sei que ele tava certo, basta ver a educação que deu à Lia, com valores que eu nem cheguei perto de dar à minha Marly.

Seu Erasmo virou-se de costas para Dona Berenice, fingiu ajeitar uns porta-retratos sobre uma mesinha de canto, como se pretendesse ocultar forte emoção a lhe umedecer os olhos, compenetrou-se de novo e prosseguiu.

—A Lia é a única pessoa que pode ter influência positiva sobre minha Marly. Soube que ela tá querendo estudar Direito. Se a Lia conseguir arrastar a Marly pro mesmo caminho, eu pag... eu consigo uma bolsa de estudos no melhor cursinho preparatório de vestibulares em São Paulo. Assim, ela vai passar folgada lá naquela USP, cheia de grã-finos. Berenice, eu tenho de tirar a Marly daqui, de Diadema. Se ela for estudar em São Paulo, ainda tem uma chance de se endireitar. Por favor, Berenice, me ajude nessa causa humanitária!

Os dois lados da lei

Beto era muito ruim no futebol. Só tinha vaga no time por dois motivos. O primeiro, seu tamanho. As peladas corriam soltas na rua lateral da Praça Eugênio Jardim, em Copacabana, por onde quase não passavam carros, e, mesmo quando apontavam na esquina, tinham de pedir licença para prosseguir, o que não incluía autorização para estacionar, porém. Naquelas dimensões do campo, entre a Xavier da Silveira e a Miguel Lemos, tamanho era sem dúvida documento, e Beto superava a todos meio palmo para cima e outro tanto para os lados.

O segundo motivo, que sempre prevaleceu nos campos de várzea pelo Brasil afora, era que o dono da bola tinha escalação garantida. E a bola era dele. Para isso, chantageara o pai. Tudo começou no prédio onde morava, na Xavier. Durante um daqueles apagões que costumava atingir o Rio, Beto ficou preso no elevador. O pai, professor emérito de Química do Colégio Pedro II e grande aficionado de arte, em particular de pintura, construíra sua reputação sobre a competência dentro de sala, mas, para as coisas do dia a dia, que escapavam das reações químicas ou da história da arte, ele era uma negação. Um pneu furado, uma lâmpada queimada no projetor de *slides*, uma camisa sem botão, um elevador parado entre andares, com seu filho dentro – O menino pode até morrer sufocado! –, desencadeavam pânico.

Pela gradinha da porta do elevador, tentava acalmar Beto, que ouvia pasmo as frases desesperadas do pai. Não entendia todas elas, mas uma captou com toda a clareza:

— Se você parar de chorar, meu filho, te dou uma G-18.

Imagina!, a bola das Copas do Mundo! Aí Beto abriu um berreiro de balançar o prédio, justo no momento em que o elevador voltou a funcionar, o que não chegou, entretanto, a comprometer o estratagema. Ao contrário. Quando o pai reencontrou o filho – são e salvo daquele tão perigoso incidente –, abraçou-o, compungido, e arrastou-o de imediato à loja na avenida Nossa Senhora de Copacabana para cumprir a promessa. Pena já tivessem vendido o estoque de G-18. Não fazia mal, qualquer uma servia, bola era bola.

No caso do Beto, ser dono da bola resultava de especial importância, porque, fosse por suas habilidades no futebol, nem para gandula seria convocado. Sua melhor – perdão, única – jogada era distribuir botinada. Plantava-se na defesa e, entre o atacante e a bola, em geral só a segunda com sorte passava. Não surpreendia que ninguém mais o chamasse de Beto, mas de Beto Bom de Bot ou apenas Bebebê. Mas tudo valia a pena para dar vida àquelas peladas.

Baixasse um marciano ali, na Pracinha, ele seria capaz de apostar não existir discriminação racial no Brasil, pelo menos em Copacabana. Os dois times exibiam jogadores pretos e brancos, ou, como diria Caetano Veloso, quase pretos e quase brancos, nesse Brasil de tantas raças. Que se esclareça, não jogavam brancos ou quase brancos contra pretos ou quase pretos. Distribuíam-se todos pelos dois times, segundo critérios a tal ponto democráticos que também os craques e os pernas de pau, a despeito dos vários matizes de raça ou cor, se misturavam, sem discriminação, de um lado e de outro. A regra de ouro, no entanto, seguida como religião pelos capitães – os que escolhiam os jogadores no par ou ímpar –, era impedir que o Beto e o Carlinhos jogassem no mesmo time. Carlinhos, um negro retinto que ainda atendia quando o chamavam de crioulo, disputava no olho mecânico com o Bebebê o troféu do perna de pau da Pracinha, e, se juntos jogassem, o adversário faria a festa.

Com a bola parada, o maior amigo do Beto era o Tião, um quase branco, talvez o mais ágil e completo jogador. No campo, porém, sua diversão preferida era sacanear o Beto. Quase sempre atacava o time do Bebebê e, diante dele, começava a fazer firulas, rodopiando em torno do amigo, penteando a bola rapidamente com os pés, da esquerda para a direita e vice-versa, até fazê-lo desequilibrar-se e cair sentado, depois de tentar em vão acertar-lhe um pontapé poderoso em qualquer parte do corpo, mas que só feria o ar, segundos antes do bum estrondoso do gigante no chão.

— Eu ainda te mato, seu crioulo sem mãe!, espumava Beto, em meio à gargalhada coletiva.

O Bebebê torcia pelo Fluminense, mas, em campo, nos últimos tempos, vinha evitando usar a camisa tricolor, nada a comemorar pelo desempenho recente da equipe. Já o Tião nunca deixava de vergar o "manto sagrado" do Flamengo, como arrotava, razão por que o Beto, sempre que se via humilhado no chão, estendia também ao time do amigo seu repertório de palavrões.

Ao fim de duas ou três partidas, alguém declarava o intervalo. Era a hora de os meninos aparecerem em casa, mostrarem que ainda estavam vivos, aceitarem um lanchinho para "ficar mais fortes", como receitavam as mães, e, logo que possível, retornarem correndo para outras peladas. Aí as diferenças tornavam-se gritantes. Os quase brancos, pretos e quase pretos pareciam não ter fome. Nunca se dirigiam a suas casas para fazer lanches. Aguardavam pacientes ou batendo bola o retorno dos colegas. Beto achava curioso, mas não perdia tempo em buscar explicações. Foi Aluisio, um companheiro branco da pelada, que desvendou o mistério:

— A mãe do Batata trabalha lá em casa e mora na favela do Cantagalo. Mas acho que lá não tem ninguém durante o dia nem comida. Então não dá pra ele ir lá lanchar, né? Por isso, fica na rua esperando a gente, do lado daqueles outros que também moram no Cantagalo.

A partir de então, adotou-se a prática de que quem morasse por ali convidaria os quase brancos, os pretos e os quase pretos a compartir com eles o lanche em casa, cada um escolhendo seu convidado. Depois, corriam a toda para a Pracinha, como se nada tivesse acontecido. No caso do Beto, havia sempre uma pequena obrigação a cumprir, passar pelo ponto do Bicho na esquina da Xavier com a Leopoldo Miguez e verificar o resultado do dia.

O interesse era de Dona Maura, avó do Beto, uma senhora da mais fina estirpe, dizia mesmo proceder de gente de sangue azul, mas que não dispensava uma fezinha no Bicho. Todas as manhãs, quando Beto se aprontava para as peladas, ela o procurava e instruía, a mão estufada de moedas; pão-dura como era, guardava a sete chaves o troco de todas as compras da casa para situações como essa:

— Betinho, meu querido, joga no cavalo, sonhei a noite toda com ele.

O Jogo do Bicho era uma contravenção, mas até policial jogava, porque, segundo muitos, nada foi, é ou será mais honesto. As regras não complicavam. Dividia-se a centena por quatro, e atribuía-se a cada conjunto de quatro números um bicho. Começava com a Águia no 1 e terminava com a Vaca no 25, passando por vários outros, como o Cachorro no 5, a Cobra no 9, o Cavalo no 11, o Leão no 16, o Tigre no 22 e o Veado no 24. Como todo carioca pronuncia o "e" valendo por "i", o bicho veado virava a bicha viado, de forma que o número 24 era, em geral, motivo de muitos mal-entendidos e frequente gozação.

O sorteio dos números corria a cargo da Loteria Federal, portanto nada mais legítimo e legal. Acontece que nem todos os dias a Loteria funcionava. Nos outros dias da semana, então, uma central do Jogo do Bicho fazia rolar as bolinhas e anunciava o resultado.

Ninguém jamais ousou questionar a lisura do procedimento. Podia-se confiar de olhos fechados, bastava apresentar o papel em que o bicheiro havia anotado a aposta, onde também se lia a regra de ouro do Jogo, *Vale o que está escrito*, e não cabia discussão de parte a parte. Acertou, levou. Perdeu – como era o caso da maioria –, torça mais na próxima vez.

A única variante ocorria quando da morte de alguma celebridade, político, artista ou jogador de futebol. No dia do enterro, o número da cova, revelado com ampla antecedência pela imprensa, só daria direito ao pagamento da metade da aposta. Era incrível como costumava coincidir o lé com o cré, o número do diabo da cova com o do sorteio. Por quê? Só perguntando aos deuses e às forças lá de cima.

Na primeira vez que acompanhou Beto ao ponto do Bicho, para verificar a sorte de Dona Maura, Tião identificou o anotador dos jogos. Era tio dele. Apresentações feitas, aposta conferida, Tião propôs nova sistemática para a fezinha da velha senhora:

— Beto, o Tio Jorge vai todo dia lá na sua casa ajudar a sua vó e, depois, volta pra dar o resultado e já pegar a aposta do dia seguinte, o que você acha?

Pô, melhor, impossível, com o que o prestígio do Tião subiu muito com a mãe do Beto. A partir de então, além de caprichar no lanche do amigo do filho, ela puxava conversa e, um dia, perguntou:

— Você mora no Cantagalo, né?

— Moro, sim, dona, fica logo do outro lado da Pracinha, na Lagoa, tem uma vista que a senhora precisa ver, acho que só perde pr'aqueles prédios grandões que ficam de frente pro mar.

E as peladas preencheram durante alguns anos a vida daqueles meninos, cuja sede dava para matar nas bicas dos edifícios que começavam a ser construídos na borda da Praça. A água vinha fresquinha e criava anticorpos para a vida toda, desde que as mães não se inteirassem do que a garotada costumava beber.

A confraternização no futebol tinha outros intervalos. Os jogadores brancos estudavam no Colégio Militar, lá na Tijuca, ou ali mesmo, no Mallet Soares ou Mello e Souza, ambos na Xavier da Silveira, escolas de elite do Rio. E os jogadores quase brancos, negros e quase negros estudavam na rua, como engraxates, vendedores de bala, lavadores de carro, aprendizes todos de bicheiros e, logo a seguir, "aviões" do tráfico.

Com o passar dos anos, mesmo nas férias, as peladas rarearam. A rua lateral da Praça deixara de ser pacata, e o campo de futebol de salão do Corpo de Bombeiros estava reservado só para craques, o que, como sabemos, excluiria alguns de nossos heróis.

Nem por isso Beto afastou-se do Tião. De início, não perdiam jogos no Maracanã. Tião insistia em ficar na Geral, ao nível do campo, de péssima localização, área mais tarde proibida pela Federação Internacional de Futebol (FIFA) em todos os estádios do mundo, mas também a de entrada com preço mais barato, por isso tão popular. Só que Beto sabia muito bem que os "geraldinos" eram em sua grande maioria flamenguistas – rubro-negros, corrigiria Tião –, por isso sempre tentava fugir.

— Hoje vamos de Arquibancada, pago a diferença.

Mas Tião não caía na conversa.

Durante alguns meses, Beto regalou-se com a aflição do amigo. É que, por uma dessas marés de falta de sorte – Tião jamais pronunciava a palavra sintética de quatro letras, que começava com "a" e terminava com "r", só usava a perífrase para não dar zica, como dizia –, o Flamengo passara a perder todos os jogos, contra times grandes, pequenos e médios. Festa para Beto, pesadelo para Tião, que não sabia mais o que fazer para escapar das gozações e, mais importante, levantar a cabeça. Supersticioso como era, concluiu que não devesse mais assistir aos jogos do Fla, como se apenas sua presença no estádio pudesse influir no resultado da partida, a despeito da atuação dos 22 jogadores, sem contar o apito do juiz e os abanos dos bandeirinhas. Mas a questão não envolvia raciocínio. Só que ele não conseguia ficar longe de seu clube querido, daí ter decidido frequentar a sede do time na Gávea para acompanhar os treinos. E não é que o Flamengo voltou a ganhar!

Lógico que Beto se negou a fazer a conexão.

— Tô te dizendo, insistia Tião, é só eu ir ao estádio pro Mengão perder.

Foi aí que Beto teve a inspiração que avaliou, com base em justificadas expectativas, ser a aposta do século. Pena tenha resultado em tragédia.

— Você não quer reconhecer, Tião, que seu time é de segunda categoria, esse é seu problema, provocou.

— Segunda?, tá maluco, Bebebê?, Mengo é Mengo!

— Ah, é?, então vamos fazer uma aposta, eu sou o mundo contra o Mengo, e você vai ser o mundo contra o Fluminense. Tá valendo uma cervejinha jogo por jogo. Eu sou qualquer time que jogar contra o Fla, e você fica com os adversários do Flu. Cada jogo uma lourinha bem gelada, lambia-se todo. E no final do ano acertamos as contas, topa ou não topa?

— Topei, Bebebê, topei, repetiu Tião sem muita convicção, tendo em vista a temporada em curso.

Mas quem quebrou a cara foi o Beto. Aquele seria um daqueles anos em que o Flamengo só faltou fazer chover em todos os gramados do Brasil e do exterior. E, lá por dezembro, quando se sentaram para ajustar os ponteiros, as cervejinhas doeram no bolso do tricolor.

Fácil de entender, Beto apelou a vários pretextos para não mais ir aos estádios. Mamãe me pediu para fazer isso, aquilo, aquilo outro, desculpas mais do que esfarrapadas, suficientes, porém, para driblar as partidas de futebol, o que nem de longe significava não querer mais ver ou estar com o amigo. Pelo contrário, as relações entre eles tinham ganhado fraterna intimidade. Quantas vezes deitaram-se nas areias de Copacabana, nos fins de tarde, para "jogar con versa fora", como dizia um deles, mas, no fundo, abrir o peito de verdade. Beto e Tião passaram, assim, a conhecer em detalhes a vida um do outro, no rastro de revelações que calavam fundo em Beto.

Ele não tinha a menor ideia de como viviam de verdade os favelados. Se não tivessem comida à mesa, sempre apareceria um amigo para oferecer algo, como faziam todos nas peladas da Pracinha, né mesmo? Demorou a entender o universo madrasto da pobreza, muito distante das letras belíssimas e românticas das músicas que sua mãe cantarolava em casa, como "Chão de estrelas", ...*Meu barracão no morro do Salgueiro/ Tinha o cantar alegre de um viveiro*... e coisa e tal. Tião sequer sabia quem era seu pai, e só via a mãe no fim de noite, depois de a tal senhora voltar de seu terceiro emprego no dia. Até nos fins de semana, em geral mal a encontrava, pois ela aproveitava para engrenar um bico qualquer de suplemento de renda. Tião tinha de se virar na hora de comer, tanto para fazer ou esquentar o que lhe tivesse sobrado em casa quanto, em época de vacas magras, mais frequente, virar-se com imaginação e engenho nas ruas.

O pior era que, em troca, Beto só tinha a comentar com o amigo problemas de classe média, angústias típicas de famílias constituídas, cujos desencontros e carências nem de longe se aproximavam da realidade da vida de Tião. O constrangimento levou-o, um dia, a inventar situações, como uma sucessão de brigas entre seus pais, num ambiente de inevitável e próxima separação, para provar ao amigo que também ele sofria por motivo grave. Só que, com o passar do tempo, ante a evidência de que os pais de Beto continuavam juntos, felizes e contentes, Tião deve ter descoberto a armação ou concluído que, no mundo de gente de bem, dos bacanas, como se dizia então, problema familiar é sempre tratado com muita discrição, não costuma ser prato a ser consumido por mais de duas ou, no máximo, três pessoas. Por isso nunca cobrou atualização de informações ao Beto, que podia continuar confiante na existência do mesmo ombro solidário e compreensivo à sua disposição, caso precisasse chorar suas mágoas.

Em uma palavra, Tião jamais duvidava das razões nem interpelava as motivações do amigo, cujos gestos apenas renovavam a generosidade de sua conduta. Por exemplo: ir às partidas de futebol estava descartado como problema regular. Tudo bem. Mas a novidade ficava por conta das aulas de caratê que o Beto cismara em iniciar na academia – *dojo* – do Tanaka em Botafogo. O que ele fez para não perder Tião de vista? Sem poder ajudar o amigo de maneira direta na questão do pagamento da matrícula e das mensalidades, Beto cercou o mestre japonês e convenceu-o a lhe dar uma bolsa. O tal *sensei* engasgou:

— O que é bolsa?, aqui ninguém usa bolsa, não, aqui é lugar de macho!

Beto conseguiu desfazer rápido o mal-entendido, e o mestre acabou aceitando, mas só depois de ouvir a parte final do trato:

— Se ele não der pro negócio, *sensei*, dá um pé na bunda dele.

Tanaka adorou:

— Tá bem, vou dar um *maegeri* na bunda do seu amigo se ele não for bom de porrada.

Nenhum dos dois precisaria, porém, preocupar-se com o Tião. Desde o primeiro treino, ele revelou-se uma fera, tão bom no caratê quanto o era no futebol. Em poucas aulas, aprenderia os fundamentos da arte marcial, e não tardou a evoluir nos *katas* – aquela parte coreografada do caratê, em que o atleta finge enfrentar quatros adversários ao mesmo tempo, um vindo do Norte, o outro do Sul, o terceiro do Oeste e o último do Leste. Muito antes do Beto, maior e, em princípio, mais assustador, Tião começou a dar trabalho até aos mais graduados nos *ju-komitês* – os enfrentamentos diretos –, graças a uma explosão fantástica nos golpes de mão e pernas.

A prática do caratê passara, além do mais, a ter função essencial na relação entre os dois amigos, porque, de outra maneira, Beto teria dificuldade de se encontrar com Tião. Havia algum tempo, a favela do Cantagalo deixara de existir. O amigo já não morava nas vizinhanças, aparecia sabe-se lá de onde e dedicava-se às aulas de luta com disciplina e fervor, em que cada golpe passara a ter rosto e endereço conhecidos, para, logo a seguir, desaparecer. Um dia, deixou escapar uma pista.

— Ninguém tem memória na merda dessa cidade, ou, se tem, não tá nem aí para o que acontece com os fodidos.

Demorou para Beto garimpar o que a olhos vistos corroía Tião. Tivera início anos antes, quando um governador – aliado fiel dos Estados Unidos e inimigo feroz dos comunistas, portanto muito bem-visto pelos militares brasileiros – decidiu utilizar recursos norte-americanos para transferir para os quintos dos infernos os moradores dos morros do Pasmado, em Botafogo, do Esqueleto, no Maracanã, e das praias de Ramos e da Maria Angu, na zona da Leopoldina. O lugar de destino chamava-se Vila Kennedy, em homenagem ao Tio Sam de turno. Outras cidades semelhantes seriam logo erigidas, como a Vila Aliança, em Bangu, e a Vila Esperança, em Vigário Geral, para também abrigar dezenas de milhares de favelados.

Antes da transferência, embora vivesse de biscates e empregos informais – melhor do que passar fome, né mesmo? – nos bairros onde se situavam seus casebres, aquela gente era feliz e não sabia, porque agora, a quilômetros de distância do centro da cidade, não só não encontrava mais onde trabalhar, mas também, pelo menos no caso da Vila Kennedy, recebia casas cujas portas se abriam e se fechavam com uma mesma chave, igual para todas.

— Mas ninguém gritou alto?, não houve uma reação indignada?, perguntou Beto.

Tião sorriu antes de esclarecer:

— Claro que houve, Bebebê, e foi aí que tudo deu errado.

De fato, a madrastice das circunstâncias não poderia ter sido mais perversa. Em dezembro de 1964, menos de nove meses depois da instalação do regime militar no país, intelectuais e artistas, gente da música, do teatro, do movimento estudantil e a militância política encontraram-se irmanados, no palco e na plateia do show *Opinião*, na carcaça de um *shopping center* em construção em Copacabana. De imediato, transformou-se o evento no primeiro ato de resistência ao Golpe de 31 de Março. O compositor Zé Keti deu o tom, e Nara Leão, a voz, ao hino da noite, *Podem me prender/ podem me bater/ podem até me deixar sem comer/ que eu não mudo de opinião/ daqui do morro/ eu não saio não*. E você acha que os militares tinham tomado o poder para serem desafiados por um bando de subversivos, como rotulavam os que ousavam resistir ao que quer que fosse?, lógico que não!, portanto tome das Vilas Kennedys da vida, que continuaram a ser construídas inclusive pelos governadores que sucederam a seu idealizador.

— O que está acontecendo agora, com a Praia do Pinto e o Cantagalo, complementava Tião, tem a mesma origem, uma briga de cachorro grande, Bebebê, com muito dinheiro rolando de um lado para o outro. E tudo é apresentado como se fossem gestos de boa vontade, de humanidade. Já ouvi nego dizer que as transferências de favelados são atos generosos da administração pública que se compromete a fazer todas as obras de saneamento básico nas novas cidades, o que, sem dúvida, vai elevar o nível de vida das pessoas que forem viver lá. Então por que não fazem tudo isso aqui, do lado de cá da cidade, onde a gente hoje mora e trabalha?

Tião prosseguia:

— É fácil imaginar, Bebebê, que as construtoras não conseguem fechar a boca de tanta felicidade. No espaço de cada favela derrubada, é um paredão de edifícios de luxo que sobe. E, se as pessoas ainda não entenderam que o momento da mudança de moradores já chegou, é só lembrar o caso da Praia do Pinto lá no Leblon. Os moradores tentaram dar uma de Zé Keti e arrotaram *daqui não saio*, só que, nessa queda de braço, um incêndio começou do nada, que coincidência, né?, e, onde era a Praia do Pinto, de imediato, se construiu a Selva de Pedra, hoje ocupada por prédios com fachadas e instalações luxuosas. Quando a conversa afinal chegou lá no Morro do Cantagalo, nego já botou as barbas de molho. Há muito tempo, Bebebê, a gente sabia que éramos todos uns sortudos. Não cabe na sua cabeça o que é acordar e ter a Lagoa como a primeira imagem do dia, menos ainda seguir à noite o reflexo dos edifícios de Ipanema sobre as águas escuras da Rodrigo de Freitas e sonhar debaixo das mesmas estrelas que iluminam toda a chique Zona Sul do Rio. Não é pouca coisa não, Bebebê.

Até certo ponto, o próprio Beto perguntava-se como os moradores do morro – aqueles quase brancos, pretos ou quase pretos, que nem impostos pagavam, segundo envenenavam alguns pela imprensa – conseguiram resistir tanto tempo à campanha dos vorazes empreendedores imobiliários, doidos como estavam para tirar proveito do extraordinário preço de mercado que deveria alcançar o privilégio de desfrutar da paisagem do Cantagalo. E nem precisavam agir com pressa, analfabeto ainda não votava. Logo, tudo poderia ser alcançado com serenidade.

Tião concluía:

— Foi muito difícil para todos nós tentar refazer a vida lá em Deus me livre. Até o Jogo do Bicho teve problemas. E pegar apostas de quem? Dos moradores desempregados? Os bacanas ficaram todos pra trás. E o pior é que, na rede do Bicho, onde criança não entrava, os traficantes lá de Copacabana deitaram e rolaram na cama que deixamos para eles, acesso fácil a todo mundo em todos os lugares. Como diria um bicheiro convertido para o tráfico, uma rede tentacular de contatos. Foi essa mais uma contribuição de quem inventou nossa saída de lá. E o cara que deu o nome àquela cidade lá deve ter brigado com o Criador.

Beto estava enfim a par de tudo, mas desconfiava não ter condições de dimensionar com precisão o que sofria o amigo e não conseguiu ir mais além de uma frase idiota:

— É, depois do incêndio na Praia do Pinto, não dava para inventar moda lá no Cantagalo, né?

A conversa pareceu retroceder no tempo, pelo menos assim indicava o silêncio do Tião, que acabou confessando:

— Eu ainda tentei convencer os homens de que a remoção dos barracos tava errada, mas eles me mandaram à merda. Aí eu enfiei a mão neles, só que eles vieram de cinco, por isso apanhei que nem boi ladrão.

— Lamento, cara, e o que você vai fazer agora?

— Agora?, o que eu vou fazer?, você não vai querer saber, Bebebê. Minha vida tá escrita nos astros, nas calçadas do Rio, no chão do Brasil, muita água suja ainda vai rolar. Vai em frente com esses seus planos de estudar Direito, só peço que sempre olhe pros dois lados da lei, tá? Quero ver você de novo, Bebebê, e, quando isso acontecer, a gente vai precisar se entender como sempre fez, fica combinado assim?

Apertou o amigo forte no peito, virou as costas e sumiu de novo, dessa vez para sempre. Pelo menos assim parecera a Beto.

Indignação solidária

Dor de cotovelo, vagabundagem militante, dureza de bolso, solidão de ensurdecer, rejeição sob várias formas e fossas abismais fazem a alegria dos donos dos botequins. Eles posam de solidários com os fregueses, mas deliram de prazer diante da caixa registradora cada vez que ouvem, Solta outra rodada de chope pra mesa 3, Seu Pancho quer mais um traçado, capricha na branquinha do Seu Braz, o delegado vai hoje de conhaque, e daí por diante.

Observadores isentos acreditam que os garçons são mais próximos dos fregueses que do patrão. Não é só por causa da gorjeta, que não costuma falhar, aliás, mesmo nos períodos de aperto de cintos. Nem pelo medo de pedido de empréstimo que, no passado, tanto serviu de inspiração para letras de samba. Nos tempos correntes, os fregueses quando muito filam um cigarrinho lá pelo fim da noite. O que pesa mesmo é o apreço dos garçons pelos frequentadores de um botequim. Cada freguês é um ator da comédia humana, e seus casos – com máximas e mínimas muito acima ou abaixo da linha da verdade – são importantes na justa medida do tempo que haverá de levar para que todas as cicatrizes e sequelas venham a ser esquecidas ou superadas.

Um bom garçom anda de mesa em mesa com a bandeja e a orelha em posição de sentido. Serve a todos e de muitos coleciona estórias que não chegam a ser inéditas nem se celebrizam pela originalidade, mas decoram o ambiente e ditam a cultura popular. As dores são sempre ímpares. Ninguém sofreu mais do que eu sofri... é o lamento mais comum, como numa roda de samba. As crises de amor tampouco são novas, mas nem por isso fáceis de digerir, sobretudo quando a mágoa de uma traição chifra a alma masculina que nunca aprendeu a perdoar sem se sentir humilhada. Nunca pensei que ela fosse capaz de... Aí o papel do garçom é central. Primeiro, não pode deixar vazio o copo do que quer que o freguês esteja bebendo, é o combustível obrigatório para outras estórias. Segundo, não deve interrompê-lo, apenas emprestar-lhe o ombro para seguir embalando o conto, com ou sem lágrimas. Amores não correspondidos são tema delicado, ninguém está imune à sina parecida. Daí por que alguns profissionais da noite escolherem a solidão da cama no fim da jornada ao risco de uma galhada ao longo do dia.

Eu não tinha a menor ideia dessas coisas, que ficam por conta da imaginação do autor deste livro. Entrei no botequim, como a maioria, apenas para enterrar algo. No meu caso, os livros escritos, publicados e estocados nas prateleiras da editora. Resumindo tudo que ouvira, até da tal agente literária, que me ajudara a encontrar uma editora, meu futuro como escritor corria sérios riscos. Um mulato atrevido que, lógico, acabara de ouvir o samba "Approach", do Zeca Pagodinho, teve a petulância de dizer-me que minhas histórias careciam de punch. Um branquela azedo, arquiteto que trabalhava lá comigo, conhecido destruidor de projetos, ponderou:

— Tá sobrando enredo.

O que quer dizer com isso?, quis perguntar, mas desisti. Uma loura oxigenada, que namorava meu chefe, sentenciou que os personagens nos três livros careciam de convencimento. Foi a partir daí que passei a desconfiar que tintas de cabelo poderiam afetar o desenvolvimento do cérebro. Ah, e ainda teve o caso de uma gracinha de moça, morena sem defeito aparente algum, minha vizinha do andar de cima, que me perguntou uma noite:

— Onde você quis chegar com essas histórias?, como se a cama pudesse prestar-se a conversas à la seminário acadêmico.

Demorei para entender que eu não podia continuar me indispondo com todo mundo em defesa de livros, fosse por problemas de *punch*, enredo, personagens ou mensagem. Tinha de aceitar que eles apenas não eram bons, por isso não decolaram.

Uma cerveja, por favor. Meu impulso foi pedir toda uma garrafa de algo que me derrubasse logo. Acreditava com fé cristã que, quando a vista embaça, não enxergamos o que nos consome por dentro. Mas pedi a bebida mais leve, para poder esticar madrugada adentro minha permanência ali. Não pretendia voltar para casa tão cedo, menos ainda sóbrio. Uma a uma, esperava que as cervejas dessem conta, em ritmo sereno e eficaz, do recado.

O garçom, esperto e cativante, propôs:

— Tem chope, quer?, tá geladinho, e o colarinho é fino.

Topei, sorri e agradeci, já não me lembro em que ordem. Em seguida, olhei em volta para me localizar. A noite apenas começava, nas palavras de uma colunista social. Um sujeito parecia estar ali havia muito tempo, a cabeça pendia para a frente, não sei se dormia. Dali a pouco, um gordão de camisa florida e riso fácil entrou com toda a intimidade. Foi logo cobrando o dinheiro de uma aposta ao dono do botequim:

— Não disse que o Cruzeiro ia encaçapar teu timeco?

E, aos gritos para a cozinha, completou:

— Ambrósia, querida, solta um bife acebolado na conta do teu marido.

Seu Custódio limitou-se a instruir:

— Não esquece a estricnina, tá?

Eu acompanhava pouco futebol. Torço pelo Fluminense, por influência de meu pai, tricolor roxo, mas segui aquela troca de farpas entre o tal gordão e o dono do botequim, sempre maravilhado pela facilidade com que as pessoas se comunicam em torno do mundo do futebol. As diferenças de idade e classes sociais – mulheres ainda não eram admitidas – cediam espaço rápido a uma informalidade amigável. Claro, a partir de certo ponto, dependendo da quantidade de bebida, o tempo podia fechar. Bastava um acusar, Teu time só ganha roubando!, para o outro mandar de volta, Quem rouba é a tua mãe, segundos antes de alguém varejar uma garrafa ou varar os ares com um sopapo, se a turma do deixa-disso não interviesse depressa.

Àquela altura das gozações, porém, tudo era alegria, tanto mais porque dois outros fregueses, com a mesma cara de sócios fundadores do botequim, adentravam o salão, como descreveria um locutor de futebol. O mais alto, careca e quadrado de forte, parecia um touro, tomou de imediato lugar à mesa onde o dorminhoco e o gordão já estavam instalados e ordenou:

— Deus, me traz um conhaque.

O gordão escondia-se atrás de um enorme bigode, modelo mexicano, e por isso carregava o apelido de Pancho, embora sua certidão de nascimento dissesse Patrício, como eu descobriria mais tarde. O que chegara com o Touro, baixo e magro, passou primeiro pela janela da cozinha, soltou umas gracinhas a Ambrósia e, como prêmio, saiu exibindo generosa porção de linguiça frita.

Quando o garçom me trouxe um segundo chope, não resisti e perguntei:

— Seu nome é Deus mesmo?

Sorriu largo e, como se estivesse acostumado com aquele diálogo, respondeu:

— Meu nome é Deusimar, mas hoje só mamãe me chama assim. Na rua e aqui, sou Deus, e não reclamo, acho que fica bem para um rubro-negro, afinal somos a maior torcida do Brasil, né mesmo?

Ah, essa era demais até para mim, e corrigi:

— Ué, pensei que a maior torcida do Brasil fosse a dos antiflamenguistas, disse mais alto do que queria.

Touro ouviu-me e saiu repetindo aos berros:

— A maior torcida é a dos antiflamenguistas!, a maior torcida é dos antiflamenguistas!... é a dos antiflamenguistas, você ouviu?, repetia às gargalhadas, para benefício de todos em seu entorno.

Quando parou, virou-se para mim e comandou:

— Cara, você é dos meus, vem pra minha mesa, vamos beber juntos, isso é, se não se incomodar em beber com um cruzeirense, apontava com o queixo para o gordão, e tome de risada, conhaque, traçado e cachaça.

Aceitei trocar de mesa, cheguei sorrindo, mas de mansinho. Não conhecia meus novos amigos, que já se curtiam havia muitas noites, e apenas a cumplicidade do futebol recém-urdida não bastaria para passar de apertos de mão e tapinhas no ombro.

Touro fez as apresentações:

— Pancho é um pobre torcedor do Cruzeiro lá de Minas, tá grávido de dez meses há muitos anos, deve ser de tanto empurrar a vida com a barriga. O Braz é o gênio dos computadores, só que tá em desvio de funções. O Nico, que finge dormir o tempo todo, mas não acredita não, é o maior jornalista da cidade, tá com uns probleminhas em casa, mas isso já vai passar. E eu sou delegado da Polícia Civil do Distrito Federal, estou ainda na ativa, mas, no momento, "à disposição", na linguagem dos burocratas, por conta de uns desencontros de opinião com os que tão mandando. E você, quem é, com essa pinta de intelectual?

Já me senti em casa. O grupo era de pessoas do bem, como eu, que, por motivos que o fundo do copo haveria em seu momento de esclarecer, ainda não tinham conseguido fazer valer seu talento e ter sucesso na vida. Vejam bem, não usei nem usaria a palavra fracasso. O fracasso é um fim de linha, e ninguém ali tinha cara de ter jogado a toalha. Só não chegaram aonde planejaram por alguma razão específica, decerto madrasta e injusta. Justo o meu caso. E isso autorizava o uso da pecha de fracassados?

— Me chamo Rui, Rui dos Arcos. Eu também tô batendo cabeça por aí, confessei logo de saída. Sou escritor, publiquei alguns livros, romances, sabe? Mas não tive apoio da crítica nem dos leitores, continuo tentando, e, como todos aqui, não sou de desistir, um dia chego lá. Quem sabe com uma bela casa no Lago Sul, ao lado da de vocês, meus futuros vizinhos, com a maior vista panorâmica pro Lago.

Pensei ter ganhado minha carteira de ingresso naquele clube. Afinal, usara o código certo, avaliei. Dissera que eu não tinha decolado por culpa dos outros e que, quando se restabelecesse a justiça, chegaria aonde quisesse. Era o que tinha de ser dito, era o que eles estavam querendo ou precisando ouvir, apostei.

Convidei a todos para brindar o encontro que se iniciara em conversa tão estimulante. Desconhecera, porém, uma das regras de ouro de um botequim de respeito, não estimular diálogos do tipo cabeça. Futebol, política e mulher não se debatem, daí serem os temas favoritos das mesas. Ninguém muda de time, partido ou companheira por força da opinião dos outros. Pelo contrário, quanto maior a oposição aos pontos de vista, maior a certeza de quem os defende. Prestavam-se, portanto, para passar o tempo. Fora disso, confissões e lamentos exagerados também estavam permitidos, desde que não virassem sessões de perguntas e respostas. Chorava-se o que se quisesse, e à plateia de uma ou mais pessoas cabia silêncio respeitoso, interrompido, quando muito, por expressões do tipo, Pô, cara, que loucura!, Não sei como você aguentou tudo isso, ou, ainda, A vida é dura mesmo, né? Ali o paredão era diferente, a bola lançada não deveria voltar, igual ou arredondada era irrelevante. Não deveria voltar, e pronto, porque nunca deveria ter sido arremessada.

O silêncio que se seguiu a minhas breves palavras me regelou. Não sabia como interpretar. Será que ofendi alguém?, sustei a respiração. Pancho fez um primeiro comentário, mordido de derrotismo:

— Eu?, casa no Lago Sul?, tu tá louco, cara?

Braz, mudo, me olhou de cima a baixo, como se algo lhe enojasse a visão. Nico abriu um olho, não gostou do que viu, virou o copo diante de si e voltou a dormir. E o delegado encerrou o suspense:

— Você tá querendo dizer que somos todos um bando de fodidos?

Mais do que depressa, antes mesmo de engolir em seco, rebati:

— Que isso, amigo, vocês não me entenderam bem. Para mim, vocês, como eu, não são fodidos. Somos todos parte de um outro clube, o dos injustiçados, dos injustiçados, frisei, o punho fechado funcionando como um martelo sobre a mesa, gesto inequívoco e enfático de indignação solidária.

Ufa! Foi tiro e queda. Um por um arreganhou aos poucos a boca e concedeu um sorriso de compreensão e paz. Eu estava ganhando a batalha, a porta de entrada naquele clube por fim se entreabria para mim. Até o delegado pareceu aceitar a derrota, quando me confessou:

— Tudo bem, poeta, você tá aprovado, toca aqui.

Aliviado e seguro da vitória, estendi-lhe a mão na maior inocência. Ele a cerrou firme, espremeu-a osso por osso e, entre dentes, disparou:

— Quer ser sócio do nosso clube, quer?

Eu só conseguia fazer que sim com a cabeça, se abrisse a boca seria para urrar de dor. O delegado entendeu e apontou-me a saída, sem aliviar a pressão:

— Então assovia o Hino Nacional todinho, primeira e segunda partes agora, vai, começa!

Aluguel de graça

A Faculdade de Direito do Largo de São Francisco da Universidade de São Paulo (USP) revelou-se o melhor substituto possível ao sonho de bailarina. O prédio em si já impressionava, a lista de professores das mais distintas matérias tinha de ser lida de pé, em respeito às sumidades, de estatura algo menor, porém, que as da galeria dos ex-alunos. Só ex-presidentes, Lia contou 14, de Prudente de Moraes a Ranieri Mazzilli. Entre escritores e poetas, a lista incluía de Castro Alves a Monteiro Lobato, passando por Lygia Fagundes Telles – pelo menos uma mulher célebre, louvou Lia, sorrindo. Seguiam-se políticos ilustres em São Paulo e no país, ministros de Estado, juristas afamados em órgãos do governo, cortes supremas e grandes escritórios de advocacia. Tudo isso sem falar dos seus hoje companheiros de estudo, bastava reparar nos carros estacionados e nas roupas em desfile pelos corredores do templo do ensino do Direito no Brasil para dar-se conta da companhia da elite da elite do Brasil.

Marly no final acompanhara-a a São Paulo. A insistência de Dona Berenice fora decisiva. De início, Lia não entendera. Será que mamãe perdeu a confiança em mim, pensa que vou precisar de alguém do meu lado para vigiar meu comportamento? Não faz sentido, nunca dei motivo a ela para isso. Foi quando Dona Berenice tocou na questão do dinheiro:

— Marly já tem um apartamento em São Paulo, minha filha, morar com ela pode reduzir as despesas, né?

O argumento desequilibrou Lia. Não se tratava, pois, de desconfiança, mas, antes, da mais simples aritmética financeira. E o que dizer, depois de todo o esforço da mãe para permitir-lhe a matrícula no melhor cursinho de preparação para o vestibular da mais respeitada faculdade de Direito do Brasil? Chegou a hora de eu também fazer a minha parte, encerrou questão.

Mas não foi fácil. Marly não tinha a mesma ambição dela, o vestibular de Direito era um horizonte turvo, muito menos claro, por exemplo, do que o tipo de vida que explorava a cada noite, dentro e fora de casa, com companheiros cujas prioridades tampouco pareciam, no curto prazo, compatíveis com carreiras universitárias. Lia tentava não se meter, mas havia limites, e um deles era a convivência com o entra e sai noturno no apartamento. Quis logo estabelecer algumas regras de base:

— Tudo bem, Marly, o apartamento é seu, eu é que moro com você, mas o primeiro cara que me desrespeitar aqui dentro eu dou o fora!

— Que isso, minha amiga, ninguém vai fazer isso não, só ando com gente fina, e eu não quero nem ouvir mais essa história de você sair daqui, tá ouvindo?

Por mais que se esforçasse, Lia não conseguia decifrar Marly. O que fazia em São Paulo poderia continuar fazendo em Diadema. Por que, então, aceitara mudar-se para a capital? Só para se livrar da vigilância do pai? Pode ser, mas não precisava vir morar com alguém, ou será que o miserável do Seu Erasmo vetara a ideia de a filha viver sozinha na cidade grande? Acho que sim. Será, portanto, que estou aqui como babá? Acho que não. Mamãe não teria me metido numa fria dessas.

Elucubrações à parte, a vida seguia seu rumo. As amigas frequentavam o cursinho, isto é, Marly dava preferência à livraria, onde recolhia todos os livros e apostilas recomendados pelos professores e, óbvio, os respectivos recibos, para remessa imediata ao escritório do pai, em busca de reembolso, ao passo que Lia circulava pelas salas de aula, cada vez mais encantada com tudo que lhe ensinavam. Dia a dia, confirmava o acerto da decisão de estudar Direito e reiterava o compromisso de exceder-se como aluna. Não chegava a ponto de sonhar com uma foto na galeria dos ex-alunos, mas aspirava a integrar o top 10 da turma, lá na frente, na formatura. Bastava estudar para valer. Seria sua maneira de honrar a memória do pai e agradecer os sacrifícios da mãe.

Um aspecto positivo de morar com Marly, além do financeiro, era dispor de todos os livros e apostilas de apoio às matérias. Marly voltava da livraria e entulhava os embrulhos debaixo da escrivaninha do quarto. Não tinha tempo para estudar. A movimentação noturna consumia muita energia e exigia longa recuperação a cada manhã. Depois do almoço, sempre havia loja nova a desbravar, e o fim da tarde estava reservado à concentração espiritual necessária para fazer frente ao programa da noite. Claro, Lia aproveitava para ler, fuxicar e estudar as preciosas aquisições da amiga, nunca sem antes obter-lhe a autorização para "arrumar" tudo nas prateleiras.

Marly apenas às vezes dava as caras no cursinho. Em parte, por curiosidade quanto aos companheiros de classe. De repente, poderia encontrar alguém interessante, que se dispusesse a lhe mostrar lugares divertidos na cidade. Em parte, também, para reforçar seu vocabulário e soar mais autêntica nas conversas telefônicas periódicas com o pai sobre a provação que enfrentava nas lides diárias para lograr acesso à USP.

Tudo considerado, não deveria causar surpresa que, chegada a hora, Lia houvesse alcançado uma das mais altas notas entre os aprovados, e Marly, soçobrado de maneira categórica. O mais incrível foi a reação dela, àquela altura já conhecida no cursinho como a turista.

— Meu Deus, não passei, que absurdo!

E passar como?, avaliava Lia, que pensou em trazê-la à razão, como, por exemplo, recomendar-lhe que levasse os estudos a sério, se quisesse ser admitida na USP, até entender que a cabeça da amiga percorria atalhos que embaralhavam prioridades.

— E agora, o que vou dizer a papai?, o que ele vai fazer comigo quando souber que quebrei a cara?

Lia ainda tentou oferecer-lhe alguma munição para a tão temida conversa futura com o idiota do Seu Erasmo:

— Seu pai vai entender, Marly, que não é fácil ser aprovada logo de primeira no vestibular da USP, ele vai te dar outra oportunidade.

— Quer apostar que não?, soltou Marly, mais para desafiar o argumento do que a amiga. Dar a mim outra oportunidade?, tô pagando para ver, arrematou.

Lia parou por aqui. Em dias normais, teria buscado várias fórmulas para ajudar a amiga em sua justificada aflição. Mas aquele tipo de diálogo trazia ao primeiro plano da memória o que tudo fazia para abafar: o apartamento pertencia ao deplorável Seu Erasmo. Embrulhava-lhe o estômago recordar o realismo com que encarara sua saída de Diadema. Era pacífico que, de lá, só por milagre teria podido preparar-se de maneira apropriada para o vestibular da USP. Não havia opção ao cursinho em São Paulo, tanto quanto, nas circunstâncias, morar com Marly, uma vez que, nas contas de Dona Berenice, o dinheiro daria apenas para uma despesa – o cursinho ou o aluguel. Sei que ela é só filha dele, e desonestidade não é hereditária, até mamãe não viu nada de mais em que eu morasse com ela, pelo contrário, insistiu nisso. Só que estou chegando a meu limite. Por mais que Lia agradecesse todos os dias o gesto e o esforço de sua santa mãe, o resto soava como um pacto com o diabo.

A aprovação na USP sorria-lhe, assim, de muitas formas. Já podia contemplar sair do apartamento de Marly e livrar-se de vez do fantasma de seu verdadeiro proprietário. Isso sem acrescentar que a carga de leitura e trabalhos no curso de Direito deveria superar a do período do vestibular, em função do que a perspectiva de substituir o agito dos amiguinhos de Marly pelo silêncio de um outro canto afigurava-se como uma bênção. Lia não se iludia, porém. Tomar a decisão de mudar-se não equivalia a afivelar as malas, reunir suas tralhas e partir sem bater a porta. De novo, o tal do realismo cobrava-lhe cautela e moderação antes de executar seu plano.

Um, Marly não poderia sequer desconfiar de coisa alguma. Por motivos que Lia ainda não alcançava, a amiga estava disposta a recorrer a tudo para impedir sua saída do apartamento. Dois, pedir dinheiro à mãe para o aluguel estava fora de cogitação. Dona Berenice mal começava a curtir o alívio que deveria significar-lhe o fim das contas do cursinho. Não seria justo propor-lhe nova facada. Três, Lia teria de encontrar um emprego, solução que suscitava, entretanto, mais problemas do que prometia resolver. Já imaginou acordar cedo para pegar no batente, comer o que pudesse numa lanchonete qualquer na hora do almoço, voltar ao trabalho no restante da tarde, antes de aterrissar na USP, onde deveria assistir às aulas com atenção, sem cabecear, e, nos intervalos, engolir o que lhe desse tempo de consumir, para, então, mais tarde, recolher o que sobrasse de si, entrar em casa, refugiar-se sob o chuveiro algum tempo, tombar sobre a cama e escolher o livro ou a apostila sobre o qual fosse dormir? Isso todos os dias, cinco vezes por semana!

Ufa!, mas valia a pena.

De imediato, um pequeno grilo atazanava-lhe a cabeça. Quisesse ou não admitir, estava planejando usar a amiga. Para dizer o mínimo, de maneira consciente ou não, estava disposta a romper com algumas regras da amizade, como a honestidade e a sinceridade. Lia hesitou, tentou afugentar o grilinho danado, mas não teve jeito. As evidências ridicularizavam as desculpas, as tentativas de acobertamento e os eufemismos. Lia decidiu, assim, enfrentar a situação pela porta da frente. Não vou abrir mão de sair deste apartamento. Procurarei um emprego. E contarei tudo a Marly quando estiver preparada, isto é, depois de ter mapeado tudo e estiver segura de que nada nem ninguém me impedirá.

Isto é, ainda, ela tinha de ser amiga primeiro de si mesma. A isso, uns costumam chamar de amadurecimento, mas, reconheço, não é uma afirmação consensual. Enfim, deixa essa discussão para depois. Aqui caberia retomar o relato com a verificação de que, como sói acontecer em tantas situações semelhantes, o planejamento se choca com a realidade, e um dia Marly interpelou Lia:

— Tá acontecendo alguma coisa?

— Como assim?

— Não sei, já não te vejo mais. Alguém me disse que te viu trabalhando no banco lá da esquina da Faculdade, e você não comentou nada. Hoje, a Lucia me disse que você tem perguntado a todo mundo sobre quartos para alugar, e ainda me diz "como assim"?

Lia entendeu que o melhor seria abrir o jogo:

— Tava mesmo para lhe falar, Marly, o curso começou a pegar fogo, estou tendo de estudar como nunca pensei fosse possível, preciso do meu espaço, não tem nada a ver com você, adoro você, sou muito grata pelo que fez por mim. Nunca teria entrado na USP não fosse o convite que você me fez para morar neste apartamento, mas tá na hora de...

Marly não a deixou terminar e concluiu por ela:

— Você tá querendo dizer que tá na hora de me dar um pé na bunda, não é isso?

— Calma, Marly, não vai por aí porque acho que não mereço

— Não merece?, e eu mereço saber de tudo que você anda fazendo pelas minhas costas por terceiras pessoas?, como se eu fosse uma esposa traída?

Lia precisava estancar o derrame de agressões:

— Não é bem assim, Marly, eu estava esperando o melhor momento para conversar de maneira serena com você sobre todos os meus planos, ainda são planos, minha amiga, não tem nada de definitivo, são planos.

A princípio, não dava para saber se Marly por fim aceitaria as explicações de Lia ou se só reunia forças para desferir novos golpes. A dúvida foi logo dissipada. A voz retornava sob controle, mas pouca esperança restava quanto à belicosidade do que seria dito. Marly sentou-se no chão do quarto de Lia, uma nesga de assoalho servia-lhe de colchão, tão duro quanto o propósito de não deixar pedra sobre pedra. Caíam as máscaras, desciam as cortinas, o palco da vida seria mais uma vez o próprio teatro.

— Lia, você não tem ideia do que está aprontando comigo. Acha por acaso que você veio morar aqui porque eu te convidei? Você nunca entendeu, não é verdade?, que morar em São Paulo jamais foi uma opção sua, foi salvação minha, minha querida amiga. Meu pai só permitiu minha vinda a São Paulo porque você moraria comigo, ou você acha que papai confiaria em me deixar viver sozinha na capital? Tá muito enganada. Cansei de ouvir lá em casa como papai tinha inveja da sua maneira de ser, como eu deveria copiar seu exemplo. Sabia que esse apartamento foi comprado pouco antes de a gente vir para São Paulo? Consegue imaginar por que papai tomou a decisão de comprá-lo? Porque prometeu a sua mãe que, se conseguisse convencer você a me trazer para cá, o aluguel sairia de graça, assim como a inscrição e as mensalidades do seu cursinho. Papai pagaria tudo, desde que eu saísse de Diadema para vir morar aqui em São Paulo com você a tiracolo. Tá entendendo agora?

Justo por não querer entender coisa alguma nem ouvir mais nada, Lia já se tinha desligado da conversa, que se transformava em catilinária sanguínea de parte de Marly:

— Papai dizia que, se eu não tomasse jeito na vida dessa vez, não ia haver uma segunda oportunidade, essa que você diz que ele me dará, mesmo depois que souber que fui reprovada no vestibular. E você ainda quer levantar acampamento? Ele vai me mandar de volta pra Diadema ou pros quintos dos diabos, é isso que você chama de amizade?, me abandonar logo quando eu mais preciso de você? Não me jogue de volta na sarjeta, Lia!

Crime insolúvel

Nem o futebol conseguia compensar as agruras decorrentes da mudança de endereço. O campo era maior e tinha até pinta de oficial, com linhas desenhadas em cal, marca do pênalti bem centrada, baliza de goleiro nas dimensões corretas, com direito a rede, para tirar a dúvida do gol. Mas e daí? Cadê a Lagoa? Que cenário poderia rivalizar com o colchão de água todo estampado pelo reflexo das construções na borda e as cores do dia – cinza em épocas de mau humor, em geral depois de uma batida policial no morro, pelo cheiro de pólvora espalhado no último enfrentamento entre as gangues do fumo; ou, então, azul esplendoroso, raiado de amarelo, laranja, verde e tudo mais que o sol pudesse projetar em dias de exaltação à felicidade de se viver na favela do Cantagalo?

O bônus, como se ainda precisasse, ficava por conta de uma brisa teimosa que transpunha a parede de edifícios de Ipanema, arrepiava as margens da Lagoa Rodrigo de Freitas, varria da favela os cheiros que não prestavam e distribuía os odores que costumam alimentar a mente e o espírito dos sonhadores, artistas e loucos, para alguns identificados como a estrela guia de toda a comunidade, para outros, entretanto, os vagabundos da pior espécie.

Como sobreviver na Cidade de Deus? Esquece os problemas da gente séria, como empregos, escolas, postos de saúde, saneamento básico, transporte público, em uma palavra respeito humano, porque isso seria pedir e esperar demais. Falemos da vida gratuita, que os intelectuais gostam de chamar de lazer. Campo de futebol? Não, obrigado. Jogar para quê? O que vou ganhar com isso? Por acaso tem algum olheiro de clube grande com disposição para descobrir e contratar os craques de amanhã? E, além do mais, lazer para descansar do quê? Por acaso, vender e comprar droga cansava? Podia até matar, e aí o descanso seria eterno, sem necessidade, portanto, de lazer para isso.

E o que tem de nego mandando aqui não é normal. Lá no Cantagalo, já estava tudo controlado. Uns poucos mandavam, e os outros tinham mais o que fazer. Se não fosse um trabalho regular e decente, sempre havia um biquinho e outras virações para resolver emergências. Isso sem falar de todo o Rio de Janeiro, a Cidade de São Sebastião, à sua espera. Era só descer o morro, cruzar o corte do Cantagalo e desembocar no miolo da Zona Sul, a praia de Copacabana ao alcance dos olhos, bastava seguir o aroma inebriante da maresia. Ou, então, seguir pela Lagoa, na direção dos Dois Irmãos, e chegar ao Leblon. Daí, era só um pulinho até a avenida Niemeyer e, mais à frente, São Conrado, o bairro dos pescadores, onde, claro, se podia comer tudo de bom que habita os mares.

Ninguém tinha, assim, tempo para encher o saco dos outros. Cada um ficava na sua, levando a própria vida. A exceção eram os casos de necessidade, quando a solidariedade virava regra, de maneira a que Deus renovasse razões para cuidar de todos.

Aqui, nesta merda de cidade, ninguém tem para onde ir. Logo, é aqui mesmo que todos vivem, peidam e cagam. Na nossa cabeça. É bandido para todos os lados. Uns recebem maconha. Outros preparam o produto. Inventaram até um termo para essa fase da cadeia do tráfico, é o *marchandaze*. O bagulho é desfolhado e imprensado. Depois de virar tablete, é vendido como "produto de qualidade", portanto a preços mais elevados. Quando a pressão por dinheiro rápido aumentava, a maconha era enfiada dentro de saquinhos plásticos, mas, nem por isso, resultava mais barata. O tal do *marchandaze* alardeava que aquilo era produto sem químicos, logo sem complicações para a saúde, o que justificava o preço dobrado.

Um padre incluiu uma vez em sua homilia de domingo que, se a criatividade daquelas pessoas fosse canalizada para o bem, a Cidade de Deus seria um exemplo de ensino profissionalizante para todo o Brasil. Foi achado morto dias depois com um cigarro de maconha meio fumado na boca. A *causa mortis* revelou *overdose*, e o pobre religioso ainda teve de explicar-se ao Criador, seu chefe supremo. Uma vergonha para a Igreja, que, mais do que depressa, enviou outro pároco, livre de tentações criminosas tanto quanto de reflexões sobre a vida dos artesãos, como gostavam de apresentar-se os defolhadores e imprensadores de maconha.

O grupo mais perigoso, contudo, ocupava-se da distribuição. É o tal negócio. Até no mundo das drogas, quem produz acaba passado para trás pelo intermediário que fica com a parte do leão. Recordando que o momento político nacional não tolerava lutas de classe, quem reclamasse da repartição de rendas poderia ser acusado de comunista e ir em cana. Isso no mundo dos militares. Ali, na Cidade de Deus, questionar o que quer que fosse era o caminho mais curto para aposentadoria, sem choro nem vela, menos ainda pensão à viúva.

As formas de terror evitavam manifestações explícitas. Por que assustar as pessoas? Bastava mandar-lhes recados diretos de que, sendo necessário, o pau iria comer. Por exemplo.

— Eu preciso de gente pra distribuir minha droga, anunciava um funcionário do tráfico, para decretar, de bate-pronto, Como eu atuo nesta área da Cidade, quem mora aqui vai ter que trabalhar para mim.

Essa era a mensagem. Para fazê-la chegar mais rápido à comunidade, o expediente era fechar com corrente e cadeado a porta da casa do futuro empregado. Ao final de uma extenuante jornada de trabalho, em geral a muitos quilômetros da Cidade de Deus, a pessoa cuja casa tinha tido a honra de ser selecionada pelo traficante teria de pedir por favor que lhe abrissem a porta. Sem problema, desde que, antes, fosse acertado um rigoroso calendário de entrega e coleta dos bagulhos, em prazo muito estrito de cumprimento, junto a clientes cujos endereços vinham detalhados um por um.

O primeiro caso de morte provocou estupefação. O operador da Zona Leste da Cidade, conhecido como Montanha por suas maldades recorrentes com os moradores locais, enforcou-se num beco escuro. Ou pelo menos assim foi encontrado. A cena era difícil de explicar. O cara tinha morrido quase sentado no chão. Não tinha, como acontece com enforcados célebres, se dependurado em viga ou árvore alta e chutado a cadeira sobre a qual tivera acesso à ponta da corda. Matara-se sentado. É muita vontade de morrer, murmuraram todos. O pior era a falta de pistas. Falava-se de um vulto, percebido nas redondezas do tal beco. Mais uma sombra, sussurraria uma senhora. Os funcionários do tráfico logo sentiram o fedor da versão oficial da morte do companheiro e, quando Zeca Ferrolho, o chefão da Baixada Fluminense, deu razão às desconfianças generalizadas, com seu fino comentário, Suicídio é o cacete!, todos começaram a desfilar com a mão já dentro do paletó ou debaixo da camisa, como se a qualquer instante tivessem de sacar a arma para vingar o amigo tombado.

A semana ainda estendia-se devagar e tensa quando duas outras mortes estatelaram mocinhos e bandidos da Cidade de Deus. Dois capangas do tráfico da Zona Sul, habituais perseguidores da gente de bem local, mataram, ao que parecia, um ao outro. A arma de cada um tinha ferido o outro. Ah, então foi um ajuste de contas entre dois criminosos que não souberam resolver seus problemas com inteligência, era a versão corrente. Só que o relatório do médico-legista indicaria que cada um dos dois tiros tinha sido fatal.

Como alguém que tivesse recebido uma bala fatal poderia alvejar outra pessoa?

— Ajuste de contas é o cacete!, explodiria de novo Zeca Ferrolho.

Desta vez, o manda-chuva acrescentaria ordens expressas:

— Quero a cabeça desse filho da puta numa bandeja.

Mais uma vez, a investigação policial e a dos agentes do tráfico, se é que houvesse diferença, esbarraram na pobreza de pistas. Outra senhora repetiria o testemunho do primeiro caso, ao mencionar ter percebido a sombra de um homem alto, magro e moreno. À noite todos são morenos, e alto e magro eram feições que se aplicavam a um exército de suspeitos. Vale dizer, tudo voltava à estaca zero.

Zeca Ferrolho não tinha chegado à chefia do crime da Baixada Fluminense sem oposição. Já perdera inclusive a conta dos atentados a que sobrevivera, graças às medidas que sempre soubera tomar, como atuar com liderança a ferro e fogo e recorrer a medidas extremas de segurança. As três mortes cheiravam mal. Tinham sido muito bem-orquestradas. Não pareciam, portanto, trabalho de algum amador, desafeto ocasional entre os muitos maridos traídos ou alguns agentes mais ambiciosos na cadeia do tráfico. Em ambos os casos, alguma informação já teria vazado. O marido não conseguiria guardar silêncio. Pelo contrário, precisaria tornar seu feito público para que todos apreciassem seu sentido de vingança. E o agente a essa hora já teria sumido, pois sabia que, se fosse encontrado, se reuniria depressinha às três vítimas. Como todos os soldados estavam contados e presentes, tampouco essa possibilidade procedia.

Tem alguém grande preparando alguma coisa contra mim, ruminava para si o chefão do crime. Mas não fazia sentido. Não que os vários capitães na Baixada não cobiçassem sua posição no comando do tráfico. Só que seu serviço de inteligência afastava qualquer hipótese de trabalho interno, e seus funcionários nessa área não costumavam errar. Eram soldados de sua mais irrestrita confiança, muitos deles ex-militares dos serviços de espionagem das Forças Armadas, a quem no passado Zeca ajudara a detonar células acusadas de ligação com a luta armada do movimento subversivo, infiltrado ou mesmo financiado por Cuba e a então União Soviética. Ele mesmo nunca acreditara nessa história de subversão, mas mantivera a aliança com os militares enquanto lhe fora útil.

Os informes – termo que os agentes de inteligência usavam no lugar de informações – que ele continuava a receber daquela gente coincidiam em afirmar que se tratava da ação isolada de algum justiceiro. Justiceiro?, interrogava-se Zeca, fazer justiça em favor de quem?, eu não sou um verdadeiro pai para meus funcionários e clientes? Claro, não chegou a lugar algum com esse tipo de raciocínio e, por isso, tomou duas decisões, bem a seu estilo. A primeira, banhada em violência, ordenou que alguns suspeitos fossem torturados e por fim mortos na calçada de suas casas, na frente da mulher e, se possível, dos filhos também. Era sua maneira de dizer que com ele ninguém se poderia meter. A segunda, rodeada de segurança, espairecer nos braços da Armênia.

Ninguém sabia nem ousava perguntar se Armênia era nome ou nacionalidade. Tampouco importava. Não eram muitos os que conheciam o segredo de sua relação com o chefão do tráfico, menos ainda onde ela morava. Sua casa, em área discreta de Bangu, subúrbio do Rio, tinha sido escolhida a dedo por sua equipe de segurança. Os fundos estavam protegidos por uma escarpa do morro que nem cabrito ousaria galgar. As laterais beneficiavam-se da proteção natural de espaços limpos, facílimos de monitorar, mais ainda de proteger. E a frente da propriedade apresentava os problemas normais de toda residência daquelas proporções, já resolvidos em tantos outros casos que nem chegara a preocupar os peritos em segurança, todos equipados com a última palavra da tecnologia no setor. Assim tranquilizado, Zeca entregava-se com a periodicidade que seus negócios permitiam e suas tensões exigiam aos cuidados mágicos e redentores da Armênia, mais gueixa do que mulher, mais mulher do que todas as outras que conhecera.

Mal deitou-se no sofá da sala de estar, Armênia iniciou seu ritual inigualável de boas-vindas, regado a uma bebida cuja receita só ela conhecia, ao som de um Waldick Soriano, artista de predileção do Zeca. A noite esquentava, e os dois já franqueavam a porta do solar do amor — como batizaram aquele aposento cuja decoração esbanjava em dourados, veludos e espelhos emoldurados com anjos de madeira pintados de vermelho sangue —, quando estalou na testa dele o que parecia ser um morango, segundos antes de seus olhos perderem o foco e o brilho, a boca congelar o sorriso e reter a respiração, no mesmo ritmo em que, por detrás da cabeça, uma gosma escura e farta encharcava a camisa de linho, com as iniciais bordadas sobre o peito.

Armênia soltou um grito como nunca pensara fosse capaz de emitir. Em segundos, sua sala encheu-se de gente, todos perplexos e agitados, sem saber o que fazer entre o chefe morto, uma mulher histérica e ninguém mais à vista. Na manhã seguinte, um soldado do tráfico confessaria ter percebido nos jardins dos fundos o vulto de um homem alto, magro e moreno. Na lógica cartesiana daquelas pessoas, como não era possível estranho algum entrar, ninguém poderia estar de saída. Logo, o vulto só poderia pertencer a um dos agentes de segurança, tanto mais porque, naqueles primeiros instantes de aturdimento coletivo, a prioridade era tentar explicar e controlar o que tinha acontecido dentro — e não fora — da casa.

A polícia ainda manteria aberto o dossiê sobre a morte do Zeca, sobretudo depois que três outros leais funcionários seus — todos envolvidos nas sessões públicas de tortura, segundo algumas discretas testemunhas — apareceram executados com um balaço na nuca. A ligação tornara-se evidente. O justiceiro existia e continuava à solta. Se dependesse da maioria dos moradores da Cidade de Deus, ele deveria ser deixado em paz, até mesmo condecorado. Mas a polícia tinha um dever a cumprir. Pena não tivesse provas. Daí porque, com o tempo, também abandonou as investigações.

Nas hostes dos traficantes, Zeca Ferrolho já era passado. O importante passara a ser quem iria substituir o Chefão, com que equipes tomaria o poder, quem ficaria mais forte na cadeia do tráfico, quem podia ser considerado como a próxima vítima das disputas que de certo se acirrariam e questões de semelhante sentido moral que bem homenageavam a honra do falecido. A competição pelos pontos de distribuição das drogas gerou, como se esperava, alguns enfrentamentos. Nada, porém, encarniçado como se temia. O novo manda-chuva, um tal de Hélio da Maré, parecia homem de bem. Entendia de tráfico, não tolerava insubordinação nem traição, menos ainda dívida contraída e atrasada, e tratava a polícia com o respeito que merecia, cada soldado recebendo o seu e todos colaborando com o interesse geral, sem relaxar o controle do populacho, este, sim, fonte histórica de desestabilização da ordem pública.

Cara de um

O delegado não gostava de Brasília, porque carioca não gosta de outra cidade, fora o Rio de Janeiro. Viera de São Paulo, de que tampouco gostara, em especial pela maneira como saíra de lá. Enxotado seria exagero. Ninguém ousaria enxotá-lo de lugar algum. A verdade era que ele mesmo se enxotara. Não dava mais para morar lá sem poder vê-la, ouvi-la, estar com ela, desejá-la de perto, fantasiar um dia tê-la, cantando, se possível com a mesma voz do Diogo Nogueira, a música do Agepê, ...*Quero te pegar no colo te deitar no solo e te fazer mulher...*

Mulher é bicho incrível, resmungava pela enésima vez. Nem os grandes artistas, que conseguem pensar e sentir como se estivessem dentro da cabeça e do coração das mulheres, tinham sido de fato capazes de entendê-las. Caso contrário, Jorge Amado e Chico Buarque não passariam a vida inteira – ainda bem que o Chico continua – tentando lançar alguma luz que não se diga sobre o amor, como ente superior e absoluto, mas sobre o amor da ótica das mulheres. Este é o grande desafio para os homens, e o delegado entregava os pontos. O que essa mulher pensa e sente está muito além da minha inteligência pedestre, sentenciava.

Por que ela cortou a relação assim, de estalo? Pior, por que dera antes tanta corda, descera de seu pedestal, revelara-se humana e mortal e, da noite para o dia, produzira outro homem, ao som de um inesquecível, tanto quanto intragável, Vou me casar com ele? Até agora perplexo, o delegado se perguntava, E fazer o quê?, esgoelar-me com frases do tipo, Casar é o cacete!, eu te proíbo de casar com outra pessoa que não seja eu, euzinho, e ninguém mais, entendeu? De nada adiantaria, ela estava de cabeça feita. Por quê? Duvido quem saiba explicar, desafiava.

Ao final, saiu soberbo, ou, pelo menos, assim procurava parecer. Tudo bem, vá viver com esse cara, quem quer que ele seja, duvido que te dê mais do que casa, comida e roupa lavada, carinho e paixão eram promessas só minhas. Momentos depois, consolava-se como podia. Enfim, essa foi a primeira fria em que entrei, mas, juro, será a última, tenho de ficar esperto e, quer saber de uma coisa?, adeus São Paulo, para mim essa cidade era ela, e como ela não existe mais...

Decepção com o amor faz essas coisas. Esquecera que deixara o Rio justo para estudar e se formar na USP, ser delegado de polícia em São Paulo, perseguir bandidos e não conhecer e ficar de quatro por uma bela mulher que, agora, o trocava por outro. Adeus São Paulo significava, portanto, forte inflexão em seus planos. E tudo isso por dor de cotovelo. Enfim, não é disso que se nutrem a arte e a vida?

A notícia do concurso para delegado de polícia em Brasília veio a calhar. A combinação do calendário ajustava-se como uma luva. Era só desfazer-se de uma vida aqui e recomeçar outra acolá – como se fosse fácil. Não havia nem poderia haver alegria na saída, menos ainda na chegada. Tanto mais porque, em São Paulo, ele já tinha até esboçado alguns planos de trabalho, no encalço de uns peixes grandes e fedorentos que identificara. Não se iludia quanto à possibilidade de botar os bandidos na prisão. Pilhar e deter esquemas de corrupção eram ações extraordinárias, dificílimas, mas não impossíveis. Punir os culpados, entretanto, outro capítulo bem diferente.

Projetos e ilusões ele tivera de deixar em São Paulo e aterrissava em Brasília para começar do zero. Não conhecia vivalma entre a gente honesta da cidade nem tivera tempo ou interesse em antecipar os possíveis novos alvos de seu trabalho. Não tinha pressa, sabia de antemão que toda capital, sobretudo quando isolada dos principais centros produtivos e constituindo, ao mesmo tempo, o núcleo do poder político do país, costumava estimular negócios e negociatas. A linha de separação entre essas atividades é tênue, a grande maioria das pessoas cruza-a manhã, tarde e noite, de maneira tão natural que, sem ninguém para fiscalizar, chamar a atenção ou — que exagero! — punir, às vezes resulta complicado qualificar de crime o que a rotina da vida transformou em prática consagrada, livre de pecados e, portanto, recriminação. Como bom carioca, ele recorria a Martinho da Vila, para chegar *devagar, devagarinho*, a Brasília, cidade de que já não gostava. Só não queria quebrar a cara tão cedo.

O concurso para delegado correu bem, conseguiu mesmo uma boa colocação entre os aprovados. Por isso, chamou a atenção dos futuros chefes, tanto daqueles que sempre batalham por bons funcionários quanto dos outros que temem e segregam gente metida a competente, perita em se meter em tudo, useira e vezeira em ter ideias revolucionárias todo o tempo, sempre inconformada com o ritmo normal e tranquilo de trabalho, eufemismos que ajudam os burocratas ou, pior, os membros secretos da banda podre da polícia, a evitar a presença, os olhos e os ouvidos de funcionários diligentes.

Sua primeira lotação foi a Delegacia de Repressão a Sequestros (DRS). Gostou do desafio. Era sabido que, em Brasília, quem mandava menos já mandava muito. Logo, poucos seriam os sequestros de gente da alta classe, dos "bacanas", e muitos os dos pés descalços, e quem se importava com o sumiço de pobre? Uma frase continuava a balizar grande parte de suas ações, Olhe sempre para os dois lados, dissera Tião, ao se despedir. Beto não teve tempo de esclarecer com o amigo se "os dois lados" significava rico e pobre ou bandido e policial. Não tivera tempo nem vontade de explorar, pois estaria, na segunda opção, admitindo que o amigo enveredaria pela vida de crimes, opção que, como agente da lei, ele não poderia aceitar. Portanto, mais do que para os dois lados, olhava mesmo para o lado dos pobres. Segundo ele, os ricos sempre conseguiam advogados cheios de truques que não se cansavam de dar nó na interpretação das leis, beneficiando-se das várias imprecisões nos textos legais, algumas involuntárias de parte do legislador, outras tão descaradas que só poderiam ter sido intencionais.

O delegado alugou um apartamento na Asa Sul. Foi por pura frescura carioca. As Zonas Sul e Norte no Rio distinguem-se pelo cabotinismo de os da Zona Sul se julgarem membros incontestes da elite, não apenas do Estado, mas de todo o país, e os suburbanos que se contentem em morar na Zona Norte. Em Brasília, contudo, Sul e Norte são referências cardeais, com a diferença talvez de ordem cronológica. A Asa Sul era mais antiga e, nem por isso, melhor ou pior. Mas o delegado instalou-se ali, ainda que na fronteira da Asa Norte, num prédio de três andares, sem elevador, sobre uma rua que se identificava como L-2 e que desembocava numa avenida larguíssima, Esplanada dos Ministérios, cortada, por sua vez, por outra das mesmas dimensões, de nome também exagerado, Eixo Monumental. Só louco para morar numa cidade dessas!, deixou a frase solta no ar, sem maior aprofundamento, não cabia mais discutir as razões para estar ali.

Ele optou pelo terceiro andar. Parecia determinado a viver só. Que mulher toparia subir – digamos, uma segunda vez – três lances de escada? Isso não o incomodava. Talvez, lá no fundinho, tivesse sido essa mesma a razão maior da escolha. Por outro lado, o apartamento tinha três quartos, um absurdo tanto para o mobiliário dele – descontados um óleo do Carlos Vergara, gaúcho residente no Rio, e uma gravura, David do Michelangelo, do baiano radicado em São Paulo, Emanoel Araújo, obras de primeira grandeza, arrematadas em leilões de segunda – quanto para o estilo de vida que acabara de inaugurar, acordar, duchar-se, tomar café na rua, comer na rua, beber na rua e voltar apenas para dormir. As coisas não somavam, morar no terceiro andar em um prédio sem elevador e, ao mesmo tempo, exibir um apartamento de três quartos desestimulava tanto quanto admitia companhia futura como se a opção pelo isolamento e a esperança de dias melhores pudessem conviver sem conflito. Enfim, levante a mão quem nunca foi contraditório na vida, isto é, quem, em sã consciência, tomou uma direção sem, no fundo, seguir torcendo para ser levado por outra diferente, se não oposta.

Para quem perguntasse por que escolhera aquele endereço, a resposta saía fácil, Fica perto do trabalho, resposta pouco convincente, porém. No Plano Piloto de Brasília, nada é longe, no máximo pode ser complicado nas horas tradicionais de pico do trânsito, chegada e saída do trabalho, e ida e volta do almoço. O outro argumento era melhor:

— É mais fácil para ir à Julio Adnet.

— E vai fazer ginástica lá?, não gasta dinheiro não, a polícia tem sua própria academia.

— Não tô procurando ginástica, é caratê, me disseram em São Paulo que o professor de lá é dos bons, um tal de Gibrail, sempre que tiver tempo vou pegar um treininho.

— E você faz caratê há muito tempo?

— É, faço.

— E qual é sua faixa?

— Preta,

informação que, em geral, somada ao tamanho da fera, encerrava a bateria de perguntas.

Os companheiros de trabalho na DRS receberam-no bem, atitude até certo ponto surpreendente. Um, ele vinha de outro estado, e do estado mais rico do país, com reputação de metido a besta. E, dois, tinha concluído a USP, curso de categoria muito superior à da grande maioria dos delegados. Seria, assim, de esperar certa reticência na acolhida. Não ocorreu, entretanto. Foram todos, se não cordiais, pelo menos profissionais, o que antecipava belo ambiente para o novo delegado-assistente. Entregou-se ao trabalho, como sempre fazia, cantando pneus nas curvas e, sem o perceber, menos ainda buscar, aproximou-se mais de um agente de polícia, de nome Tadeu e sobrenome checo ou finlandês que demorou para guardar, policial que exibia a mesma fome de investigação que ele.

Juntos começaram a fuçar casos antigos pendentes. Beto atribuiu alta prioridade aos de sequestros de crianças. A ligação com máfias do ramo de adoção revoltava-o, mas a indignação maior viria quando se inteirou da existência de outro tipo ainda pior de operação, também envolvendo crianças, a de tráfico ilegal de órgãos. Aí seu sangue ferveu, e ele mergulhou de cabeça no calhamaço de processos arquivados por falta de provas.

Em meio a muita informação mal coletada e mal processada, uma pracinha na Asa Sul da cidade terminou chamando sua atenção. Nada que criasse um padrão suspeito, mas, mesmo assim, dali haviam desaparecido, nos últimos anos, seis crianças, número elevado se comparado com o dos outros locais de Brasília, cujos Boletins de Ocorrência, os famosos BOs, registravam sequestros que variavam de um a dois casos no máximo. Outro dado que passou a intrigá-lo era o perfil das famílias das crianças sequestradas. Tratava-se de pessoas que, embora residissem no bairro de gente de alta renda, ocupavam áreas mais modestas e mal estavam empregadas. Como conseguiam pagar babás? Era provável que fossem senhoras mais velhas já sem ocupação durante o dia, mais do que dispostas, portanto, a receber uns trocados para pajear os bebês dos outros, enquanto seus pais trabalhassem. Aos olhos dos bandidos, vítimas fáceis para ludibriar na manobra de fugir com as crianças. Ou, quem sabe, mulheres com alguma esperança de terminar seus dias com mais dinheiro do que suas magras pensões. O delegado chegou a imaginar ter tirado a sorte grande. Acertara na primeira aposta, as babás eram todas mulheres de alguma idade, parentes dos bebês sequestrados ou aposentadas. Mas a leitura ávida dos interrogatórios jogaria água fria em seu otimismo inicial. Tudo perguntado e verificado, nenhuma babá sobrevivera como suspeita.

A cobertura da imprensa tampouco ajudava. As manchetes indignadas com chamadas sensacionalistas do tipo "Sequestraram um bebê!" não duravam muito. Em poucas semanas, às vezes uma dezena de dias, as investigações limitavam-se a notas no meio da edição, até emudecerem de todo. Os meios de comunicação tinham vários outros crimes a cobrir, sobretudo diante da incapacidade da Polícia produzir pista nova que mantivesse vivas a investigação das autoridades e as esperanças dos familiares e da opinião pública. De repente, como se insensível a tudo, o mundo retomava seu ritmo normal, e ficava mais difícil distinguir as diferenças e alternâncias entre mocinhos e bandidos.

Lendo e relendo os relatórios policiais, bem como conversando com um ou outro colega de Brasília que ainda pudesse ter alguma lembrança dos casos pendentes, Beto e Tadeu não foram longe. Tadeu chegou a mencionar, na ilusão de que fosse um grande achado, que um único jornalista tentara perseverar na investigação, a julgar pelas matérias que, volta e meia, retomava sobre um caso ou outro.

— Como é o nome dele?, perguntou Beto.

— É Nico Zymbsynski.

— Ele é parente seu?

— Parente meu, por quê? Meu nome é Taakâeteya, não tenho nada que ver com esse cara.

Beto riu do não sorriso do Tadeu e acrescentou:

— Vocês podiam se juntar e trocar vogais por consoantes, o resultado ficaria melhor para os dois.

Ainda assim, Tadeu não sorria. Beto desistiu.

— Tá bem, vai lá conversar com seu "primo" e vê se me traz alguma novidade.

Enquanto aguardava um milagre, Beto encontrou, jogada entre os documentos, uma foto ainda nítida de um dos garotos sequestrados. Talvez não tivesse, então, completado o primeiro ano de idade. Decerto, seria um rapagão hoje. Manteria traços da infância?, perguntava-se. Foi quando lhe veio uma ideia. Chamou o gênio da eletrônica da DRS e consultou:

— Você consegue colocar essa foto na tela do computador?

— Claro que sim.

— E, depois, vai dar para metralhá-la por todo o mundo?

— Sem dúvida, em que o senhor tá pensando?

Beto não gostou do tratamento de senhor, mas perdoou o rapaz pelas outras respostas. A ideia era expor a foto do garoto na internet, com a legenda, Você já viu esse menino? Não precisava explicar, quando a polícia pergunta é porque tem alguma coisa errada, quem for do bem vem ajudar, raciocinava o delegado. Dito e feito. Só que o primeiro contato foi feito por Dona Terezinha, a mãe do menino sequestrado, que há anos já não esperava mais coisa alguma da polícia quanto ao paradeiro de seu filhote, mas, nem por isso, desistira de buscar por ele, sem recursos, sem pistas, sem horizontes de solução. Agora, ao ver a foto do filho, acompanhada do interesse renovado da polícia, voltou por fim a sorrir e quis que o delegado fosse o primeiro a sabê-lo:

— Que Deus o abençoe, meu filho, foi como abriu e encerrou a conversa.

Mas, logo depois, entrou uma ligação que revolucionou a Delegacia. Uma senhora de Belo Horizonte dizia ao telefone:

— Acho que conheço o menino da internet, ele mora bem aqui na minha vizinha, tem a mesma carinha.

A polícia mineira deu ao Beto e Tadeu todo apoio no aeroporto e levou-os direto à casa suspeita. Um único toque na campainha trouxe à porta uma senhora com cara de pouquíssimos amigos.

— Boa tarde, sou o Delegado Pacheco, de Brasília, a senhora é a Dona Raimunda, não é?

Preferiu omitir que trabalhava na Divisão de Repressão a Sequestros, seria o mesmo que anunciar numa roda de traficantes que pertencia à Liga Antidrogas.

— Sou eu mesma, e o que o senhor quer?, o tom não podia ser mais hostil.

— Vim aqui em busca de informações, estou seguro de que a senhora poderá me ajudar.

Ela fez menção de fechar a porta, e ele, na mão grande, como se diz na polícia, empurrou porta e madame para entrar na casa.

Mesmo sem ter sido convidado a se sentar – e como poderia, no clima que já estabelecera para a conversa? –, Beto perguntou com a calma e a paciência que não eram de seu feitio, mas confiante em que ela perdesse primeiro o equilíbrio:

— A senhora mora sozinha?

— Não, moro com meus dois filhos, por quê?, agudizava a insolência.

— Dois meninos?, perguntou inocente.

— Não, uma menina e um menino, acendeu um cigarro.

— E onde eles estão?

— No colégio, chegam daqui a pouco, o que quer com eles? Eles não fizeram nada, nem eu.

Beto retomou o questionário:

— A senhora tem fotos deles?, não estou vendo nenhuma aqui na sala.

Ainda mais contrariada, esquivou-se.

— Estou no meio de uma faxina, tirei tudo de cima das mesas, mas foto mesmo acho que não tenho não, deixa eu procurar lá dentro e depois eu ligo pro senhor, tá?

— Dona Raimunda, a senhora tem certidão de nascimento das crianças, cansou-se o delegado.

— Claro que tenho, que estória é essa? O que o senhor está insinuando? Quer saber de uma coisa? Ponha-se daqui para fora, conheço meus direitos, declarou.

Era o que Beto mais temia. Depois da Constituição de 1988, que corrigira mazelas várias na sociedade brasileira e dera proteção especial e há muito devida aos direitos humanos, não era permitido fazer o que Beto acabara de fazer, apenas com base em suspeita, entrar à força numa casa, onde, como se viu, não era bem-vindo. Aquele "conheço meus direitos" traía, de maneira inequívoca, que a tal senhora tinha antecipado que um dia a polícia poderia bater à sua porta e interpelá-la, situação que precisava ser amparada com a orientação de algum advogado. Por que antecipara a necessidade de recorrer a um advogado? Por que tantos cuidados? Quem tem medo deve, era uma das regras de ouro do delegado, para quem, com aquela frase, a tal senhora tinha acabado de assinar sua sentença de culpada. Bastava definir do quê, de sequestro ou de cumplicidade?

Tudo isso processou-se em breve fração de segundos na cabeça do delegado, que já se preparava para retomar o interrogatório quando foi interrompido pela entrada na casa da cópia amadurecida da foto que ele estampara pela internet. Não cabia mais dúvida, a criança sequestrada era aquele rapazinho, que, assustado diante do carro da polícia lá fora e do mundo de gente na sua frente, enfiou todo o sorvete de picolé que carregava na boca. Beto tentou ser simpático:

— Ainda bem que chegou, estávamos falando de você. E só por curiosidade, torce pelo Cruzeiro ou pelo Atlético?

O garoto depositou o pauzinho do picolé no cinzeiro, já entupido de cinzas e cigarros fumados pela mãe, e respondeu, sem ganas de prosseguir o diálogo, a ponto de escolher um time muito menos popular do que os dois citados:

— Sou América.

O delegado entendeu e mudou de tática, apelou para a responsabilidade. É uma simplificação supor que jovem não sabe jogar sério.

— Você como se chama?

— Marcelo, ponto.

— Marcelo, olha aqui, sabe o que é, recebemos umas notícias lá em Brasília que são muito graves. Eu mesmo não acredito em nada disso, mas sou obrigado a investigar, sabe como é, né? Meu chefe é um chato de galocha, não vai largar do meu pé enquanto eu não apresentar provas concretas num sentido ou noutro, tá me entendendo?

Sem nem mesmo piscar, Marcelo indagou:

— Entendendo o quê?

— Você aceitaria fazer um exame de DNA?

Antes que ele pudesse reagir, Dona Raimunda pulou alto, movimento que virou ao chão a mesinha de centro e tudo que estava em cima, e explodiu:

— Agora chega, sai daqui agora mesmo, nos deixe em paz e leve essa sua investigação pra puta que pariu.

Beto fingiu acuamento, pediu a Tadeu que devolvesse a mesinha a seu lugar e limpasse o chão – recado claro ao colaborador para recolher pelo menos o pauzinho do sorvete e algumas guimbas de cigarro e esconder tudo no bolso da calça. Para distrair a atenção, propôs um cumprimento de despedida em gesto de paz.

— E eu lá quero apertar a mão de policialzinho de merda?, sacudiu os braços Dona Raimunda, ofendida, abrindo a porta da rua em gesto de guerra.

Tão rápido como chegaram a Belo Horizonte, Beto e Tadeu partiram de volta para Brasília. Por telefone, o delegado convocou o pessoal do Instituto de Criminalística para aguardá-lo e examinar os cigarros fumados por aquela mulher horrorosa e o picolé de sorvete do Marcelo. Em seguida, chamou o delegado titular da DRS e anunciou:

— Já concluí a diligência em Belo Horizonte e, mesmo sem os resultados dos exames de DNA, posso apostar que o rapaz é o garoto sequestrado. Talvez fosse melhor você se encontrar comigo lá no Instituto de Criminalística, esse caso vai acabar na imprensa.

Em seguida, não resistiu e, na contracorrente de seu profissionalismo, ligou para Dona Terezinha e revelou:

— Não quero criar ilusões para a senhora, mas acho que encontramos seu filho.

Um falou

A contagem do tempo depende das circunstâncias e das pessoas envolvidas. No caso dos homens, por exemplo, não há como iludir o espelho, a idade se evidencia usando ou não roupas da moda jovem, pintando ou não as mechas brancas, chupando ou não a barriga, guaribando ou não os dentes etc. Já com as mulheres, a coisa é diferente. Tudo tem a ver com a imagem, mas não a refletida pelo espelho, que não mente, aliás, mas ainda assim pode ser trabalhada. Uma plasticazinha a partir de alguns aniversários, muitos *personal trainers* nas horas de folga da semana, roupinhas bem transadas e feitas para enfeitar, um companheiro mais velho para transferir-lhe o ônus da idade, tudo isso pode fazer o truque com mulheres capazes de se mostrar com tudo em cima e, portanto, enganar por vários anos o rigor do calendário. É lógico que existem exceções, são aquelas que assumem, com charme, inteligência e elegância, a idade que têm e se tornam, a meu ver, as preferidas, embora haja polêmica a respeito.

Em relação aos carros, o tempo também varia. Se estiver vendendo, você sempre dirá:

— Apesar dos anos, olha só como eu rodei pouco!

Se estiver comprando, a pechincha deverá exigir compensação de preço pela altíssima quilometragem, qualquer que seja. A bordo de um avião, a pergunta mais frequente será, Quanto tempo falta pra gente chegar?, a garganta apertada mesmo depois de afrouxado o colarinho lá atrás, ainda na decolagem. Nos botequins, bares e casas noturnas, em geral, o tempo pode ser medido pelo número de copos, pela pilha de bolachas, no caso do chope, e até por barris, nos dias de festa.

Pois bem, muitos copos ou bolachas depois da cerimônia de minha iniciação no Clube dos Injustiçados, eu ousava sentir-me como sócio pelo menos honorário. Os membros fundadores da instituição não esperavam grande coisa de minhas opiniões, mas já não me hostilizavam. Às vezes, apenas fingiam não ouvir algumas das minhas belas ideias. Uma noite tentei vender a teoria de que Brasília tinha qualidade de vida superior à da maioria das cidades brasileiras.

— Por quê?, rosnou o delegado.

— Porque aqui é mais seguro, comentei com humildade.

Ele reteve meu olhar e retrucou:

— É porque aqui a maioria dos bandidos está nos gabinetes, não nas ruas.

Cortadas à parte, o importante era que permitiam minha presença. Não chegavam a me convidar, tipo, Tá vindo amanhã?, mas, quando eu aparecia, puxavam uma cadeira, mesmo que fosse da mesa do lado – naturalmente sem pedir permissão a ninguém – e me instalavam na roda.

Ainda não tinha conseguido traçar perfil mesmo que tentativo daquelas pessoas. Não era preciso muita capacidade de observação para concluir que o delegado exercia natural liderança sobre os demais. De início, relacionei a atitude de todos a seu colosso físico, o Touro, como eu o defini, ao vê-lo no primeiro dia. Pouco a pouco, porém, atento como sempre estava ao teor das conversas e à linguagem corporal do grupo, me dei conta de que se tratava também de uma espécie de reverência que roçava o carinho, uma atitude de reconhecimento e agradecimento que elidia a bajulação e, ao mesmo tempo, traduzia com muitas letras devoção forjada em momentos muito especiais. Pancho e Braz olhavam-no de baixo para cima, até quando discutiam futebol. E Nico ouvia tudo em silêncio, os olhos abertos ou fechados, tomava todas e jamais saía sem lascar um beijo na careca do delegado.

Torcia para uma noite sobrar um deles comigo à mesa. Fracassado ou não, melhor dito, injustiçado ou não, eu não conseguia, como escritor, conter imensa curiosidade sobre aquela confraria, em geral, e o confrade-mor, em particular. Muita gente volta e meia juntava-se a nós para, de uma forma ou de outra, repetir a atitude pelo menos respeitosa. Só que ninguém – de fora e, sobretudo, de dentro do Clube – deixava escapar coisa alguma que me ajudasse a construir, já não digo um quadro definido, mas pelo menos um mero esboço do misterioso delegado Pacheco.

Pois não é que uma noite choveu na minha horta? Nico, o delegado e Pancho levantaram-se da mesa. Incrível, nenhum deles caminhava com dificuldade, depois de tudo que tinham bebido. No máximo, andavam devagar, como quem estivesse com muito sono, o que não chegava a ser grave, em vista do adiantado da hora. Braz permaneceu comigo e logo pediu outro traçado. Nem esperei Deus chegar com a bandeja e fui direto ao ponto:

— Por que vocês todos idolatram o delegado?

Ele abaixou a cabeça, brincou com o copo, quando por fim voltou renovado e perguntou:

— O que é idolatrar?

Fiquei sem graça e expliquei, ele topou e, sem mágoa nem hesitação, começou a falar:

— Devemos a vida a ele, somos o que somos graças a ele, o que ele quiser que a gente faça é só pedir.

Correspondia mais ou menos ao que eu havia intuído, mas soava coisa de militar, um relato de campo de batalha, dívidas de sangue que só podiam ser pagas com mais sangue. Percebendo o carrossel que girava em minha cabeça, Braz interveio de novo, dessa vez contendo as interrupções.

— Você não é daqui, pode não se lembrar. Há uns bons anos, sequestraram um menino em pleno dia numa pracinha aqui em Brasília. Por acaso ouviu algo sobre essa história?

Respondi que sim e mentia.

— Pois é, prosseguiu Braz, encontraram um garoto que tinha sido levado lá para Minas. E sabe quem encontrou?

A pergunta era só por efeito, Braz tinha certeza de que eu desconhecia a resposta e, por isso, provocou de novo:

— Sabe quem o encontrou?, o delegado.

E recapitulou capítulo por capítulo toda a história para, lá na frente, mais uma vez, brincar:

— Sabe quem é o garoto? É o Pancho.

Engoli o resto do meu chope e pedi outro.

O diabo da mulher tinha sequestrado o bebê na hora de maior movimento na pracinha e partira direto para Belo Horizonte. Não sei muito bem, mas a estória que vendeu lá era que estava grávida de um tal sujeito rico, que se negava a admitir qualquer relação com ela e tampouco a comprar-lhe o silêncio que ela jurava ser capaz de manter mediante uma boa quantia de dinheiro. Muita gente sabia que a tal moça já tinha passado pela cama de vários homens. Juiz algum daria ganho de causa a uma mulher com semelhante reputação.

Frustrada em sua primeira armação, a mulher resolveu "ter" o filho, na esperança de confrontar o tal sujeito com o fato consumado. Se meteu na fazenda de um pessoal conhecido dela lá em Minas, prometeu uma comissãozinha se tudo desse certo e, nove meses depois, apareceu com o filho no colo no trabalho do cara que chamava de pai da criança e ameaçou ir à casa dele e mostrar à esposa o exame de DNA que provava, segundo ela, quem tinha comido quem. Ele não quis mais escândalo, como diz o delegado, quem teme deve, e ele temeu e pagou.

— O mais incrível de toda essa estória é que Dona Raimunda tinha aprontado uma pirueta sem rede de proteção, isto é, chantageou o cara, sem imaginar que pudesse ser questionada. Apostou que o "pai" terminaria por evitar um processo de verificação da verdade. Que verdade? Como dizia o delegado, quem teme deve, e ele piscou primeiro. Aceitou dar-lhe uma bolada, desde que ela sumisse com a criança da sua vida. Foi aí que ela percebeu a ausência de sua segunda rede de proteção. Mas, dessa vez, a queda seria livre. Dona Raimunda teve de criar o menino, e aí vem para mim a parte mais maluca de tudo isso, aumentou o suspense Braz.

E eu caí na armadilha:

— Ainda pode piorar?, perguntei.

— E como, ouça só. O menino sequestrado, Patrício, o nosso Pancho, tinha uma irmã, não tinha? Por precaução, o delegado obteve uma ordem judicial para alojar a menina num centro religioso em Belo Horizonte até a conclusão do inquérito policial, quando, então, poderiam ser decididos os destinos de Dona Raimunda e da garota. Só que Pancho não parava de falar da irmã. O delegado chegou a pensar em reunir os dois irmãos na casa da mãe verdadeira do Pancho, Dona Terezinha, mas juiz nenhum daria essa autorização, e o que aconteceu?

Braz recorria de novo ao teatro:

— O delegado tirou outro coelho da cartola e instruiu, Quero comparar os DNAs da menina e da suposta mãe, quem disse que essa mulher é mãe dela mesmo?

E não deu outra.

— Filha é o cacete!,

explodiria Tadeu, os resultados do laboratório e o coração na mão.

— Parabéns, delegado, agora tá tudo resolvido.

— Como resolvido, Tadeu? Por acaso você sabe quem, quando e por que sequestrou essa menina, e como, quando e por que ela virou irmã do menino? Só sei que terá sido lá atrás, quando os dois ainda eram pequenos, porque ele só se refere a ela como irmã mesmo.

A pedido do Pacheco, a polícia de Belo Horizonte encostou a tal Dona Raimunda na parede, e a confissão do crime não tardou a sair, um absurdo de história. Quando se viu obrigada a criar o menino, a tal mulher imaginou que melhor seria ele ter um irmão ou irmã. Sabe como é, um faz companhia ao outro, ainda teve a coragem de comentar. Voltou, assim, a Brasília e repetiu a estratégia do golpe anterior, observou com atenção o movimento de uma outra pracinha por uma semana, escolheu sua vítima, pegou a menina na distração da babá, no caso a avó da menininha, e retornou para Belo Horizonte como chegara, em um carro roubado, distinto do que usara na viagem de ida, também roubado, agora estacionado na frente do Hotel Nacional, onde demoraria um século para levantar qualquer suspeita.

De posse da confissão, só faltava agora descobrir os pais da pobre menina, para o que o expediente da Internet foi mais uma vez salvador, embora as situações fossem de alguma maneira diferentes. Com Pancho, o desafio era produzir um rosto adolescente que batesse com uma foto infantil, ao passo que, com sua "irmã", se buscava a lembrança de um rosto infantil que pudesse combinar com uma face já adolescente. As possibilidades de engano eram infinitas, as linhas de evolução dos traços, incontáveis, mas, no dia seguinte à divulgação da foto, Tadeu entrou no gabinete do delegado atrás de um sorrisinho que como sabemos não lhe era frequente, e na frente de duas pessoas, sobre quem não precisou dizer coisa alguma. Bastou exibi-las ao delegado, o homem trazia o rosto vincado pela vida e, nem por isso, olhos abatidos nem a cabeça baixa, e uma jovem e bela moça, a seu lado, a menina sequestrada, que todos sabiam continuava em Belo Horizonte.

O delegado não queria acreditar no que via e interpelou o assistente como quem se belisca:

— O que significa isso?

O visitante distendeu o ambiente:

— Delegado, meu nome é Vitor, e essa é minha filha, Vera, irmã gêmea, univitelina, da menina sequestrada, cuja foto a polícia circulou pela internet e que se chama Verônica, aliás.

— Braz, essa história daria um bom enredo para uma novela da Globo,

nem cuidei em disfarçar minha incredulidade, Esse cara tá me sacaneando, repetia-me. Mas Braz insistia no conto:

— Tá pensando que inventei tudo isso só para fechar a noite? Pois, então, saiba que essa novela ainda rendeu outros capítulos, virou outro copo de traçado e retomou a estória.

Verônica foi trazida de Belo Horizonte e reuniu-se com a família em Brasília. Sua mãe não tinha conseguido esperá-la. Definhara, ano após ano, com a notícia do sequestro, até um dia fechar os olhos *para nunca mais*, como cantaria Milton Nascimento. Agora, a casa por fim reaprendia a sorrir, a festejar, o "irmão" Pancho sempre presente, a fraternidade sendo reescrita com o amor de sempre. Seu Vitor aproveitou a introdução dos estudos vocacionais de Patrício/Pancho em Belo Horizonte e matriculou-o no Sesi de Brasília em mecânica de carros. E Verônica não descansou até alcançar a irmã no colégio, estimulada, entre outros tantos motivos, pelas confusões que a presença das duas sempre provocava, Mas, afinal, quem é essa, a Vera ou a Verônica?, o que as divertia às cócegas.

É dessa época o crescimento do bigode e da pança de Patrício, cujo apelido Pancho talvez tenha sido incorporado como para aumentar as distâncias da vida passada. Seguia irmão de Verônica, mas, em relação a Vera, os sentimentos poderiam ser diferentes dos que reservava a sua companheira de infância, com a vantagem, porém, de não suscitar trava ética alguma, o olho grande podendo esticar-se distenso e cobiçoso pela formosura e sensualidade da moça. Verônica foi a primeira a perceber:

— Vera, Pancho tá te paquerando!

— Que isso, mana, eu também sou irmã dele, já esqueceu?

Verônica sorria e matizava:

— Para ele, eu sou a irmã, você...

Lá na frente, em um dos aniversários do "nascimento" de Pancho, o próprio Delegado Pacheco, como sempre convidado de honra naquela data redentora, cochichou:

— Vitor, acho melhor você ir se preparando para uma festa das grandes, repara só como o Pancho não desgruda da Vera.

Não dava para engolir tudo aquilo e peitei:

— Braz, agora chega, se você não parar, eu vou rolar no chão de tanto rir ou chorar, vai ter imaginação assim lá no inferno! Tá pensando que meu ouvido é penico?

— Ah, é? Então espera até conhecer a mulher do Pancho. Mas, se não aguentar a espera, vai lá na oficina dele, as duas trabalham juntas, a Vera é a gerentona, e a Verônica, a contadora.

A prioridade das prioridades

Sem hesitar, Lia tomou uma decisão final, suicidar-se. Mas, primeiro, trancou-se no quarto e chorou a alma. A cada batida à porta, Marly esgoelada e também em lágrimas do lado de fora, capaz apenas de um rogo agônico de desculpas, Lia soluçava e encharcava com mais vigor a fronha, ao som de um patético, Mamãe me traiu!, se vendeu pra'quele homem, e tome de choro, para, em seguida, retomar o drama, Meu Deus!, que tragédia!, que horror! etc.

Aos pouquinhos, o choro sobre a cama e as lamúrias atrás da porta cederam o passo a uma nesga de racionalidade que se infiltrou na cabeça pelo menos de Lia, a ponto de permitir-lhe um dedo de reflexão mais objetiva. Eu conheço mamãe, ela nunca se prostituiria assim vendendo a filha. Se tá sendo duro para mim saber dessa história, imagina o que terá sido para ela aceitar a ajuda daquele desclassificado que papai tanto desprezava? Será que é isso ser mãe? E voltava o choro, só que, dessa vez, sem lágrimas, esgotadas ou detidas pelo raciocínio, inimigo mortal das emoções juvenis. O olhar perdia-se janela e noite afora. No escuro do céu, brilhavam estrelas e pipocavam algumas dúvidas.

Terá sido por isso que mamãe jamais quis conversar sobre o pagamento do cursinho? Insistira com ênfase Dona Berenice:

— Não é problema, Lia, seu pai não nos deixou fortunas, mas a pensão é mais do que suficiente para cobrir seus estudos.

A filha abria a geladeira e verificava o que faltava, evidência física indiscutível do exagero das contas falseadas pela mãe. Acontece, contudo, que, desde cedo, não resistimos a desenvolver uma espécie de me-engana-que-eu-gosto, diante de situações extremas. Como não era provável que a mãe tivesse assaltado um banco nem rodado bolsinha na esquina, aquele dinheiro estaria saindo de algum lugar lícito e possível, quem sabe da pensão do pai, quem sabe dos espaços da geladeira. Enfim, quando eu me formar, vou poder compensá-la. Era assim que Lia fechava, com carinho e determinação, o monólogo.

Conhecendo agora toda a história e, em especial, começando a absorver a maneira abrupta e violenta como ocorrera, Lia perguntava-se pela enésima vez. E fazer o quê? Confrontar mamãe com a verdade, a ignomínia do acordo com Seu Erasmo? Nunca mais falar com ela, para que sinta o quanto estou sofrendo?

De um momento para outro, desviava a direção das perguntas. E a Marly?, pobre moça, não é culpada do pai que tem. Ela bem que tentou. Saiu da casa em Diadema e foi viver em São Paulo. Só que fez tudo à maneira dela. Mudou de cidade para não mudar de vida. Posso deixá-la agora à própria sorte? Jogá-la de volta à sarjeta, como ela mesma qualificou? Meu Deus, eu é que tô na pior e ainda me preocupo com os outros?

Bem cedo, na manhã seguinte, Lia tinha plena consciência de que, um, mudaria de endereço. Dois, quanto à Marly, informaria e não negociaria essa decisão. E, três, em vez de rejeitar a mãe, compadecia-se dela e estava disposta a apoiá-la na vergonha decorrente do pacto celebrado com um canalha. Temia, contudo, não conseguir ocultar da mãe que já tinha pleno conhecimento da verdade. Mas, se isso acontecesse, cuidaria para não lhe cobrar explicação alguma. Antes, ressaltar seu reconhecimento pelo sacrifício incorrido, em nome de uma causa maior, que todas as mães se obrigavam a perseguir, oferecer à filha uma formação decente.

Satisfeita com o encaminhamento favorável a um dos problemas, voltava-se para o outro, enfrentar Marly. Abriu a porta do quarto com todo um discurso pronto na ponta da língua, só que já estava sozinha em casa, a cama da amiga sequer tendo sido desfeita, apenas amassada. Marly deve ter também chorado longo tempo ontem à noite e, depois, saído, imaginou Lia, que, em seguida, verificou o armário e reparou que a mala de mão sumira, indicação de que viajara, não para longe, porém. Talvez tenha decidido enfrentar logo o pai, conjecturou. Feliz de não ter de reiniciar o bate-boca com a amiga, em dois minutos empacotou suas coisas em uma mala e algumas sacolas de plástico e pôs o pé na estrada, ou melhor, na rua, em busca de uma pensão ou pouso temporário qualquer.

O quarto vago de que ouvira falar semanas antes já tinha sido ocupado. Por sorte, entretanto, no prédio vizinho, um rapaz acabava de mudar-se, como se tivesse combinado com Lia, e ela pôde instalar-se sem perda de tempo. No banco, pediu mil desculpas pelo atraso da manhã, mas sem muito sucesso. Foi recebida com aspereza, sob a alegação de que do trabalho dela dependia o futuro das operações financeiras da instituição dentro e fora do país, mesmo que, cinco minutos após, lá estivesse ela de novo empurrando papéis da mais inútil rotina, o emprego, no entanto, assegurado.

A jornada burocrática até colaborou para desovar-lhe a tensão da noite anterior e, em parte, fazê-la esquecer-se de Marly – eis um bom argumento em favor dos burocratas, não pensar ajuda a distender e arquivar os problemas. Concluída a jornada de trabalho, correu para a USP, onde, estava segura, reencontraria a felicidade. Sorriu para as Arcadas, as escadas, a galeria de celebridades, os pátios internos, as salas de aula e, até, para alguns alunos e professores, mesmo que não houvesse preferido algum. Lia não estimulava relações pessoais, carecia de tempo e interesse e não conseguia entender por que tantos rapazes tentavam cercá-la antes, depois e, às vezes, durante as aulas. Claro, nem se dava conta de que fosse belíssima, de rosto e corpo, e não vacilava em rosnar para qualquer abusado que a olhasse de maneira gulosa. O único valor que lhe importava era o que as pessoas exibiam na alma, no caráter, como seu pai, ou na cabeça, como ela estava determinada a demonstrar ao mundo.

Por isso, Roberto – Beto, Betinho – chegou bem. Imagine um carioca com a desfaçatez de gozar, em São Paulo, o sotaque paulista de Lia.

— Ah, querr dizerr que você é do interiorrr?

— E você já vi que é du Rrrriu de Janeiruu, né?

Os dois trocaram um primeiro sorriso, e cada qual seguiu seu rumo. A prioridade de ambos estava nas salas de aula, e não nos corredores e lanchonetes da USP. Pelo menos, por enquanto. Esbarrões acidentais à parte, os dois voltariam a encontrar-se na lista de notas. Em Teoria Geral do Direito Privado I, Lia encabeçara a turma. Em Direito Constitucional I, entretanto, seria a vez do Beto. Já em Direito Romano I, Lia despacharia a competição, mas, em Teoria Geral do Direito Penal I, voltava Beto a despontar como o melhor.

Ao longo do curso, presenciou-se disputa não declarada e nem por isso amistosa entre os dois. Os números ao lado das matérias evoluíam de I para II, até III, de semestre em semestre, mas, quanto à liderança na lista de notas, só existiam 1º ou 2º lugares, ora Lia, ora Beto. Arre!, explodia ela ao vê-lo de novo na cabeça da lista. E sorrisinho amarelo da parte dele, ao ser ultrapassado por ela. Com a diferença de que, para ele, a cada dia, o mais importante passara a ser atrair a atenção dela, impressioná-la e, claro, no fim do túnel, conquistá-la. Primeiro, segundo ou último lugar na lista de notas era o preço que estava disposto a pagar, desde que, em troca, pudesse manter-se do lado dela, entretê-la, emprestar-lhe o ouvido ou um ombro, diverti-la, fazê-la rir, encantá-la e, dependendo do movimento dos corpos, roubar um cheirinho daquele cangote sublime. Ele seria capaz de apostar que fora, depois de fungada semelhante, que Cartola compôs *As rosas não falam... somente exalam o perfume que roubam de ti...*

Foi justo esse ambiente que se criara entre os dois o detonador dos planos do galã carioca. O compromisso de Lia – nem maior nem menor, apenas único – era com a USP. Não pudera nem quisera desconsiderar as segundas, terceiras e quartas intenções do sedutor Betinho. Começara até a gostar das deferências, sentir falta das conversas com ele, ainda que fosse para ouvir suas bazófias de carioca, de compartir algumas aflições antigas, como a culpa em relação ao pai, a alergia visceral a Seu Erasmo, a pena que sentia de Marly, seus sonhos na vida profissional, seus silêncios na vida íntima. Sem que Lia se desse conta, estar com ele tornara-se importante, parecia que os dois tinham desenvolvido um jeito cúmplice que só pessoas muito especiais são capazes de cultivar, um colchão de solidariedade no qual ela cada vez mais tinha vontade de recostar-se. Sem jamais o expressar de forma direta, sabia, como toda mulher acaba sabendo, que suas defesas já não prometiam a mesma resistência. Descobria, afinal, não ser de ferro, como planejava sê-lo.

À beira de aceitar e curtir suas vulnerabilidades, recebeu as notas do semestre, que, pela primeira vez, a situavam no meio da turma. Nada de grave para quem fosse normal e corrente. Para a super-Lia, no entanto, a mensagem vinha cristalina. Quer ficar com ele, desfrutar de tudo que ele promete ser?, vai em frente, mas esteja preparada para matizar seu projeto de posar como a craque da USP. Alguns acham, repletos de argumentos, que não dá para compatibilizar felicidade pessoal com êxito profissional, pelo menos não no início da vida adulta, como se prioridade implicasse, por obrigação, exclusividade. Faça, portanto, sua escolha.

Beto demorou a entender a mudança e, mais ainda, a aceitá-la. Determinada e, ao mesmo tempo, confusa, Lia preferiu evitar a porta da frente:

— Sabe o que é?, consegui aquele estágio de que lhe falei no Escritório do Archiboldo & Associados, o salário não é uma maravilha, mas dobra o que ganho no banco, e o trabalho nem se pode comparar, não tem nada de burocrático, voltarei a ser paga para pensar, soltou um risinho mais de nervoso do que de graça, e recomeçou, O problema é que terei de fazer um grande esforço, sobretudo nesses primeiros momentos, peço, então, que você me entenda e desculpe se eu desaparecer por uns tempos, tá?

Tá é o cacete, acha que vou aceitar essa de dar um tempo?, não tem nada disso não, você vai ficar comigo todo o tempo, na USP ou fora dela, e mande esse seu trabalho pros diabos! Só que estava falando sozinho há algum tempo, ela já tinha partido, e ele permaneceu deblaterando ainda por longos minutos, para pasmo dos passantes, que se perguntavam se o Largo de São Francisco já tinha inaugurado o curso de oratória ou de dramaturgia.

Cinco a zero

Alição aos soldados do tráfico tinha sido educativa. As famílias da Cidade de Deus já não eram mais pressionadas a trabalhar na preparação e distribuição das drogas. Aliás, nem precisava, a pobreza reinante e a falta de emprego nas redondezas asseguravam oferta regular de mão de obra à tropa do crime organizado. O problema residia no trato às pessoas, na desconsideração aos direitos humanos, no desrespeito ao que mais tarde seria chamado de cidadania, de parte da polícia. Era o tal negócio, quando nem as contravenções mais corriqueiras eram investigadas com propriedade e lisura, imagina os atos acometidos pela polícia, justo os donos do chicote, a quem, não obstante essa conduta, deveria corresponder o primeiro combate em favor dos interesses da sociedade?

O homem alto, magro e moreno adorava citações populares. Para ele, *levanta, sacode a poeira e dá a volta por cima*, consagrada por Paulo Vanzolini, soava como um poema. Outra, mais divertida, era: *quer moleza senta no pudim*. Mas, ali, na Cidade de Deus, ele ressuscitava outro dito, lá de trás, segundo ele mais apropriado para as circunstâncias: *puta, ladrão e mau-caráter não se regeneram, apenas descansam*.

O primeiro a cair seria o Sargento Dias, que, como muitos policiais daqueles tempos bicudos, se sentia o dono do mundo. Nada o preocupava, tomava o que queria, desafiava quem quer que fosse, desconsiderava homens e mulheres, a farda protegia-o e, se não bastasse, suas ligações com quem de fato mandava por ali projetavam-no como a imagem mais visível da autoridade. Acatá-lo era o mesmo que acatar a lei, ainda que ele mesmo não soubesse muito bem o que isso significasse.

Sua prepotência terminaria por matá-lo. Postava-se soberano contra a parede de um muro na esquina, à espera de sua comissão do tráfico, e nem se deu conta do sujeito alto, moreno e magro que se aproximara, a mão dentro do bolso, para, a meio metro dele, sacar um canivete e cravá-lo no pescoço. Dias pensou ter sentido dor, mas não entendeu por que tudo de repente se apagara diante dele, os joelhos dobrando-se e um caldo salgado e grosso lhe enchendo a boca, pronto para despejar-se sobre o chão, onde ele já se deitava, aliás, os olhos ainda abertos, sem mais nada enxergar, porém.

Na mesma semana, chegou a vez do Sargento Tenório. A notícia da morte do colega recomendara atenção redobrada. Podia ter sido algum marido ciumento, conhecida a reputação do Dias com mulheres, casadas ou solteiras. Podia ter sido sobra de disputas por pontos de distribuição de drogas. Podia ter sido uma série de coisas. Só que ninguém tinha a mais leve ideia de quem teria ousado "apagar", em plena luz do dia, um agente da lei, como todos os policiais estufavam o peito para bem-enquadrar a questão. Os traços difundidos – homem alto, moreno e magro – serviam para meio exército de pistoleiros. Alguém chegou mesmo a fazer menção ao passado:

— Não foi um tipo assim que dizem ter apagado uma porção de gente lá do Zeca, ele inclusive?

Ninguém lhe deu trela. Deixa o Sombra para lá, cochichavam todos, até o Sargento Tenório, que passou, desde então, a permanecer dentro da patrulhinha enquanto seu colega recolhia no bar os "reconhecimentos" pela proteção que a polícia prestava aos comerciantes da favela.

— Ué, e os impostos que pagamos?, teve a ousadia de interpelar uma vez um mulato atrevido que, segundo as más línguas, até reunião da União Nacional de Estudantes, a famosa UNE, conhecido celeiro de comunistas, de acordo com os militares e policiais, costumava frequentar. O rapaz desapareceu, uns dizem que desistiu de fazer perguntas, outros, que desistiram por ele.

Tenório acendia seu segundo cigarro quando, na sua visão periférica, um sujeito alto, moreno e magro acercou-se pela janela. O policial não teve tempo sequer de virar o rosto, um estilete comprido entrou-lhe ouvido adentro, perfurou-lhe o cérebro e despachou-o para longe, bem longe da Cidade de Deus.

A segunda morte não pôde ser tratada como apenas uma estatística ou, pior, mera coincidência.

— Não acredito em coincidências, mugiria Procópio, o novo chefão da Baixada Fluminense. A morte de um deve estar ligada à do outro. Levantem tudo que houver sobre esses dois policiais, onde trabalharam juntos, em que época, o que fizeram de cagada por aí, quero todas as informações o mais rápido possível. Meu nariz me diz que isso é só o começo.

Êta narizinho bom, comentariam depois seus comparsas dentro e fora da polícia, porque começo era. Dois dias depois, sem nada de novo nas investigações em curso, o Sargento Pontes aproveitou para fazer as compras de supermercado. Já se preparava para depositar os pacotes, claro, na viatura policial, como gostavam todos de nomeá-la, quando um homem alto, moreno e magro perguntou-lhe:

— Tá me reconhecendo?

Sem esperar resposta, vazou-lhe o estômago com um facão de mato e abandonou o local, como detalharia mais tarde um investigador da polícia.

Dessa vez, a cúpula dos bandidos e seus mais incondicionais aliados dentro da polícia convocaram reunião de emergência. A falta de informações irritava e amedrontava.

— Será que o pessoal da Limeira tá se engraçando pro nosso lado? – temia um traficante, há bons meses preocupado com o crescimento da competição na favela vizinha.

Procópio explodiu:

— Eu já disse que queria informações completas. Esses três caras aprontaram alguma coisa fedorenta por aí. Temos que saber o que foi, e rápido!, entenderam?

No final da tarde, o Sargento Moacir chegou como cachorro magro, o rabo entre as pernas, e o medo estampado no rosto. Intuiu que, de uma forma ou de outra, iria somar-se às três vítimas. Mas tinha de arriscar. Se mantivesse silêncio, seria morto como um covarde, traidor, quando descobrissem tudo, e descobrir, ah, isso, descobririam toda sua estória. Se contasse, quem sabe...

— O quê!? – estourou Procópio –, me repete essa merda, Moacir.

— Acho que sei quem tá por trás disso tudo. É que a gente trabalhava junto lá no Cantagalo e...

— A gente quem, Moacir?

— A gente, ué, o Dias, o Tenório, o Pontes, que Deus os guarde, e mais eu e o Cabo Josias, ali.

— Fazendo o quê? Fala, homem!

— Ajudando a tirar as pessoas lá dos barracos, uns saíam por bem, outros por mal.

— Por mal, você quer dizer na porrada, né?

— Tinha que ser, né?, Seu Procópio.

— E bateram sem matar, né?, seus idiotas, e agora o cara está aqui atrás de vocês e fodendo o meu negócio, assustando a minha clientela e impedindo a distribuição tranquila dos meus bagulhos, né?

Mudo e estático, o Sargento Moacir olhava para o pé. Seu único movimento, de olhos, era na direção do Cabo Josias, tão ou mais apavorado do que ele, fosse pelo que Seu Procópio pudesse fazer-lhes, fosse, pior, pelo que lhes reservava o Sombra. Sabe-se lá como, Moacir conseguiu dizer algo:

— Mas o senhor vai nos dar proteção, não vai?

— Vou, claro que vou, a mesma proteção que tua mãe te deu quando te pariu, seu filho de uma égua. Vou botar meus homens em cima de você e do Josias. Vão ser meu chapeuzinho vermelho, sabe como é?, vocês vão ficar aqui, bem à vista, e, quando o lobo mau aparecer, a gente capa ele. Se chegar sem a gente ver, azar de vocês. Tá feliz com a minha proteção, tá?

De calças cheias, Moacir atocaiou-se no fundo de um bar na Praça Central da Cidade de Deus. Dois capangas da pesada cobriam a porta de entrada, disfarçados de clientes habituais. Só cego para não perceber a montagem. Dois outros acotovelavam-se no corredor de acesso aos banheiros e ao salão onde se refugiava o sargento. No dia anterior, tão logo conseguira sobreviver à conversa com Procópio, Moacir cuidara em espalhar que estava muito nervoso – o que não era difícil de fingir, aliás. Dizia temer ter chegado sua hora e que, por isso, queria fazer um acordo generoso com o tal Sombra. Todos ganhariam dinheiro a rodo com o acordo, sobretudo quem o trouxesse para uma conversa. As bocas de fumo, as mesas de jogo, as casas de prostituição, os bares, os becos e os inferninhos mais recônditos agitaram-se com rumores vários, cada um mais fantasioso do que o outro, mas, de concreto, nada.

Um, dois, três dias depois e ainda nada. Os capangas, dispostos no bar, eram substituídos a cada oito horas, embora o rodízio não alterasse as posições iniciais, como se obedecessem à marcação de uma peça de teatro. A atenção de todos voltava-se, portanto, para a porta de entrada. Não tinham aprendido com a história.

Às três da tarde de um belo domingo, quando muitos já se preparavam para ir ao Maracanã assistir ao clássico da semana, o homem alto, moreno e magro cobriu o rosto com a jaqueta, chifrou o vidro e entrou pela janela do quarto dos fundos do bar, duas

PPKs, uma em cada mão, já despejando balas certeiras no peito dos brutamontes ali em prontidão, tratamento idêntico que estenderia aos outros dois que se precipitaram lá da frente do bar.

Moacir nem tentou levantar-se da cadeira, só rogava:

— Não me mate, por favor, eu não fiz por mal, me desculpe, vai, me desculpe.

O homem alto, moreno e magro deu-lhe um bofetão no pé da orelha com a pistola na mão, para acentuar a dor. Moacir foi às nuvens e voltou para rogar de novo:

— Por favor, não me mate.

O homem alto, moreno e magro perguntou, a voz baixa:

— Onde está o Cabo Josias?

— Não sei.

Tomou logo outro tabefe na mesma orelha.

— Eu não sei mesmo, dizem que viajou, saiu do Rio, é o que sei, juro!

— Acredito em você.

E apertou o gatilho. Moacir não sabia de mais nada mesmo, mas o pouco que dissera já ajudava. Portanto, por que prolongar o suspense? Antes de sair por onde entrara, enfiou um pedaço de papel na boca do agora ex-policial. Continha um número de telefone.

No meio da noite, veio a chamada:

— Quem é você?, perguntava a voz sem preâmbulos.

— Alguém que pode dar muita dor de cabeça a vocês ou ajudá-los.

— O que você quer?

— Falar com quem manda.

— Eu mando.

— Manda porra nenhuma, se mandasse já estava me propondo coisas e não perguntando babaquices.

Silêncio do lado de lá. A voz pareceu conformar-se:

— Espera aí, já te chamamos.

Pouco tempo depois, foi a vez de outra voz, essa de comando, porque não gritava nem soava estridente, apenas transmitia:

— Entendo que você já conseguiu o que queria e agora tá atrás de alguma vantagem, tô certo?

— Quase, tem ainda uma pendência.

— E qual é?

— O Cabo Josias.

— Ele não mora mais no Rio.

— Foi o que ouvi dizer, mas ele pode voltar, não pode?, nem que seja com os pés na frente do corpo, né mesmo?

— E o que eu ganho com isso?

— A volta à normalidade. Cinco é meu número de sorte, já despedi quem eu precisava despedir, não preciso de mais.

— É bom saber disso, mas ainda é pouco.

Silêncio dos dois lados do telefone. O malfeitor piscou primeiro:

— Quer trabalhar pra mim? Esquecemos o passado e investimos no futuro.

Silêncio. Do lado de cá. Silêncio aliás que calava fundo, ou seria possível imaginar fosse a primeira vez que ouvia aquela pergunta? Ele mesmo já se tinha cutucado mil vezes a respeito de seu futuro. A vida de justiceiro servia para enredo de novela da Globo ou roteiro de filme de Hollywood. Na vida real, o justiceiro vive de quê? De glória, de prestígio? E lá isso dá de comer a alguém, cobre as despesas dos prazeres da vida, assegura uma velhice confortável? Claro que não. Onde já se viu um justiceiro aposentado curtindo a delícia de recordações gratificantes, no regaço de uma família gostosa e no seio de amigos da vida toda? Se chegar à velhice, chegará sozinho. Ou pior, estará rodeado de fantasmas que há anos o perseguem, os rostos de suas vítimas, agonizantes, aterrorizados, assustadores, a face da morte, ela mesma te azucrinando o espírito.

O paradoxo da situação dele chocava-o ainda mais. Não optara por limpar a sociedade de maus elementos, como aqueles tipos à toa do

Zeca Ferrolho e sua camarilha, tanto quanto esses policiaizinhos de merda? De corrigir as injustiças praticadas pelos poderosos contra os marginalizados? E tudo isso para quê? Para terminar contratado pelo novo chefão do tráfico, um Zeca redivivo? Não dava para acreditar. Muito bem, então não acredite. Mas quem você acha que poderá querer contratá-lo? A Madre Superiora? O Coelhinho da Páscoa? Seu talento, suas habilidades, sua eficiência profissional, digamos até sua elegância no cumprimento de uma missão só poderão ser apreciados justo por quem você tanto quer extirpar do convívio social. Ou será que você ainda pode tentar, com todos os atributos de que dispõe, uma carreira de dentista, caixeiro-viajante ou piloto de caça?

O homem alto, magro e moreno permaneceu em silêncio enquanto pôde. A voz do lado de lá cobrou uma resposta, não sem antes aumentar o que supunha pudesse atraí-lo à sua proposta.

— A gente nem precisa se encontrar. Tenho uma caixa postal. Trocamos mensagens por ela. E não se preocupe que ela é grande o suficiente para caber os depósitos que posso fazer. Em troca, espero que você me ajude a selecionar um pouco meu círculo de amigos. O que me diz?

Era a hora da verdade, não havia mais espaço para enrolação. E até que a resposta saiu meio convincente:

— Vamos combinar uma coisa. Você me entrega o Josias no final de uma corda bem no meio da Praça Central da Cidade de Deus, e eu penso com carinho na sua oferta.

Os jornais do Rio estamparam a foto do Cabo Josias que, para choque da família e dos colegas de corporação, decidira suicidar-se na forca, exato diante da paróquia. O corpo pendia à vista de todos, e algumas pessoas detinham-se para prestar sua última homenagem ao policial falecido, uma cusparada para facilitar seu trânsito para o inferno, depois de todos os descalabros que cometera quando da transferência das famílias do Cantagalo para aquele inferno. O que todos queriam saber, informação que não estava disponível, porém, era a quem deviam agradecer por aquele santo favor.

Casa de marimbondo

Roberto Pacheco – Bebebê, Beto, Betinho, Delegado Pacheco, ou como fosse chamado por amigos ou inimigos – já morava em Brasília há mais de uma década, a contar do dia em que deixara São Paulo. Sempre essa data como ponto de referência. Não tanto a data, mas as circunstâncias. Expulso no primeiro tempo, é o que teria dito Tião, estivesse ali, do lado. Expulso no primeiro tempo, sem chance de mostrar meu talento.

— Que talento, Bebebê?

— Deixa eu terminar, seu flamenguista de merda, talento para encantar as mulheres, ou já esqueceu do meu sucesso lá atrás, em Copacabana?

— Aquilo é passado, Bebebê, o presente é que você recebeu um tremendo cartão vermelho e durma com um barulho desses.

Ah!, como ele sentia falta dela, de vê-la, ouvir seu sotaquezinho paulista, cheirar seu cabelo. Você é a primeira da minha turma!, queria consagrá-la. Mas não tivera tempo antes. E, agora, sequer podia aproximar-se dela. Só que ele não era de entregar os pontos. Nem tudo estava perdido. Ainda dava para ganhar essa partida. Bastava ter paciência e engenho. Enquanto permanecesse em São Paulo, não desgrudaria dela. Maneira de dizer, faria marcação cerrada, mas à distância.

Por causa do estágio dela no escritório Archiboldo & Associados, Beto aceitou a proposta que lhe fizera seu professor de Direito Constitucional de trabalhar na Secretaria de Justiça de São Paulo. Não se tratava de realização profissional, mas pagava bem e, mais, dava-lhe acesso a algo insubstituível. Por ali passavam cedo ou tarde todos os processos, e dali ele poderia monitorá-la. Seria sua sombra, um passo atrás ou à frente dela, sem, contudo, jamais ser visto. Mais tarde desenvolveria outros expedientes para estar sempre atualizado sobre a vida de Lia. Mas, naqueles primeiros momentos, a Secretaria de Justiça era essencial para tornar-se útil a ela. Quando avaliasse ser a oportunidade, reapareceria, assim, do nada, Oi, tudo bem, tá precisando de ajuda? Não pôde recusar o emprego.

Ele não era — ou não tinha consciência de ser — ciumento. Lembrava que, para Vinicius, *o ciúme era o perfume do amor*. Jamais perdera tempo em interpretar a procedência do verso do poetinha, embora não discordasse. Recusava-se, contudo, a aceitar a teoria segundo a qual o ciúme era uma sensação frustrada de posse. Idiotice!, eu não a possuí, aliás, este sempre foi o problema, nunca a ter possuído, sequer ter chegado perto de levá-la para a cama. Descartou, de vez, inspirações poéticas ou literárias e desceu ao concreto, verificar entre os tais Associados do Escritório quem era casado, divorciado, solteiro, garanhão ou gay. E isso porque ele não era ciumento.

O Archiboldo-mor era casado há bons anos. Portanto, já poderia estar de saco cheio da mulher da vida toda. Marcou a coluna do perigo. Dois outros advogados também desfilavam com esposas, jovens, porém. Xis na coluna do meio. Um quarto atacava até as moças da limpeza, surpreendido, como foi, certa noite, no decurso da hora extra com uma nova contratada dos Serviços Gerais, em plena escada do edifício. Beto pensou e decidiu pela coluna do não perigo. Lia não suportava donjuans, sobretudo desse nível. Um outro advogado era gay assumido. Faltavam muitos ainda a examinar, mas ele estimou que, embora riscos sempre houvesse, os demais colegas do escritório poderiam engordar a coluna do meio, ameaças apenas teóricas.

O trabalho dela consistia em auxiliar a montagem dos casos a serem apresentados pelos advogados. Isto é, saía atrás de provas contra ou a favor de alguém, em função dos termos do contrato assinado entre o cliente e o escritório. Primeira lição que ela receberia, assim que aterrissou no emprego:

— Quem aparecer aqui em busca de nossos serviços por ter matado dez caras, você tem de interrompê-lo de imediato e esclarecer, Perdão, não é bem assim, alegam que o senhor ou a senhora matou dez pessoas.

Ela ousou perguntar:

— E se nosso cliente for parente da vítima?

— Aí não tem saída, estaremos falando de evidências gritantes de que o acusado matou de maneira violenta e impiedosa a vítima.

Beto enfrentou breve crise de consciência. Deveria ajudá-la ou atrapalhar-lhe a vida? Se a ajudasse, ela teria êxito, subiria no conceito do patrão, consolidaria o emprego e talvez jamais voltasse a olhar para ele. Poderia acontecer também que, segura na firma, acabasse por distender e, quem sabe?, abrisse uma brechinha ao passado que ele tanto torcia para virar presente de novo?

Se, ao contrário, ele a atrapalhasse, ela terminaria quebrando a cara, perderia o emprego, ficaria meio desamparada e, aí, seria a hora de um grande amigo – ele – reaparecer e ampará-la. Espera aí, poderia acontecer que, decerto inconformada ante seu primeiro revés profissional, não descansasse até conseguir outro emprego do mesmo quilate e por meios próprios, processo durante o qual não sobraria lugar algum para qualquer outra pessoa, a começar por ele.

Tudo considerado, portanto, incluindo uma leve – não mais do que leve – pitada de bom-caratismo, Beto decidiu ajudá-la. Sempre no anonimato, porém.

E o fez várias vezes. Não era difícil. Todo advogado está à cata de provas ou material de apoio aos argumentos a serem desenvolvidos para incriminar ou salvar alguém, como a hora em que um crime foi cometido, a coincidência ou o conflito com a agenda do acusado, a correção ou incorreção perante a lei das provas coletadas pela polícia, a construção ou demolição da idoneidade das testemunhas, enfim, uma série de situações e cenários que se pudessem prestar à manipulação, sempre em função do interesse do cliente, vale dizer da caixinha registradora do escritório. Ensinava-se no Largo de São Francisco que tudo dependia da competência dos agentes da lei. Para Beto, porém, a diferença estava mesmo em quem tivesse mais imaginação e arte na obtenção e uso das informações-chave de um crime. Meu cliente acusado é inocente, meu cliente acusador tem toda razão, eram as regras de ouro dos bons escritórios.

O expediente preferido por Beto era, primeiro, identificar, entre os casos de interesse para o Archiboldo & Associados, quais tinham sido distribuídos a Lia. Para isso, recorria a dois expedientes. O mais imaginativo, ainda em fase de amadurecimento, consistia em montar rede regular de informações. De um lado, ele, com acesso aos meandros da Secretaria de Justiça, de onde sempre poderia agilizar pedidos de informação ou ações judiciais de interesse para o Archiboldo. De outro, alguém com trânsito alto e livre junto ao escritório, para mantê-lo atualizado sobre a atuação profissional e a movimentação pessoal de Lia. Enquanto esse expediente não se afiava, o próprio telefone resolvia:

— Alô, aqui é da Segunda Vara, não consigo decifrar o nome da pessoa que está encarregada do processo 7.869/91, que trata do projeto das casas populares em Ventoinhas, pode me ajudar?

— Claro, deixa eu verificar aqui na ficha... ah, é o Lourival... é o Washington... é a Lia.

— Muito obrigado.

— Imagina.

A par da pauta de trabalho dela, Beto escarafunchava o assunto em busca de alguma incoerência, algo suspeito ou simples equívoco. Aí seria a hora de entrar em cena o super-herói Serra Dourada, como batizara. No curso de uma investigação recente, visitara uma firma chamada "Serra Dourada, Negócios Imobiliários, Ltda.", onde, conversa vai, conversa vem, ele deixou cair em sua pasta alguns blocos de papel, com timbre e endereço, e mais toda uma parafernália da empresa. A ideia era dirigir uma carta ao Archiboldo & Associados, a pretexto de anunciar um empreendimento imobiliário qualquer, e, no material em anexo, passar informações de utilidade para alguma investigação. Como estagiária mais nova, Lia receberia grande parte da correspondência sem interesse direto para o trabalho. Para contornar o risco – grande, aliás – de tudo ir parar na lixeira antes mesmo de ser lido, a carta tinha ser pontiaguda, curta e, logo na abertura, reveladora de algo que fisgasse a atenção dela.

Em um certo caso, ele teve de repetir três vezes o envio das informações de que ela precisava tomar conhecimento. Nada acontecera nas duas primeiras, mas, na terceira, o circo pegaria fogo. Ela entrou no gabinete do Dr. Ronaldo Archiboldo e informou:

— Acabo de confirmar com o *resort* a programação dos eventos promovidos em abril na Praia do Pirata, em Ubatuba.

— E daí?, perguntaram as sobrancelhas grossas e, agora, levantadas do chefe do escritório.

— E daí que os advogados da outra parte se enganaram ou estão mentindo. A festa que o cliente deles organizou ocorreu dois dias depois da data informada por eles no processo. Olha só o fax que recebi hoje.

Foi ganho de causa em primeira instância, tão logo se desmontaram os fundamentos das alegações da parte contrária. As evidências desestimularam, ainda, recursos, e todos os colegas louvaram a extraordinária intuição investigativa da jovem estagiária, cujo futuro estava decerto assegurado ali ou em destinos mais altos.

Era o clima perfeito para Beto reaparecer. O êxito nos negócios sempre aumenta a tolerância nas relações pessoais, e ele queria aproveitar a oportunidade para, no embalo dos festejos do 24º aniversário dela, tentar nova aproximação. Na lembrança dele, Lia costumava celebrar a data na casa da mãe, em Diadema, onde, logo na entrada, seria genial se ela pudesse encontrar um presente. A princípio, pensou em uma gravura de Volpi, achou apelação à la paulista, uma coisa de preço elevado só para ser notado. Preferiu algo que fizesse graça, à la carioca, e produziu, assim, um filhote de Beagle. Dona Berenice quase teve um filho ao abrir o engradado:

— Minha filha, essa é a pior raça de cachorros, não há hipótese de treinar um bicho desses, pode até ser carinhoso, mas, em termos de disciplina, leva um zero redondo!

Lia viu-se obrigada a chamá-lo, usaria pela primeira vez o número de telefone que ele lhe passara por e-mail há tempos.

— Adorei o Pintado.

— O sortudo já tem nome?

— Já, você gosta?

— É, Pintado é bem a cara dele.

A partir daí, as frases encurtaram-se, e a conversa entrecortou-se, começavam a dizer algo e logo silenciavam. Por fim, Lia disse:

— Vou ter de deixar o Pintado com mamãe, você entende, né? Não posso cuidar dele lá em São Paulo, mas, olha, muito obrigada pelo gesto, sobretudo pela lembrança da data, você foi um amor.

E tchau. Nem um beijinho nem mesmo por celular. Nem uma perguntinha sobre como ele estava, se tinha casado, virado a mão ou coisa parecida. Apenas agradecera o presente que transferira para a mãezinha. Ora, quer saber de uma coisa? Não, ainda não é hora de saber de coisa alguma. Na verdade, Beto encaixou olímpico mais essa esnobada, assim como reanimou, apesar dos pesares, suas esperanças de que seu dia haveria de chegar.

Fechava os olhos todas as vezes que recapitulava conversas com Lia, insensível, na aparência, à passagem dos anos, como se tudo tivesse começado a doer justo ontem. Foi Tadeu que o trouxe de volta ao mundo dos mortais:

— Delegado, tem um cara aqui que só quer falar com o senhor.

Depois de várias funções – de início de alto relevo, como a solução dos sequestros, entre outros, do Patrício/Pancho e da Verônica, mas, depois, mais discretas, tão logo os ressentidos com o sucesso dele puderam ir à forra –, Beto fora designado para a 10ª Delegacia, no Lago Sul. Era a área chique de Brasília, onde, diziam, não se cometiam crimes de sangue na mesma proporção que no entorno, nas chamadas cidades-satélites. Aqui, comentava um colega já meio desiludido com a profissão, os crimes são de papel. Como o novo delegado pareceu não ter entendido – o que era esperado, senão a piada perderia a graça –, o outro acrescentou, a boca aberta em sorriso:

— Papel-moeda, cara, aqui os crimes são de dinheiro, aliás não são nem roubos, não seria elegante mencionar essa palavra por aqui, o que os bacanas fazem nessa vizinhança é separar o dinheiro dos donos, a gargalhada agora substituía o riso.

Tadeu seguia de pé à espera da resposta de Beto, que, recém-recuperado de suas viagens no tempo a São Paulo, por fim despertava:

— O que você tá esperando?

— Uma resposta, delegado, tem um cara aí que só...

— Quem é o cara?

— Sei lá, é jovem, tá bem-vestido e não me parece aflito, posso mandar entrar?

— Pode, mas quero alguém comigo, não recebo desconhecidos sozinho, você já sabe, né?

O delegado não só confirmara que, de fato, no Lago Sul, crimes de sangue não costumavam ocorrer, mas, em compensação, como se roubava, de maneira descarada, e, mais grave, como se praticava o tráfico de influências! Daí a precaução do delegado, a presença de uma terceira pessoa na sala poderia inibir o corruptor. Se bem que, segundo os mais cínicos, tal cuidado apenas elevaria o preço da propina.

Um homem entre 35 e 40 anos, bem de vida, a julgar pelas roupas e o relógio que portava, entrou no gabinete do delegado e não disfarçou o incômodo ao ver Tadeu:

— Pensei que poderia falar a sós com o senhor.

— Pensou errado, aqui escolho eu quem fala com quem.

O visitante não se ofendeu com a rispidez:

— É que tenho informações delicadas, preferia maior discrição.

— Maior discrição do que nessa sala é impossível. Pode ficar tranquilo. Além do mais, o Agente Tadeu tem toda minha confiança. Falar comigo é como falar com ele. Agora vamos aos fatos. O que o senhor tem para me dizer?

O jovem revelou:

— É sobre os furtos de objetos de arte.

A história era de conhecimento geral. Há tempos, já se tinha registro de furtos de objetos de arte ou de decoração de casas luxuosas do Lago Sul. Sabia-se, também, da existência de um atravessador, isto é, um interceptador dos objetos furtados que, num passe de mágica, os fazia desaparecer de Brasília para oferecê-los à venda, a preços escorchantes, em Goiânia, no Rio de Janeiro, em São Paulo e, até, em Porto Alegre. As denúncias acumulavam-se na delegacia, mas as diligências nunca chegavam a lugar algum. Uma gangue de pivetes, em troca de uns caraminguás, trabalhava às noites, durante feriados longos ou em épocas de férias. A estratégia preferida dos assaltantes privilegiava, estava claro, casas vazias, para evitar confrontos com os moradores e retardar a queixa na polícia.

Uns pivetes já tinham sido presos, e daí?, a oferta de meninos pobres e desorientados no Distrito Federal parecia ilimitada, saía um, entrava outro, não seria isso que deteria a operação, que, aliás, continuava crescendo, a julgar pelo volume de Boletins de Ocorrência. Tampouco se avançou com respeito à identidade e localização do tal atravessador, denúncias várias levaram a polícia a uma coleção de endereços, todos recém-abandonados, o local higienizado por profissionais, logo pista nenhuma à vista. O rapaz diante de Beto trazia, porém, uma novidade. Desconhecia onde morava o atravessador e, de acordo com ele, nem seria importante conhecer. O cabeça de toda a operação saltava de endereço para endereço, um para cada grande golpe. Às vezes, uma casa; outras, um galpão, em Taguatinga; outras ainda, uma fazendola, em Sobradinho. O rodízio dependia das informações que o mandante recebia de gente de dentro da própria polícia... De dentro da polícia!?, a frase ecoaria pela delegacia como uma bomba... Por isso, sempre que os policiais chegavam, já não tinha mais ninguém nem objeto algum a recuperar.

Nenhuma instituição gosta da revelação de ilícitos intramuros, menos ainda a polícia, já tão criticada pela opinião pública. Uma coisa é conviver com desconfianças, que sempre existirão, outra, bem diferente, é dispor-se a investigar novas denúncias, em particular quando provêm de um informante, cuja confiabilidade ainda estava por estabelecer-se. De qualquer forma, o pavio tinha sido aceso – alguém na 10ª DP estava na gaveta dos bandidos –, e o que fazer?, fingir que nada acontecera e seguir trabalhando no roubo de objetos com o mesmo grau de eficiência registrado até o momento, vale dizer, nenhum, ou rasgar a fantasia e investigar, para valer, os investigadores? Tadeu não precisava perguntar por qual opção o Delegado Roberto Pacheco se inclinaria, não o acompanharia há mais de uma década se tivesse qualquer dúvida a esse respeito. A questão, portanto, segundo o agente de polícia, era definir o que fazer, qual o primeiro passo a dar e, depois, como usar as informações que eles mesmos pudessem reunir sobre a denúncia, por mais delicado que tudo isso viesse a ser.

Como pai, não tenho palavras

Frequentar o botequim virara vício. Parecia meu livro favorito, em cujo texto eu centrava a cabeça o dia inteiro. É que os personagens me fascinavam. O Touro, lógico, conduzia uma orquestra de tipos. Pancho, por exemplo, com toda aquela pinta de mexicano, nascera em Brasília, tivera passagem forçada por Belo Horizonte, fora resgatado de um longo sequestro e, agora, de volta à cidade de origem, desfilava com uma mulher, Vera, e uma cunhada, Verônica, ambas de fechar o comércio. Eu acabei conhecendo as duas, ou melhor, uma só, acho, não conseguia distinguir com qual delas estava falando.

A oficina do Pancho evoluíra para uma revendedora de carros. É a prosperidade burguesa, gozava Nico. E, para comemorar as novas instalações, Seu Custódio e Dona Ambrósia, lá do botequim, e o Braz montaram uma festa de magnata, com o dinheiro do anfitrião, claro, que espumava:

— Depois do que gastei na reforma deste lugar, vocês ainda vêm aqui me achacar?

Mas ninguém lhe prestava atenção, a própria Vera dera luz verde aos gastos, até eu entrei nos preparativos.

Propus música ao vivo, com uma única condição, porém:

— Sertaneja nem por um cacete!

E Seu Custódio – com a fiel mulher do lado e, para minha surpresa e contrariedade, também o apoio do Braz, que sempre imaginei meu aliado natural – atacou de volta:

— Rui, estamos em Brasília, isso aqui é uma roça, música sertaneja é obrigatória em todas as festas.

Tentei contra-argumentar, esperneei e não fui muito longe Prestes a conformar-me com o pior, integra-se ao grupo o delegado:

— O que vocês tanto discutem aí?

Dona Ambrósia animou-se em explicar e exagerou:

— Estamos decidindo o show musical do festão.

O delegado deu de ombros e opinou:

— Tudo bem, desde que não tenha rancheira.

Quase beijei a careca dele.

Nico a tudo assistia, um copo de cerveja na mão, sua maneira de dar início à comemoração. Riu para mim e apelou:

— Vocês, cariocas, não têm jeito mesmo.

— Que isso, Nico, não temos jeito por quê?

— Porque vocês esnobam tudo que não seja ou não venha do Rio. Me lembram o Saul Steinberg. Para ele, Nova York era o umbigo do mundo. Um de seus trabalhos mais famosos desenhava a Nona Avenida, seguia para a Décima, depois o rio Hudson, Nova Jersey, outras poucas cidades do oeste americano até ultrapassar o oceano Pacífico e aterrissar no Japão, China, ao sul, e Rússia, ao norte.

Virou mais uma cervejinha e engatou:

— Fico imaginando o que faria ele se tivesse nascido no Rio. Acho que partiria do Cristo, com os braços bem abertos, em sinal de despedida, não de acolhimento, e cruzaria o Atlântico para, já em Lisboa, estampar o Mosteiro dos Jerônimos, em seguida a Torre Eiffel, depois um canal em Veneza e, daí, para o sul, a Catedral de São Pedro, e, para o norte, o Hermitage, em São Petersburgo.

— Ah, Nico, não força a barra, tinha essa gravura do Steinberg lá em casa, papai amava ela e eu a conheço desde criancinha, e acho um exagero você vir com essa gozação só porque o delegado e eu não curtimos música sertaneja.

Nico limitou-se a manter o sorriso e repetir o movimento da mesa à boca com o copo de cerveja.

Aproveitei a ocasião para avançar no meu projeto. Comecei pelas bordas:

— E você, Nico, gosta de quê?

— Tá falando de música ou de outra coisa?

— De música, disfarcei.

— Ah, de música, então saiba que Beto e você – já tinha reparado que, no Clube dos Injustiçados, o único a chamar o delegado de Beto era o Nico – são muito preconceituosos. Não conhecem música sertaneja e já não gostam. Só assim dá para explicar por que não são capazes de curtir o Renato Teixeira ou o Almir Sater, nem falo do Sérgio Reis, que é rancheiro da pesada. Mas os outros dois estão na linha de frente do que vocês lá no Rio esnobam ao classificar de MPB.

Não gostei, mas tive de engolir a lição, talvez ele tivesse razão e concedi:

— Vou te dar um crédito. No próximo show de qualquer um desses seus cowboys, estarei na fila do gargarejo.

O tom de brincadeira azeitou-me a porta para a pergunta seguinte:

— E do delegado, o que você acha?

— Rui, sou jornalista, pesco, garimpo, sugo, subtraio informações, não sou fonte, sou mero porta-voz.

— Ora, Nico, para com isso, sei que você esteve envolvido até o gasganete em muitas questões em Brasília.

Blefei com certa dose de otimismo. A idade dele pressupunha longa rodagem na vida brasiliense, e ele não se teria feito amigo do delegado sem a conivência em causas barulhentas e polêmicas, em geral alimentadas por atitudes valentes, de defesa do interesse coletivo contra o dos grupos de pressão, conhecidos pela procedência e objetivos escusos.

O blefe pareceu colar. Nico me encarou, doido para perguntar como é que sabia daquilo tudo, mas fingiu descaso. Insisti, esperançoso:

— E então?

— E então o quê?,

tentou driblar-me ou talvez revelasse alguma suspeita. Teria Braz comentado com ele sobre nossa conversa a respeito do delegado? De fato, poderia soar estranho que um novato no Clube estivesse obstinado a colecionar informações sobre o grande amigo, senão ídolo, de todos eles. Resolvi ser sincero, tanto mais porque, no fundo, acreditava na teoria de que justificar para os outros o sentimento de admiração por alguém nos aproxima de tal forma das virtudes louvadas que podemos tocá-las e, por que não, incorporá-las, como se pudéssemos ser também um alvo de admiração, muito na linha da sabedoria popular do diga-me a quem admiras e te prometo admirar, por tabela.

Comecei, então:

— Nico, trabalho no governo do Distrito Federal no Departamento de Engenharia de Trânsito, título rebuscado para o setor de multas e apreensão de veículos. Não reclamo, porque estou ali pelo ordenado garantido no final do mês e uma aposentadoria razoável lá na frente. Além disso, é um emprego que me permite fazer o que eu gosto, escrever. Não consegui ainda produzir uma obra de sucesso, mas isso não me abate.

Menti, e ele me deu a impressão de comprar minha versão dos fatos. Prossegui mais animado:

— No botequim, descobri pessoas fantásticas, verdadeiros personagens de carne e osso, você inclusive, e nem vou tentar fazê-lo falar de si mesmo, seria perda de tempo, né?, joguei verde, e Nico nem pestanejou, não estava ali para ser enganado por um amador.

Tossi e fui em frente.

— Me interessei primeiro pelo delegado porque ele é quem vocês todos mais admiram, né? E isso é intrigante, e a intriga é a batida de coração do escritor. Não estou certo, mas talvez eu esteja à procura de um personagem diferente para um possível novo livro, com um título assim...

Deus não me deixou prosseguir, interrompeu a conversa ao depositar na mesa outra cerveja, como se adivinhasse os pedidos de Nico. Um gole, e o velho jornalista disse:

— Beto não caberia em livro nenhum.

Estaria eu enganado ou Nico acabara de cruzar a linha da discrição?

— Não caberia por quê?

— Porque ele é complexo demais.

— Como assim?

— Pô, cara, você é chato, hein?,

bufou, mais pelo apertão que eu lhe dava do que pela decisão de não falar, afinal jornalista também gosta de contar casos, sobretudo sobre seu tema favorito. Por deformação profissional, começou com uma pergunta:

— O que você sabe sobre o Beto?

— Que é do Rio, torce pelo Fluminense, foi para São Paulo para cursar a USP, teve uma primeira experiência de trabalho por lá, não fala de nenhuma mulher de fato importante na sua vida, um dia veio para Brasília por motivos que tampouco conheço, é delegado de polícia, foi responsável pelo resgate do Pancho e da Verônica, e está há algum tempo "à disposição", sei lá o que isso quer dizer, mas me parece que algum figurão na polícia do DF não o quer por perto, tem algo errado nesse resumo?

— Errado, não, só está um pouco pobre.

Foi minha vez de fixar os olhos nos dele, sem perguntar, só esperado que ele recomeçasse. Funcionou.

— Uma das coisas que você não disse é que o Beto é um homem do bem. Há pessoas que fizeram o bem, mas não são do bem.

Um político, por exemplo, quando inaugura uma bica numa favela, durante a campanha eleitoral, está fazendo um bem, mas isso não assegura que ele seja do bem. É só ver como ele atua lá no Congresso. O Beto é um homem do bem que faz o bem, às vezes à margem da lei, sempre que julga melhor percorrer atalhos para servir melhor ao interesse público. Ele não teria conseguido desvendar os sequestros de Brasília se tivesse seguido os trâmites normais. Acho que você não sabe que os casos do Pancho e da Verônica na verdade não passaram, digamos assim, de felizes acidentes. Do que Beto estava atrás mesmo, de maneira obsessiva, era das máfias que traficavam órgãos de crianças. Quem pode cometer um crime desses, tanto quem mata uma criança para vender seus órgãos quanto quem compra, sabendo que o preço impagável por aquela transação terá sido a vida de um menino ou uma menina?

Engoliu toda a cerveja que Deus de novo lhe trouxera e saboreou:

— Beto só descansou quando pôs aqueles animais na cadeia.

Eu estava muito excitado para conter-me e cobrei:

— E que papel jogou a imprensa em tudo isso?

— Eu e uns outros poucos ainda cobrimos as prisões e, sobretudo, os motivos da campanha liderada pelo Beto. Os chefes da redação não se opunham às matérias. Como poderiam? Só se fossem iguais ou piores que os mafiosos. Mas, como sempre, pensavam também na caixa registradora, as histórias agrediam muito pela feiura e crueldade, não serviam de petisco para o café da manhã da família brasiliense nem como munição para discursos na Assembleia Distrital ou no Congresso. Nenhum político dá duro em bandido. Ontem, hoje ou amanhã, são esses mesmos caras os que se dispõem a financiar as campanhas eleitorais, por isso não é bom negócio enfrentá-los. Os políticos sérios não compactuam com os mafiosos, mas nem por isso saem por aí de chicote na mão punindo quem deve ser punido. O resultado foi que nossas matérias acabaram passando para o meio do jornal, notas de fim de página e, um dia, a memória de alguns.

— E como o delegado reagiu a essa falta de reconhecimento ao trabalho dele?

— Para Beto o que conta é o que avalia como certo ou errado. Os bandidos estavam a caminho do xadrez. Muitas crianças já tinham sido salvas e outras tantas não seriam ameaçadas, pelo menos não em Brasília. A mensagem para as ruas era clara, não tinha mais lugar aqui para aquele tipo de crime. Isso já valia para ele, tanto mais porque não há mafioso de um crime só. Quem trafica órgãos também está envolvido com prostituição e, claro, drogas, e, nessa escalada, Beto fez a festa. Não fosse por ele, muitos pais continuariam a conviver com a realidade mais dolorosa que pode existir, ver um filho ou filha nas garras das drogas, primeiro no consumo, depois na venda para financiar o vício. Você não tem ideia do que é para os pais essa situação, tragédia 24 horas por dia, sem um único momento de sossego, de paz, sempre à espera de uma notícia terminal, por overdose ou ajuste de contas. É o inferno sobre a terra!

Tive o bom senso de dar-me conta de que estava diante de um desses pais. Àquela altura, já saltava aos olhos que o delegado, no processo de desmontar a bárbara operação do sequestro de crianças e dos traficantes de órgãos, também desbaratara os que desencaminhavam adolescentes, decerto com métodos e práticas de ruborizar os defensores da letra da lei. Nem assim diminuíra, ao contrário aumentara, os admiradores de seus feitos policiais. Eu não me sentia em condições de passar juízos de valor sobre ele ou sua atuação como policial. Com que autoridade?, de um cidadão preocupado com o cumprimento retilíneo e sem paliativos da lei?, de defensor dos justiceiros, à la Charles Bronson e companhia?, de escritor de meia-tigela cuja ética é a das estórias que imitam ou inspiram a vida? Puxei a cerveja do Nico e sequei o copo.

A concentração

Ronaldo Archiboldo, a quem Beto preferia referir-se como Archiboldo-mor, convocara uma reunião de estratégia no escritório. Nas manhãs de segunda e sexta, havia sempre reuniões de coordenação. A ideia era verificar o cumprimento das tarefas da semana passada e projetar o trabalho para os próximos dias. Lógico, a prioridade era a situação financeira do escritório, o que implicava a cobrança regular e inflexível das dívidas, a avaliação objetiva e a mais fundamentada possível do grau de contentamento dos clientes com os serviços recebidos e, por fim, mas sempre um bom recomeço, que outros potenciais contratos se insinuavam no horizonte e como fazer para confirmá-los. Essas reuniões prestavam-se, portanto, a celebrar ou lamentar as receitas da firma e, de passagem, o cálculo do parte-reparte de cada um dos associados. Depois do almoço nas sextas-feiras, Dr. Ronaldo não costumava retornar, ao som de sua máxima tão popular quanto irritante:

— Só pobre trabalha sexta à tarde.

Mas a reunião desta terça não era de estratégia e, sim, de emergência. Foram convocados apenas os associados, dois consultores e uma estagiária. Na pauta, apenas um tema, o Parque Tupinambá, empreendimento imobiliário tão promissor quanto bandido.

Um tal Juvenal de Vasconcelos comprara vasta área no município de Tupinambá, a 120 quilômetros da capital paulista, por um preço irrisório. Além de bicho vagabundo do mato e valente população de mosquitos, nada mais havia no terreno pantanoso, inóspito, soturno e malcheiroso. O empresário, entretanto, confiava no negócio, ou melhor, confiava no prefeito, cuja campanha eleitoral transformara em vitoriosa. Agora, esperava transformar em ouro o lixo que acabara de comprar.

— Meu caro prefeito, estou aqui para lhe falar do presentão que vou dar a sua cidade, a nossa querida Tupinambá.

— É mesmo?, e qual é?

— É um Parque Ecológico, que vai ser a sensação de Tupinambá e de toda a região, se bobear até da capital, e eu vou doar ele para todos vocês.

— É mesmo?

— Ué, você duvida que eu queira retribuir à cidade todos os negócios que pude fazer aqui? Vou doar, sim. Só preciso que você mande seu pessoal lá para cortar um pouco do mato, botar aqueles tubos de esgoto e de água, instalar uns pontinhos de eletricidade, um mínimo pro projeto poder decolar, o que você acha?

O prefeito não teve saída. Ainda se lembrava das contas e mais contas de campanha que o empresário se dispusera a assumir. Se tudo andasse como ele queria que andasse, a reeleição seria uma barbada. Já pensou, sonhava, oito anos só mamando nas tetas de mutretas como essa? Não foi São Francisco que disse que é dando que se recebe? Então?

Ordenou – e a prefeitura pagou – as obras de limpeza, saneamento e eletrificação do pântano. Para afastar qualquer dúvida quanto a suas possibilidades de reeleição, mandou também abrir um caminho de terra batida, a partir da estrada estadual, e prometeu asfaltá-la em seu segundo mandato. Para um bom entendedor, acreditava que meia promessa bastasse, sorriu.

Assim embelezado, o terreno foi batizado de Parque Ecológico Tupinambá. Um exame mais detido verificaria que apenas 30% da área seriam protegidos com árvores ou algum tipo de vegetação. O restante, assim que as máquinas vorazes da prefeitura concluíssem o aterramento e a preparação do terreno, integrava amplo aro externo, sobre o qual se erigiria colossal empreendimento imobiliário, um luxuoso conjunto de mansões para gente da classe alta, ansiosa por abandonar a louca e asfixiante São Paulo nos fins de semana. O *resort* tudo ofertava, Compre sua casa e nós nos ocupamos da sua felicidade, jurava a chamada publicitária.

Logo na entrada do projeto, seria construído *shopping center* chiquérrimo e, por isso mesmo, pequeno e bem-transado, com todos os atrativos em escala diminuta, como um ou dois restaurantes, cuidados por *chefs* importados da capital, nos sábados, domingos e feriados, e uma academia de ginástica para *socialite* nenhuma botar defeito. Na área das imensas residências, erigidas sob medida, de acordo com as especificações de cada futuro proprietário, haveria lojas de conveniência, situadas a distâncias estratégicas umas das outras, com serviços de entrega em domicílio 24 horas por dia, por mensageiros proibidos de trafegar com motos barulhentas.

Em festa de arromba, o empreendimento foi lançado em maquetes que destacavam de maneira isolada as edificações, jamais o conjunto das obras projetadas. Não se pretendia alardear o desequilíbrio entre a vocação imobiliária e a tacanhice ecológica do futuro Parque. Menos ainda frustrar o entusiasmo do prefeito, que escolheu a cerimônia de lançamento do projeto para anunciar o início das obras prometidas ao empresário, obras que qualificava como:

— O melhor investimento que Tupinambá poderia estar fazendo.

Bem-trabalhados, a imprensa e os setores promocionais da imobiliária, encarregada da construção das casonas, tornaram a tarde da celebração inesquecível. Mais de dez contratos de compra e venda foram então assinados ou rubricados, e Cristóvão Nunes, empresário fulgurante do mercado financeiro, incluiu-se entre os primeiros sortudos, como rotulava o radiante Juvenal. Sua alegria excedia as medidas, tanto mais porque a festança ocorria em torno dele, e não do dono de fato de toda aquela aventura, um homem de negócios múltiplos que insistia, entretanto, em manter-se distante da vista do público. Timidez que deveria ter suas razões.

Quando, mais tarde, Cristóvão Nunes sentou-se com a família para exibir e louvar o projeto de arquitetura que especificara à firma construtora, percebeu, de estalo, a omissão da quadra de tênis, o sonho de sua filha mais velha. Os arquitetos ainda tentaram minimizar a questão:

— Mas, doutor, o campinho de futebol social está garantido, olha só!

— Não estou perguntando por isso, quero saber onde está a quadra de tênis que deveria estar logo depois do campo de futebol?

Espreme daqui, espreme dali, veio a confissão sofrida:

— Sabe o que é, doutor, quando fomos detalhar o projeto, vimos que o engenheiro da prefeitura tinha se enganado nos cálculos e comido uma parte de seu terreno, em favor do Parque Ecológico.

— Então diga ao prefeito para cuspir de volta o que me roubou, senão vou à imprensa denunciar toda essa sacanagem!

Terminado o relato resumido da estória por um dos associados, Dr. Ronaldo consultou sua restrita audiência:

— O que vocês acham?

O advogado mais experiente, de nome Zenóbio, tinha algumas respostas, todas preocupantes, daí a razão daquela reunião extraordinária:

— Essa estória é cabeluda, Ronaldo. Não há dúvida de que estamos diante de uma tentativa de golpe e dos grandes. Posso apostar que terreno nenhum vendido corresponde às dimensões constantes dos documentos da Prefeitura. Os tratantes devem ter confiado que ninguém fosse lá de fita métrica na mão medir a propriedade, e tem mais. Esse Juvenal já é conhecido de uns amigos meus, e esta não é a primeira vez que algo podre explode no colo dele. O pior é que comentam que ele é mero testa de ferro de um bandido de alto coturno, tão poderoso e sujo no mercado que nem conta em banco pode ter.

— E a saída?, cobrou Dr. Ronaldo.

Zenóbio esclareceu:

— Por sorte, o lançamento ainda está em marcha. Se ameaçarmos denunciar a falcatrua, ninguém compra mais nada, e o prejuízo vai ser monstruoso, o Parque não sairá do papel, e o prefeito terá de encontrar outro trabalho.

Dr. Ronaldo indagou, como era de seu feitio fazer, se alguém mais teria algo a acrescentar, não era frase de efeito, era consulta mesmo, quem tivesse algo a contribuir que desembuchasse, não deveriam esquecer que ali estava envolvido, entre outras coisas, dinheiro.

— Por exemplo, Lia, o que você tem a dizer sobre tudo isso?

Lia viajava na quinta estratosfera. Sentara-se à mesa compenetradíssima, afinal não era frequente uma estagiária ser convidada – instada seria melhor termo – a comparecer à reunião de tão seleta plateia. A bem da verdade, fora ela que abrira o dossiê sobre o Parque Tupinambá. Recebera, por mera coincidência, interpretara, a publicidade do empreendimento, que lera com curiosidade e, também, discreta cobiça, Ah se eu tivesse algum dinheirinho sobrando... Justo à mesma época, por intermediação de uma colega da USP, Cristóvão Nunes procurou-a no escritório para expor-lhe seus problemas e pedir ajuda. Ao fim da conversa, o potencial cliente, boquiaberto ante o pleno domínio da jovem sobre os detalhes do megaprojeto, não hesitou em contratar os serviços do Archiboldo & Associados. Dr. Ronaldo tomou a devida nota da origem do novo negócio e, por isso, passara a incluí-la em todas as reuniões sobre o assunto. E, agora, voltava a cobrar-lhe uma resposta:

— E, então, Lia, o que acha?

Só louco perguntaria, O que disse?, seria o mesmo que pedir demissão, como não acompanhar uma discussão de tanta relevância para o escritório? Chutou, então, o que lhe veio à cabeça, para ganhar tempo e conseguir situar-se na discussão sobre os problemas com o Parque:

— Acho que a chave é o prefeito, atirou.

Zenóbio aceitou, com matizes, porém:

— O prefeito está, sim, no centro dessa lambança, mas a chave é quem está por trás do Juvenal. Todos sabem que ele não teria inteligência para armar uma operação dessa magnitude. Portanto, a pergunta é, de quem ele é laranja?

Dr. Ronaldo não se sentiu à vontade com a reflexão:

— Temos de conhecer muito bem essa estória, mas não somos da polícia. Não nos cabe reconstruir a cadeia de comando de uma operação que fede por todos os lados. Nossa prioridade é ganhar a causa para nosso cliente. A limpeza dessa sujeira ficará por conta dos policiais ou dos promotores de justiça.

Lia mordia-se para prestar a devida atenção, mas, de novo, sentia-se na armadilha que, em muito maior escala, a tinha pilhado lá atrás, quando, naquele semestre fatídico, caída pelo Beto, quase perdera o ano. Exagero, perdera apenas umas quantas posições na turma, só que o efeito sobre ela fora devastador, a tal ponto que decidira, então, pagar o preço de afastar-se de Beto. A decisão resultara sábia, do ponto de vista da USP e do trabalho no escritório, casamento cada vez mais sólido, ela já por formar-se entre os cinco mais bem-classificados da USP, um feito e tanto em se tratando do Largo de São Francisco.

O problema era que o primeiro plano da mente dela se esquecera de se combinar com os escaninhos mais secretos da sua cabeça, daí as recaídas, como a da reunião de emergência, quando ela deveria ser só concentração no trabalho, ao passo que a alma derivava teimosa para as bandas do Beto, rememorando ora os olhares úmidos dele sobre ela toda, ora as estórias da Pracinha em Copacabana, ora as aulas de caratê como se fossem de balé clássico, ora fazendo-a rir com seu irresistível jeito carioca de ser, ora... ora... Ora! Para com isso! Você quase foi reprovada na USP – exagerava mais uma vez – e, agora, ainda vai perder o emprego por causa desse cara?

Enfim, baixou-lhe o santo da responsabilidade, e ela cravou o corpo e o espírito na reunião, para o que, sejamos sinceros, muito contribuíra a menção que o Dr. Ronaldo acabava de fazer sobre o possível papel de um promotor no caso. Há tempos, ela vinha debatendo-se quanto a seu futuro profissional. Continuar no escritório seria a realização de muitos projetos, sobretudo no plano financeiro. Mas tinha a atitude do Dr. Ronaldo. Depois de algumas reuniões a dois, sob pretextos vários, e de uma série de indiretas de cunho pessoal, Lia já não sabia se o apreço dele por ela decorria da avaliação de pura competência profissional ou de esperanças de outra ordem. E, pensando bem, talvez a melhor opção fosse, de fato, ceder à coceira que só fazia crescer dentro dela de trabalhar pelo interesse comum, de servir à coletividade, de defender os cofres públicos, e, nessa ordem de ideias, aquela menção ao papel dos procuradores mexera com ela.

Mas essas questões teriam de ficar para mais tarde. Poderiam até ser uma boa opção em futuro próximo. De imediato, o importante era o caso do Parque Tupinambá. O assédio, por enquanto discreto do Dr. Ronaldo, parecia sob controle. Portanto, a ordem de prioridades não esbarrava em obstáculos maiores. Primeiro, o Parque. Segundo, lá na frente, resolvida essa trapalhada, decidir entre continuar no escritório e ali fazer carreira ou partir direto para a Promotoria. E o que Beto estará fazendo agora, hein? Essa, por exemplo, era uma prioridade de todo proibida.

Sempre uma primeira vez

Aracy mandava e desmandava. Filha única de um casal de classe média baixa, escondia o legado africano da mãe na brancura italiana do pai. Por mais que Seu Giácomo tivesse tentado, trabalhando como um burro de carga, não lograra aprumar-se no pequeno restaurante que abrira com a mulher. A duras penas, sustentava a família, maneira de dizer, pois quem pesava mesmo no orçamento doméstico era a Aracy, com suas manias de grandeza, alimentadas pelos filmes a que assistia e as amizades que colecionava nos colégios de gente de classe alta do Rio, cujas despesas o pai esfolava-se todo para pagar.

Cedo ela concluiu que, para evitar descobrissem suas origens modestas e acalmar a inquietação que lhe deixavam os olhares cheios de maldade e gula, tanto de rapazes como de homens maduros, teria de sair de casa. Aos 15 anos, Aracy estava nas ruas, início, claro, difícil, uma corrida com muitos obstáculos, uma pauleira, seu corpo, cinzelado à perfeição mas ainda sendo formado, já se prestando ao uso e abuso de homens inescrupulosos. A primeira vez que levou a melhor – pelo menos assim supõria – foi quando aceitou a carona de um homem de cabeça branca. Carona, modo de falar, pois não programava ir a lugar algum. Quando ele propôs parar no Autódromo de Submarinos – apelido dado pelos que desejavam economizar em motéis ao estacionamento de frente para a praia – ela aceitou e fingiu aceitar todas as patifarias que aquele velho sujo lhe propunha até ouvi-lo emitir os primeiros uivos de prazer, quando, então, apertou-lhe com força o saco já flácido, aproveitou o desnorteamento dele para bater-lhe forte a cara contra o painel do carro e, de pura raiva, espremeu-lhe sobre o nariz quebrado e a boca resfolegante a calcinha dela que ele acabara de tirar, só se detendo quando ele não mais respirava, os olhos abertos em posição de piedade, fixos no mundo de lá.

Aracy teve o cuidado de verificar não ter atraído a atenção das pessoas nas vizinhanças. Não era provável, todos deveriam estar na prática dos mesmos amassos e malabarismos de acomodação dos corpos aos espaços exíguos dos assentos dos respectivos carros. Qualquer ruído seria assim atribuído, torcia ela, a excessos das atividades em curso. Vestiu-se com calma e esvaziou a carteira do defunto que vira recheada, quando ele pagou a conta do bar onde tomaram uns tragos, no começo da noite. As pessoas do bar! Vão falar que me viram! Mas quem vai imaginar que uma menininha como eu pudesse fazer a um homem o que fiz a esse velho indecente?, tentou convencer-se. Confirmou o silêncio a seu redor, saiu de fininho do carro e desapareceu.

Ali, tomara a decisão de sua vida. Nunca mais dependeria de quem quer que fosse. Primeiro, ia se livrar dessa embrulhada. Depois, partiria para dominar o mundo, delirava em parte pela adrenalina que ainda que lhe corria pelas veias, em parte pela determinação de vir a ser, um dia, dona do próprio nariz.

As coisas complicaram-se de imediato. A vítima era pai do Pedrão, o dono do tráfico da zona sul da Rocinha, homem de pouquíssimas palavras e muita violência. A polícia e os bandidos já investigavam o crime. E, lógico, a primeira interrogada seria justo Aracy, a partir dos testemunhos do tal bar. Não haveria problemas porém. Já tinha preparado suas respostas:

— O quê?, mataram ele?, mas ele era tão bonzinho, me deu até dinheiro pra eu pegar uma condução de volta lá de Laranjeiras, onde a gente tava fazendo coisas, sabe... O quê?, não, nós não transamos, não, ele não conseguiu, sabe, mesmo assim quis me pagar, mas aonde ele morreu?, como ele morreu?, pô, me lembro do rostinho dele meio triste quando eu ia sair, dei um beijinho nele de despedida, ele até riu, acho que foi a primeira vez que riu naquela noite, coitado, queria fazer, sabe, mas não conseguia, coitadinho.

O depoimento da menina fazia sentido. Ela era muito franzina, não teria sido capaz de dobrar o Velho Horacio. Ele tentou e não conseguiu. E não fora a primeira vez. Há dias, confessara ao filho:

— Que vergonha, Pedrão, nem pra Olguinha tá levantando, olhava para baixo e baixa mantinha a cabeça.

Não ter conseguido comer a mocinha não era novidade, portanto. O que deve ter ocorrido é que, depois, a caminho de casa, ele tivesse recuperado algum tesão e, aí, saído à cata de um buraco qualquer, de mulher ou de travesti, tanto fazia, desde que servisse para desafogar a tensão e lavar a alma. Só que deu no que deu.

As investigações não se detiveram. Muita gente quase confessa ter cometido o crime, tamanha a violência dos interrogatórios, mas versão nenhuma convencia o Pedrão. Tá dizendo isso só pra gente parar de apertar os culhão dele, avaliava o traficante. Mistério, tristeza e terror predominaram no submundo que declarou luto em toda a Rocinha.

Aracy buscou Pedrão para consolá-lo, prova adicional de sua inocência em todo o lamentável episódio. Consolou-o tão bem que ele a instalou em casa própria no alto do morro, com vista para toda a Gávea. Muito ajudou o coisa-ruim a superar a perda abrupta do pai conhecer mais de perto a nova companheira, em particular seu pendor indomável em favor das causas sociais. Por exemplo, em pouco tempo, ela já tinha organizado um exército de meninos que, em vez de irem à escola – e estudar e aprender o quê? –, se graduaram rapidinho na distribuição dos bagulhos.

Sua maior contribuição à inserção social na Rocinha beneficiaria, ainda, as mães dos *aviões*, como se chamavam os meninos do leva-e-traz das drogas. Elas passaram a muxoxear – que não se diga reclamar, pois ninguém ousaria fazer isso em relação à queridinha do Pedrão, só doido! – que o futuro de seus filhos estava sendo prejudicado ante a perda das aulas, e Aracy aproveitou para resolver vários problemas. Apostou que a polícia – a parte que recusava a comissão do tráfico, uma minoria, mas existia – não vigiava com a mesma atenção as mulheres que transitavam pelo morro. Nessa linha de pensamento, ajudou a combater o desemprego na favela. Ofereceu àquelas senhoras a oportunidade de um bom trabalho, coser bolsos especiais nas roupas de baixo para transportar drogas. Graças a essa iniciativa, de tamanha sensibilidade às mães desempregadas e carentes, aumentou a produtividade dos negócios. Agora, as mulheres passaram a transportar os bagulhos bem nas barbas dos policiais, e a percentagem de apreensão despencou a níveis suportáveis. Como resultado maior, o lucro dobrou, triplicou, para a felicidade e o orgulho incontidos do Pedrão.

Só que, naquele mundo, tudo que sobe muito alto atrai a atenção, sobretudo da competição. A sabedoria popular naquelas bandas dizia que a riqueza podia não ter dono, mas tinha limites. Era como se fosse um bolo bem grande. Se você come todos os pedaços, não sobra nada para os outros. Portanto, vamos com calma que o santo tem que dar de comer a todos nós. Senão, pelo menos a mim e aos meus. Sempre-Vivo, um notório cafajeste, que se julgava o homem mais irresistível da Rocinha, decidiu engraçar-se com Aracy. Seu objetivo era duplo. Se desse para comê-la, ótimo, mas a prioridade era tirar o Pedrão do negócio e herdar tudo, drogas, amante, dinheiro, tudo. Aracy ouviu as propostas, todas embaladas como presentes de Natal, e, ao mesmo tempo que sorria que sim, correu e entregou tudo ao Pedrão. Juntos armaram uma arapuca para o Sempre-Vivo e, logo na semana seguinte, não só lhe desmentiram o apelido, mas também assumiram seu ponto de drogas e convenceram, pelas boas ou pelas más, a tropa do falecido a aceitar o novo comando.

    Aracy tinha-se tornado muito visível e admirada. Todos sabiam de seu papel estratégico na trajetória de êxito do Pedrão. Pintavam-na como uma rainha, uma verdadeira fazedora de reis. Ela teve o bom senso de avaliar que, naquele mundo, ser importante poderia significar, gostasse ou não, ser alvo de muitas coisas. Por exemplo, de balas. E isso não estava, como era natural imaginar, em seus planos. Fez e refez as contas, verificou ter o suficiente para engrenar vida nova e apenas sumiu. Um dia, estava ali na Rocinha, distribuindo sorrisos, ordens e drogas. No outro, nem poeira deixaria atrás.

    Pedrão procurou-a como louco. Um, porque a amava, não sabia ser capaz de sentimentos daquele tipo, mas amava-a, de fazer doer a cabeça e inchar os olhos. E dois, porque temia que ela estivesse por aí tramando alguma traição. Era o tal negócio, ninguém vivia aquela vida cheio de confiança nos outros. Todos são capazes de tudo, é só aparecer algo melhor na frente. Mas Aracy poderia ser incluída no rol de pessoas tão desqualificadas assim? Nunca acreditou, tampouco pôde esclarecer a questão. Jamais soube do paradeiro dela, e juram que, ao cabo de um enfrentamento infeliz com o Olavinho do Engenho, Pedrão teria soltado o nome dela, em meio a seu último suspiro.

    Aracy aterrissara em Brasília. Agora apresentava-se loura, lentes de contato azuis e roupas de griffe, nada mais a ver com a Rainha da Rocinha. Seu nome agora era Dalva e, se pressionada fosse, completaria, Dalva Albuquerque de Venâncio Gomes e Fernandez, com "z", por favor. Demorou todo um ano para montar seu novo ganha-pão. Tratava-se, mais uma vez, de uma causa social de suma relevância, ajudar moças de boa aparência e tempo disponível a subir na vida. Inteirara-se ainda no Rio de que o negócio de mulheres de programa no Planalto Central era uma mina de dinheiro. Por uma simples razão. Muitos políticos, empresários, lobistas e altos funcionários do governo lotavam os corredores do poder nas terças, quartas e quintas. De sexta a segunda, viajavam a suas cidades de origem. Nas noites em Brasília, buscavam diversão como o ar que respiravam.

Aracy/Dalva chegou de mansinho, como manda o figurino. Circulou bem e assuntou muito. As economias amealhadas ao lado do Pedrão tiravam-lhe a pressa. Queria jogar seguro. Conheceu potenciais parceiros, mas descartou todos, preferiu trabalhar sozinha. As moças foram a parte mais fácil. Uma selecionada tinha uma amiga, que tinha uma amiga, que tinha outra amiga. Não se podia dizer que o Solar fosse um lupanar, diria um intelectual, um rendez-vouz, alguém mais velho, um puteiro, decerto um carioca, ou uma casa de saliência, este um admirador entusiasta do Ancelmo Gois, existisse então.

O Solar à primeira vista parecia um restaurante, pequeno, confortável, decorado ao gosto daquela clientela, o que vale dizer cafona, e sem a menor circulação suspeita. Num segundo exame, entretanto, chamavam a atenção, um, o fato de que o serviço de mesa corria por conta de jovens, deslumbrantes, aliás, e, dois, o tamanho do prédio para os fundos excedia de muito a área ocupada pelo restaurante. A diferença não poderia ser só pela cozinha, daria para alimentar um batalhão. Então, abrigava outros cômodos.

A localização era perfeita. Situava-se numa via secundária da estrada Belém-Brasília, à época de traçado recente. O tráfego de veículos de passeio ou caminhões por ali ainda não era frequente, sobretudo à noite, pouca gente morando por aquelas bandas. Costumava ocorrer que o número de carros distribuídos pelo amplo estacionamento de forma alguma coincidisse com o de pessoas sentadas à mesa no almoço e, em especial, no jantar, ceia ou refeições ainda mais tardias. Mas quem estava interessado na diferença? O *Solar* não tinha horário de funcionamento, isto é, não fechava, 24 horas à disposição dos gentis fregueses. E gentis eram, pois deixavam gordas gorjetas, isso quando usavam o restaurante. Lá atrás, então... Só que, aí, apenas Dalva saberia, já que a ela cabia de maneira exclusiva a contabilidade.

Para a nova empresária de Brasília, a frequentação do *Solar* era um tira-gosto, como definia. Não queria expor-se a flagrantes. Por isso, as suítes no fundo da casa prestavam-se a encontros para melhor inspeção das acompanhantes. O dinheiro já ficaria, ali, com Dalva, mas a função principal ocorreria em outro lugar, casa do freguês, hotel ou uma rapidinha na beira da estrada. As melhores notícias chegavam quando o encantamento pela acompanhante implicava convite para um fim de semana prolongado no Pantanal, nas Cataratas de Iguaçu, em hotéis exóticos na Amazônia ou, sorte grande, em estações de esqui no Chile, nos Estados Unidos e na Europa. Aí a comissão vinha parruda, porque Dalva cobrava por dia e por quilômetro.

Não obstante a comissão escorchante, ninguém reclamava. Os clientes, porque a satisfação mais do que compensava as contas, que, em geral, não lhes doíam no bolso. E, para as acompanhantes, ainda lhes sobrava gorda fatia. O problema era o sucesso em si do *Solar*. Quem estava naquele negócio sabia que a receita da prostituição era troco pequeno. Concluídos os programas, as moçoilas valiam ouro pelo que tinham a relatar, tanto de conversas espontâneas, carregadas de dados e informações preciosas voluntariados, como pelas respostas obtidas a partir de questionários preparados com muito esmero, cliente por cliente, à luz da função de cada um. Essa vertente do negócio correspondia a cheque no banco, às vezes por muitos anos.

Aí a coisa ficou feia, a competição passou a não achar mais graça naquela arrivista, e o homem alto, magro e moreno conheceria sua primeira vítima do sexo feminino. De início, relutou. Afinal, apesar de ar de certa vulgaridade, a foto enviada retratava uma mulher bonita. Dois problemas em um só. Agora, ele ditava as regras do contrato, era dele a caixa postal, que se alterava após o cumprimento de cada missão, e nela ele exigia todo o material necessário para conhecer o alvo e planejar a operação, tanto quanto recolher o dinheiro ao final, sempre satisfatório, nem precisava frisar. Já se dispunha a recusar o serviço quando leu na documentação preparada que a tal mulher desviava os meninos da Rocinha do caminho da escola para o do tráfico, de alunos para aviões. As escolas públicas, as únicas a que teriam acesso os meninos do morro, poderiam não ser as melhores, mas acenavam com algum futuro. No tráfico, a idade média de aposentadoria forçada, morte, não passava dos vinte e poucos anos. Topou a encomenda.

Por quê?, lamentou tantas vezes depois. Os desafios não terminavam. De saída, recebeu a instrução, sobre a qual não havia a menor possibilidade de negociação, de que a vítima teria de padecer de causa natural ou, no máximo, de um acidente. Uma morte matada suscitaria ampla investigação, que, sem dúvida, roçaria em nomes que nem de brincadeirinha poderiam figurar em documentos policiais. Portanto, vire-se, dizia-se ele mesmo. Mas como?, enrugava a testa.

De computador, eu entendo

Ansioso por impressionar o delegado, Tadeu verbalizou suas ideias. Primeiro, definir o que receberam do denunciante e, depois, avaliar como fazer uso das informações. Não sem esforço, Beto resistiu a dizer-lhe que as sugestões eram óbvias, precisava mais da amizade e lealdade do assistente do que de seu brilho mental, tanto mais porque, como talento investigativo, Tadeu, apesar dos pesares, era cobra criada. Desconsiderou, assim, de maneira diplomática, as contribuições do assistente com uma pergunta:

— E por onde você começaria?,

e recebeu resposta para sua surpresa bem-apropriada.

— Delegado, por que esse advogado fez essa denúncia apenas hoje, agora?

Os olhos do Beto cintilaram:

— Por quê?, por que não ontem, há uma semana ou no mês passado?, você tem razão, aí tem coisa.

Beto ainda estava inseguro quanto ao rumo a imprimir à investigação e recorreu ao velho caratê para enfrentar os problemas. Voltou aos fundamentos, às bases da primeira aula, às noções e aos movimentos de abertura, aos ensinamentos da orelha do livro, que exigiam repetição, repetição e repetição, o único meio de se alcançar o aprimoramento dos golpes. Não há atalhos na direção da eficácia. O caminho tem de ser pavimentado com tenacidade, espírito de luta, sagacidade e, em especial, paciência. Assim equipada, a pessoa saberá como preparar o momento do ataque, contornar as ameaças e explodir na hora exata.

— Regra número um, recitou para benefício de Tadeu, não quero mais ninguém da 10ª DP a par desse caso. A gente não sabe onde vai chegar, quem vamos incriminar e, portanto, que tipo de reação e que inimigos vamos atrair. Mesmo quem não tiver rabo preso nessa estória vai tentar encobrir o escândalo. Todo mundo sabe que não vai dar para segurar quando bater no ventilador. Aí teremos de estar montados numa pirâmide de provas, senão vão nos enterrar vivos.

Tadeu nem pestanejou, limitou-se a registrar o comando, esperançoso de que o delegado não percebesse um discreto filete de suor que lhe escorria pelo rosto.

— Regra número dois, acrescentava Beto, vamos copiar os mafiosos. Lembra do Dom Corleone, no *Poderoso chefão*? Pois é, vamos atrás do dinheiro. Se estivéssemos na França, buscaríamos a mulher, *cherchez la femme*. Mas, aqui, a pista quente deverá ser mesmo o dinheiro. Portanto, temos de descobrir quanto ganham e como gastam todos aqui na delegacia.

— Regra número três, seguiu chapado. Tenho de conhecer tudo sobre essa operação de objetos de arte roubados, quais foram as vítimas, em que datas, em que endereços, que policiais conduziram as diligências, a lista e o destino dos pivetes presos, cópia dos depoimentos e, indo mais longe, quero saber quem é esse denunciante, como é o nome dele mesmo?

Tadeu puxou o cartão de visita do bolso e leu:

— Rostand Vieira, advogado, sócio do escritório Vieira & Machado.

— Pois é, quero conhecer esse cara melhor do que a mãe dele.

— Delegado, tudo bem, tô com o senhor e não abro, mas só nós dois nessa loucura não vai dar, vamos precisar de soldados para levantar os dados.

—Tudo bem, Tadeu, mas já disse, exclui todo mundo da 10ª. Vá à Academia de Polícia e convoque gente de lá. Use o argumento de sempre, estágio profissionalizante. Os instrutores adoram esse papo, e os rapazes e moças, mais ainda.

Em poucos dias, a força-tarefa, improvisada por Beto, estava formada. Compunha-se de Tadeu e quatro mosqueteiros, um dos quais uma jovem que já na aparência revelava incontida sede investigativa. Todos saíram em campo. As informações objetivas — nomes, datas, endereços, funções, missões, idade, ficha policial etc. — acumulavam-se sobre as mesas, e Vadico — de Osvaldo —, um natural candidato a *hacker*, embora não pretendesse trabalhar na polícia, ofereceu-se para tudo processar, catalogar, organizar e pôr em perspectiva, antes de trancafiar todas as noites o precioso material no cofre que o delegado providenciara só para aquela operação. Tibúrcio, o mais jovem do grupo, dispôs-se a buscar coisas palpitantes sobre o funcionamento do Vieira & Machado, a começar pelo próprio Dr. Rostand e incluindo a vida dos outros advogados, assistentes e secretárias, missão que teria cumprido à perfeição, houvesse logrado dobrar as resistências de uma adorável estagiária do escritório, cujos rigores religiosos impediram-na, entretanto, de aceitar diversões outras, nas horas vagas, cenário em que ele talvez tivesse podido extrair informações mais reveladoras sobre os colegas de trabalho.

A estagiária, Lola — de Dolores —, e o Zé Mário, o quarto mosqueteiro, grudaram no Tadeu, para dar curso à prioridade do delegado.

— Sigam o dinheiro.

Em concreto, isso significava dar prioridade aos aspectos externos, isto é, quem, na 10ª DP, aparentava mais do que tinha. Há casos de milionários que se vestem e circulam como gente normal, seja por excentricidade, seja por sovinice mesmo. Mas, ali, a situação era inversa. Quem, entre eles, não tinha como bancar o estilo de vida aparente? Que carros dirigiam? Que roupas usavam? Com que tipo de mulheres saíam? Primeiras perguntas, mais fáceis, portanto, de explorar, bastava abrir os olhos e ver o que se passava justo adiante.

As perguntas mais sutis vinham a seguir. Como compraram o carro, à vista, em prestações, em quantas vezes? As roupas eram de marca, imitações ou adquiridas naquelas senhoras que pagavam suas viagens ao exterior com a venda de peças aos deslumbrados no Brasil? Eram casados, costumavam cobrir a esposa com presentes caros, deixavam acontecer ou buscavam mulheres novas? Frequentavam restaurantes de colunas sociais com as titulares e/ou as da regra três?

Tudo visto, contas feitas, noves fora, questionários concluídos, informações catalogadas e cruzadas, três nomes caíram na malha fina, o delegado-assistente e dois agentes de polícia. Não havia hipótese de aqueles senhores poderem arcar com os gastos levantados apenas com o salário de policial. Um, dois ou até os três estavam na folha de pagamento do pessoal de objetos roubados.

— Agora precisamos de provas – instruiu o delegado –, e, para isso, temos de ter acesso às contas desses pilantras, mas todo cuidado é pouco, a despreocupação deles em esconder o padrão de vida que ostentam é sintoma de arrogância, de quem se sente impune, ou seja, de quem tem as costas quentes com algum figurão da polícia, vale dizer muito além do território da 10ª DP.

Naquela época, não era habitual obter ordem judicial para verificar extratos bancários. O regime vigente não separava ainda investigações criminais e políticas, o que inibia expedientes daquele tipo, por um lado, mas, por outro, desafiava a imaginação em momentos de emergência policial. Beto chegou a cogitar de deslocar o

Vadico para o trabalho que tinha em mente, até se dar conta de que poderia causar dano irreparável à carreira do rapaz na polícia, carreira, aliás, que ele sequer havia iniciado. Tadeu também desencorajou o delegado em usar o ainda aluno da Academia.

— Não precisamos dele, conheço outra pessoa.

— Quem?

— O Braz, o senhor não sabe quem ele é, mas ele sabe muito bem quem é o senhor, e tenho certeza de que fará tudo para ajudar.

Braz era irmão de Januária, noiva de Tadeu, que trabalhava no banco onde a polícia do Distrito Federal e seus funcionários mantinham e movimentavam contas. A moça não tinha competência profissional nem técnica para acessar os dados e as informações de que tanto necessitavam Beto e sua bandinha. Mas Braz era um *hacker* da pesada, só não tinha ainda sido preso e isolado da sociedade, porque usava o computador para curar-se, uma terapia autoimposta de combate às drogas, nada, portanto, que fizesse dano a alguém ou a instituição alguma.

Ao lado da filha do Nico e de dezenas de outros jovens de Brasília, Braz fora um dos liberados pela ação policial de arrasa-quarteirão, montada pelo Delegado Pacheco, para debelar a máfia das drogas no Distrito Federal. A crise de abstinência dos viciados que se seguiu à prisão dos traficantes quase levou muitos dependentes à loucura. No caso de Braz, entretanto, o apoio da irmã e da mãe fez a diferença. O rapaz foi capaz de aguentar o tranco, para o que muito ajudou também a descoberta da informática. Entregou-se ao teclado do computador como um gladiador se agarra ao escudo e à espada. Não conseguira ainda um emprego fixo, difícil com a folha corrida que exibia. Mas perseverava. Fazia um bico aqui, outro ali, o suficiente para ir levando, na esperança de dias melhores.

A proposta que Tadeu e Januária lhe apresentaram seria, assim, recebida como a salvação há tanto esperada, para não mencionar que desconfiava estar o delegado por trás daquele trabalho, motivo adicional para aceitá-lo, tinha profunda dívida de gratidão com ele, por ter desmontado o esquema do tráfico, de que Braz era apenas uma das várias vítimas. Não hesitou, portanto, em ajudá-los e orientou a irmã a coletar, sem se comprometer, as informações que usaria para quebrar o sigilo eletrônico do banco. Confiava, além do mais, em não ser pego. Afinal, estava trabalhando em uma maneira de subtrair informações, e não dinheiro, e, para isso, os sistemas de alerta dos maiores usuários de computadores ainda não tinham sido aperfeiçoados. Em pouco tempo, aterrissaram, assim, na mesa de Vadico, para sua imensa inveja – Pô, eu também teria conseguido produzir isso! –, listas e listas de movimentações bancárias que poderiam estufar as cadeias de Brasília, com as revelações não só sobre os três suspeitos iniciais, mas também outros peixes gordos "muito além do território da 10ª DP", tal como havia intuído Beto, no início das investigações.

A título de reconhecimento pelo trabalho realizado, Braz conseguiria por fim emprego formal, em uma firma de publicidade, cujo dono fazia caratê com Beto na Julio Adnet.

Podemos passar?

Amanhã sorria promissora. De novo, outra carta da estranha "Serra Dourada Empreendimentos Imobiliários Ltda." chegara, e as mãos de Lia tremeram de empolgação. Ela custou a teclar o número do Dr. Ronaldo e pedir a Adelaide:

— Tenho de falar com o chefe com a possível urgência.

Teria preferido ressaltar "maior" ou "toda" urgência, mas poderia pegar mal. Quem corre tropeça, advertia Zenóbio, cuja serenidade, cavalheirismo e fidalguia davam o padrão do comportamento de linguagem de todos no escritório.

E, por pensar nele, Lia excitava-se ainda mais. O próprio Zenóbio comentara na semana passada que continuava apostando ser o mandante do Juvenal a peça-chave para desmontar o esquemão do Parque Tupinambá. Sendo realista, porém, acrescentava que seria quase impossível descobrir a identidade do misterioso manda-chuva do projeto, embora alguns nomes suspeitos já começassem a circular. Segundo a velha raposa do escritório, o importante, como resumira o Ronaldo, era defender os interesses do escritório e, claro, do cliente, o cada vez mais inconformado Cristóvão Nunes, com o golpe que lhe armaram.

Em poucas palavras, estimava Zenóbio, o mais efetivo seria, se não recuperar a inversão do Cristóvão, pelo menos conseguir que ajustassem as dimensões do terreno para comportar a construção da famigerada quadra de tênis da filhinha do próspero empresário. E, nessa ordem de ideias, Juvenal, o testa de ferro do empreendimento, voltava a ocupar papel de destaque.

Zenóbio desenvolvia algumas teorias inventivas para justificar seu plano de ação. Sua longa rodagem nos circuitos da advocacia, nos casos tratados, tanto em plena luz do dia como no lusco-fusco de acordos de última hora, convencera-o de que políticos em ascensão e bandidos em reclusão eram os tipos mais difíceis de dobrar, deles era duríssimo obter o que quer que fosse. Parece que, por motivos diferentes, mas, em extrema convergência, ambos avaliavam que só tinham a ganhar se nada ou ninguém interrompesse a vertiginosa trajetória rumo ao estrelato, no caso do político, e a obsessiva permanência no anonimato, no caso do bandido. O que poderia atrapalhar a estratégia eram os que jogavam areia nessa engrenagem, como definia Zenóbio, vale dizer os políticos que, apesar dos argumentos em contrário, queriam porque queriam aparecer, e os bandidos que não resistiam à consagração pública, equívocos que não raro conduziam à perda de mandato, no primeiro caso, ou à cova fresca, no dos marginais.

— É o que eu desconfio que esteja acontecendo com o Juvenal, anunciou Zenóbio na mais recente reunião de coordenação. O Cristóvão Nunes me contou, esclareceria o advogado, que teve um tremendo bate-boca com o empreiteiro. Até aí nada de mais. Só que, segundo nosso cliente, Juvenal deixara bem claro que, não obstante os erros de medição, que admitia, aliás, não estava disposto a rever coisa nenhuma. Ora, atitudes assim não são bem-pensadas. Sabemos que o calcanhar de aquiles do empreendimento é a possível divulgação de queixas como a do Cristóvão, e, na aparência, o Juvenal não está nem aí para isso. A aposta desse cara parece ser a de que o projeto do Parque vai sobreviver chova chuva ou canivete. Só que eu duvido que o chefão de todo esse esquema esteja a fim de qualquer coisa além de uma urgente composição de interesses Como a gente não pode conversar com esse misterioso figuraço talvez fosse o caso de tentar passar algum juízo ao Juvenal.

A reunião terminou com a expectativa de um próximo capítulo eletrizante dessa novela do Parque, bastava apenas alguém trazer à mesa um bom plano de ação. E, naquela radiosa manhã de quarta-feira — qualificava Lia, embora, do lado de fora do escritório, reinasse a mais inclemente garoa paulista —, ela jurava ter uma proposta sensacional para conduzir o *affaire* Tupinambá. Perto da hora do almoço, Adelaide devolveu-lhe a ligação e transmitiu:

— O Dr. Ronaldo a receberá agora, desde que seja por cinco minutos, está bem?

A advogada júnior, como passara a se chamar depois da recente promoção, bateu uma única vez na porta do gabinete do chefe e entrou arfante e profissional. Ronaldo aguardava-a de pé. Teria a esperança de alguma aproximação física? Vendo-a, contudo, com ar de colaboradora em crise de emergência, conformou-se com o provável clima de trabalho e voltou à poltrona:

— O que tá acontecendo de tão grave?, abriu o encontro sem ocultar decepção.

— Tenho informações confiáveis de onde vai estar Juvenal nos feriados da Semana Santa e gostaria de tentar falar com ele, na linha do que propôs o Zenóbio.

— Me dá detalhes.

— Prefiro não dar. Acho que tenho algumas vantagens. O pessoal envolvido com o projeto do Parque não me conhece. Se eu me aproximar do Juvenal, não vai soar alarme nenhum. Posso viajar como uma turista qualquer, pago tudo e, depois, você examina se cabe ou não o reembolso. Mas tenho de fazer isso à minha maneira. Pode ficar tranquilo que não vou citar seu nome nem o de ninguém daqui. Na pior das hipóteses, caso sobrevenham problemas sei lá de que tipo, o escritório sempre poderá dizer que eu agia sem autorização, portanto sem autoridade, para fazer o que quer que eu tenha feito.

Lia jogara sujo com o Ronaldo, a quem, note-se, já tratava de você, como poucos advogados no escritório. A referência às despesas quase irritou o chefe, mas fora intencional, uma provocação muito bem-urdida, para distraí-lo do tema central, não se opor à execução de seu plano. Ele não teve saída, consultou Zenóbio, promoveu uma reunião a três, hesitou em aceitar desconhecer os pormenores das informações com que contava Lia e só conseguiu convencê-la a repassar os principais pontos que abordaria com o tal empreiteiro.

Ela viajou exultante em seu próprio carro para o balneário de Riviera de São Lourenço, onde, exaltava a carta do "Serra Dourada", se realizaria, de frente para 4,5 quilômetros de praias paradisíacas, uma grande convenção de empresários do setor imobiliário, durante a qual se renderia "justa homenagem ao fabuloso Juvenal de Vasconcelos, idealizador e empreendedor do magnífico Parque Tupinambá". O nome da pessoa que assinava a carta, como sempre, carecia de importância, mas, logo abaixo, como se fosse um *post-scriptum*, identificava-se a gerente-geral do hotel que abrigaria o evento, Marly Assunção, ninguém mais, ninguém menos do que a filha do famigerado Erasmo. Lia não se lembra se, primeiro, registrou a feliz coincidência de ter recebido nova mensagem publicitária daquela estranha firma imobiliária, justo quando mais precisava, ou se a excitava a perspectiva de ter como possível aliada no projeto de cerca-Juvenal uma pessoa de quem sequer se tinha despedido, em clima de franca hostilidade, com frases de amargura azedando a antiga amizade.

Para não antecipar sua chegada – os amadores supõem que os gerentes de hotel passam o dia na conferência da lista de nomes dos hóspedes com reservas –, Lia ofereceu apenas o sobrenome da mãe no e-mail enviado de casa, não do escritório. Era difícil imaginar como ela se sairia na missão com Juvenal, mas, de uma coisa Lia tinha certeza, Marly estaria menos preparada do que ela para o reencontro.

Lia calculou bem. Chegou tarde à recepção do hotel e trancou-se no quarto, onde jantou tranquila. No check-in, tivera de exibir um cartão de crédito com o nome completo. Logo, se sua teoria amadora tivesse alguma procedência, cedo, no dia seguinte, a gerente saberia de sua presença. E, às oito em ponto da manhã, o telefone tocou.

— Me belisca para eu acreditar, é você mesmo, Lia Braga?

Marcaram de tomar juntas o café da manhã e, para alívio e alegria da visitante, Marly não parecia ter guardado rancor algum do último diálogo no apartamento em São Paulo. Porque, pensando bem, se ressentimento devesse existir, seria de parte de Lia, afinal a vítima inocente de toda uma montagem, com o agravante do papel que o verme do Erasmo havia compelido Dona Berenice a desempenhar, sob a pressão de oferecer o melhor que pudesse à filha. Mas, se fosse para passar tudo isso a limpo, aquela viagem não deveria nem ter começado. Portanto, ao trabalho.

— Como é bom te ver, Marly, que surpresa, puxa, gerente de um hotel desses, tá podendo, hein?

— Que nada, são coisas que acontecem. Quando olho para trás, fica até difícil recompor o caminho que tive de percorrer, mas tenho de reconhecer que tive muita sorte, papai mais uma vez me ajudou.

— Seu pai, como?

— Bom, não é para você sair por aí espalhando, mas ele é dono de tudo isso, sabe, quero dizer, nada no papel, né?, você conhece o velho, tem nome de muita gente nos documentos, nem eu apareço, mas, de alguma maneira, que eu não sei como nem quero saber, este e mais três hotéis daqui até Bertioga são do danado do Erasmo, sorriu orgulhosa.

Lia desviou a conversa ou, pelo menos, ensaiou afastar aquela sombra funesta da mesa do café:

— Então você fez faculdade de hotelaria?

— Que hotelaria nada, foi Direito mesmo, só que não na USP, né?, minha querida. Lá é só para gente como você que mete a cara para valer nos estudos. Eu, não, consegui passar no vestibular da Faculdade de Direito de Mogi das Cruzes, aqui do lado, e já tô formada há dois anos.

— Que legal, Marly, parabéns, quer dizer então que somos colegas?

— É mesmo, né? Quem diria que um dia eu também seria advogada. Bem, Bacharel de Direito é mais correto. O que, para mim, já está de muito bom tamanho. Todo mundo aqui só me chama de Doutora Marly, não é o máximo?

— E você se casou, continua solteira, viaja sempre a Diadema?

— Nossa, quanta pergunta!, mas te respondo, é não para as três, não me casei, não sou solteira e não vou a Diadema há um tempão.

— Como é essa estória de não ser casada e não ser solteira?

— Ah, aí está a razão da minha felicidade atual. Não sou casada com o homem com quem vivo. Foi a melhor solução que encontrei para acalmar papai. Ele já não pode ficar me perguntando com quem tô ou não saindo às noites com um homem dentro da minha casa, né?, só que não estou casada com ele. Mas ninguém sabe, o que me ajuda a tourear os muitos caras que acham que quem trabalha em hotel, mesmo como gerente, tá sempre a fim de um programinha. Isso não quer dizer que, de vez em quando, eu não..., soltou um risinho dos tempos de Diadema.

A seguir, foi a vez de Lia dizer coisas:

— Pois eu não me casei, continuo solteira mesmo, não vivo com homem nenhum e, volta e meia, vou visitar mamãe lá em Diadema.

— E como vai Dona Berenice?

—Vai bem, se sente um pouco só, mas a vida é assim, né? Meu trabalho não me dá trégua.

— E onde é?

— É no escritório Archiboldo & Associados.

— Nossa! Eu sei onde fica, é um prédio bacanérrimo!

— É mesmo, e eu estou lá. Aliás, foi por causa dele que tirei férias. Precisava descansar com urgência, senão desmontaria de cansaço. E vi também que vocês estão promovendo um grande evento com gente do setor imobiliário. Tenho um dinheirinho guardado e, sabe como é, né?, mesmo de férias, uma advogada sempre procura algo para fazer. Talvez eu até assista a algumas palestras, quem sabe não ouça algo tentador?

— Algo ou alguém?, lançou pimenta Marly.

— Em princípio, algo, mas nada está proibido, né?,

tentou jogar o mesmo jogo, antes de engrenar, com toda naturalidade. – Por falar nisso, que negócio é esse do Parque Tupinambá? Li que vão até fazer uma homenagem ao cara que bolou todo o projeto, não é?

— É mais ou menos isso. De novo, não espalha não, mas o Parque também é coisa do papai, ninguém sabe nem pode saber. É a mesma cortina de fumaça do apartamento lá de São Paulo e dos hotéis, muitos nomes nos documentos e um único proprietário. Foi papai quem comprou o terreno e preparou tudo para transformar uma área grande à beça em parque ecológico e imobiliário. Ele é, de fato, um gênio para os negócios. E o Juvenal, esse que vai receber a homenagem, é o representante dele em todo o empreendimento. Seria até uma boa você conversar com ele. É quem mais conhece hoje os pormenores do projeto. Eu vou falar com ele para te dar todas as dicas sobre o investimento, mas, por favor, nem mencione o nome de papai, tá?

— Ah, não se preocupe, só me interesso pela oportunidade de aplicar bem meu dinheiro, não quero me meter onde não fui chamada.

— Então, tá combinado. Tenho de ir à suíte dele lá pelo meio-dia. Por que não vem comigo? Eu te apresento a ele, falo o que tenho de falar e, depois, saio, deixo vocês no papo que quiserem, de acordo?

Lia não podia acreditar no seu êxito como fingida e teatral. No passado, teria morrido de vergonha diante de tamanha desavergonhice. Mas as repetidas referências ao vigarista do Erasmo, que era óbvio se chafurdava cada vez mais em negócios escusos, no momento com a cumplicidade da filha, alegre e trepidante, desobrigavam Lia no plano moral. E, do ponto de vista profissional, a revelação espontânea de que o chefe da operação no Parque Tupinambá era o podre Erasmo já pagava a viagem.

Ao meio-dia, Lia plantou-se no *lobby* do hotel e, em pouco tempo, foi resgatada por Marly, que não se continha no novo papel de gerente, daí o sorriso sempre exposto, os gestos largos e o corpo insinuante para atrair a atenção. Saltaram no andar superior, reservado às suítes, e tomaram um longo corredor, no qual já se encontrava um garçom alto, moreno e magro, calçando luvas brancas, compenetrado e respeitoso, atrás de um pequeno carro de serviço de quartos, caminhando na direção das duas senhoras. Quando se encontraram a meio caminho, ele não as cumprimentou nem as evitou, como correspondia a um serviçal de estabelecimentos elegantes, que está autorizado a responder a saudações, mas não a iniciá-las aos hóspedes, menos ainda à gerente-geral do hotel.

Marly e Lia passaram pelo empregado sem nada notar. Mais tarde, Lia recordaria o detalhe das luvas brancas, mas isso só ocorreria bem depois. Ali, naquele momento, seguiram lépidas e excitadas na direção da suíte do Juvenal, o tema do Parque Tupinambá como foco animado da conversa que retomaram desde o elevador. A porta da suíte estava entreaberta. Marly interpretou como um convite do empresário para que entrassem. Ainda assim, anunciou:

— Juvenal, tô aqui, trouxe uma amiga, podemos passar?

Sem resposta, a gerente empurrou de leve a porta, e a cena a fez desmaiar. Juvenal seguia sentado na cadeira da imponente mesa de trabalho, só que lhe faltava o topo da cabeça, cujo conteúdo se distribuíra pela cortina fechada sobre a janela. Um esplendor rubro desenhava a violência da explosão. Do corpo, o braço direito pendia inerte como se apontasse para o chão, onde agora descansava em silêncio um enorme revólver. Quadro clássico de suicídio.

E tome de rumor

Sem anúncio prévio, Beto apareceu na recepção do Escritório Vieira & Machado. A secretária-executiva deu-lhe a frase pronta:

— Dr. Rostand só recebe clientes com hora marcada.

— Ah, então está resolvido, eu não sou cliente e, quando ele souber que estou aqui, vai querer me ver, passe meu nome para ele, por favor.

Mostrou-lhe o escudo dourado. As credenciais e o porte do visitante impunham respeito, e a moça decidiu aceder.

Rostand Vieira veio buscá-lo na recepção e traía real surpresa e cautelosa curiosidade:

— Delegado, o senhor aqui em meu modesto escritório? Dona Rosa, peça, por favor, dois cafezinhos e água com gás. E suspenda todas as minhas chamadas. Delegado, me acompanhe, meu gabinete é o último à esquerda.

Concluído o entreato de amabilidades, o advogado perguntou:

— A que devo a honra, Dr. Pacheco?

Beto não tinha pressa. Seguiu medindo e estudando o ambiente. Apreciou a ausência de fotos com personalidades públicas. Admirou a cena familiar de uma mulher jovem, bonita, com dois filhinhos, emoldurada em um porta-retrato de prata. E registrou peças de arte discretas e, nem por isso baratas, como uma escultura de bronze do

Ceschiatti, um óleo do Rubem Valentim outro do Galeno e um maior do Siron Franco, os três últimos artistas mais conhecidos em Brasília, embora respeitados em todo o Brasil. Tapetes persas acolchoavam o chão, tudo na exata medida do luxo sem ostentação, indícios claros de que as contas apresentadas pelos serviços daquele escritório deveriam ser altas e pareciam assegurar bons resultados.

— Tomei a liberdade de vir assim, meio de surpresa, porque gostaria de conversar com você de maneira, digamos, diferente, começou, enfim. Não tenho dúvida de que você foi me ver na delegacia depois de conhecer e, decerto, estudar meu dossiê. Seria difícil para mim acreditar que você arriscasse passar as informações que passou a uma pessoa que não satisfizesse com precisão ao perfil do que vocês procuravam.

Beto admirou a absoluta falta de reação no rosto e corpo do advogado. Não era aquela a primeira vez que ouvia coisas diretas, duras e prenhes de perguntas e insinuações inconvenientes.

— De minha parte, tampouco estaria aqui se também não tivesse feito meu dever de casa e levantado informações sobre você, seu escritório, seu sócio Vicente Machado, suas causas mais relevantes, seus casos mais recentes e, sobretudo, sua forma de conduzir os negócios. Tenho autoridade para avaliar isso porque, como sabe, me formei na USP e levo quase vinte anos como delegado de polícia. Meus conhecimentos da lei e, acima de tudo, meus instintos profissionais não costumam me abandonar quando mais preciso deles, como agora.

O cafezinho e a água com gás chegaram, o que permitiu a Beto reganhar o fôlego e a Rostand, mais tempo para processar aqueles comentários, doido para antecipar aonde o policial estava querendo chegar. O café era especial. Deve ter saído daquelas máquinas modernas e chiques, Nespresso, calculou Beto, e a água borbulhava como em um restaurante cinco estrelas. O delegado provou ambas as iguarias com tranquilidade, até mesmo para aumentar a expectativa quanto à continuação da conversa, instalada, aliás, em torno de poltronas de couro muito confortáveis, nada de mesa formal de reunião ou coisa pelo estilo.

Beto reencontrou o ritmo:

— Não me iludo sobre a natureza e fonte da informação que você me transmitiu. A ética profissional não permitirá explorar esses aspectos. Mas, ainda assim, gostaria de testar algumas teorias com você, se não se incomoda.

A tática insinuava um pacto inicial, e Rostand reagiu com a ponta dos dedos:

— O que puder contribuir para a investigação policial, conte comigo, delegado.

— Que bom – fingiu motivos para celebrar Beto, ao prosseguir. – Deixe-me, então, ensaiar um resumo do que sei e penso. Não espero que comente os pontos nem as instruções de seu cliente. Você me procurou para denunciar um esquema de furto de objetos de arte que estávamos cansados de conhecer. Só que acrescentou a informação de que tinha alguém de dentro da delegacia que vazava os dados sobre as batidas policiais, de forma que as diligências sempre batiam com a cara na porta.

Beto fitou o advogado bem nos olhos e pressionou:

— Por quê?

— Por que o quê?, pediu precisão Rostand.

— Por que fazer uma denúncia, num dia específico, sobre algo que todos sabíamos que vinha acontecendo há muito tempo, pelas mãos sujas dos mesmos policiais que só agora você destaca como cúmplices?

Rostand sorriu, porque achou que afinal seria fácil escapar da arapuca que o delegado vinha construindo para ele:

— Fiz a denúncia na data em que meu cliente me instruiu a fazê-la e me antecipo à sua próxima pergunta esclarecendo que apenas ele pode lhe dar as razões disso. E, como o senhor não o conhece nem o conhecerá por meu intermédio, temo que nossa conversa pode dar-se por concluída.

— É, é o que parece, né mesmo?, mas, por favor, vamos continuar só um pouquinho mais. O que me intriga é o momento da denúncia. Por que naquele dia, se a operação já corria há tanto tempo com os mesmos personagens?

Rostand interveio:

— O senhor já fez essa pergunta.

— É verdade, e sigo fazendo, porque não conheço a resposta. O que terá acontecido para precipitar as instruções que você recebeu?, soltou displicente como se filosofasse.

O advogado enrolou a ponta da gravata, tique nervoso que incorporara desde os primeiros dias na profissão, mas que agora era mais um gesto compulsivo, a que sempre recorria quando estava por intervir como os advogados mais gostam, falar sem dizer nada, ou quase nada.

— Delegado, talvez eu possa cometer alguma indiscrição. Apesar de minha experiência neste escritório não ser muito longa, por conta da minha idade, já vi, ouvi e presenciei várias coisas. Umas mais ilustrativas do que outras. Umas mais ricas em ensinamento do que outras. E posso garantir ao senhor que grande parte dos problemas que enfrentamos no mundo de hoje é a ganância, o que as pessoas almejam a ganhar cedo e rápido. Essa atitude se agrava quando as regras do relacionamento não seguem parâmetros fixos nem definidos com exatidão, isto é, quando prevalece a informalidade, atalho perigoso que às vezes desemboca na irregularidade e, até, na ilegalidade. Nesses casos, costumam ocorrer conflitos entre o que uns consideram justo receber e o que outros resistem a reconhecer como tal.

— Se você me permitisse traduzir o que acaba de dizer para o português, Rostand, posso interpretar que uma pessoa ou grupo de pessoas achou, de repente, que era hora de aumentar a comissão cobrada pela cumplicidade, o que irritou o outro lado da linha ou, pior, levou o interceptador a comunicar a seus superiores – porque nessas operações há sempre gente graúda envolvida – que seria necessário reduzir a margem de lucro ou subir o preço de mercado dos objetos furtados? Daí a reação indignada em algum elo da cadeia de comando e, portanto, a razão das instruções que você recebeu? O que tenho de descobrir é quem pediu mais e quem decidiu virar a mesa e perder menos entregando a cabeça dos gananciosos.

— Delegado, o senhor tem uma maneira muito imaginativa de analisar a vida. Com toda sinceridade, gostaria de poder tornar-me seu amigo para seguir tirando proveito da sua sabedoria e do seu espírito público. Mas, agora, o senhor haverá de compreender que chegamos ao limite da nossa muito agradável conversa. Tenha o senhor um muito bom dia e não se esqueça, delegado, a ganância pode matar.

A frase quase queimou a língua de Beto tanto que ele a repetiu – a ganância pode matar – ao longo do resto do dia. Sabia que o advogado não mandaria essa mensagem do nada para lugar algum. O mais aflitivo era que todos os indicadores apontavam para algo evidente, a milímetros do nariz, bastava apenas ter a capacidade de enxergar o que estava adiante em letras garrafais. Mas o quê?

Na delegacia, Beto reuniu sua força-tarefa e repassou palavra por palavra o encontro com Rostand. Depois, jogou a frase-bomba no colo de todos e aguardou reações. Nada de sensacional emergiu. Ele mesmo já tinha pensado em tudo que seus jovens e dedicados colaboradores aventaram. Tadeu, porém, fez alguns comentários instigantes, como por exemplo:

— Pô, estávamos buscando batedores de carteira e acabamos com um esquemão de fazer inveja a filme de Hollywood.

Beto aproveitou para recordar:

— Achamos uma mina de ouro. O que deve ter de gente alta envolvida nessa jogada não dá nem para calcular. Por enquanto, ninguém sabe o que temos, e vai ter de continuar assim. Se uma única pessoa tomar conhecimento, o mundo inteiro também tomará. Se a gente abrir o jogo para o cara errado, a gente se fode, e não vai ter jeito de botar essa canalhada em cana.

De novo, Tadeu surpreendeu:

— Não seria essa nossa saída?, quero dizer, o que a gente sabe, o que o advogado sabe agora que a gente sabe, não vai demorar para chegar nos ouvidos de quem não interessa. Mas, se um bando de gente tiver também acesso a essas informações, elas deixarão de nos ameaçar. Pelo contrário, os bandidos que serão apontados pelos fatos terão de sair na frente para se explicar, não é mesmo?

Beto gostou da ideia, tanto mais porque entrevia na proposta do agente de polícia a possibilidade de pressionar quem estivesse por trás de toda essa megaoperação a mostrar a cara e fazer besteira.

— Tadeu tá certo. Vamos usar a imprensa, resumiu Beto. É o veículo natural para botar tudo isso no ventilador. Só que não podemos errar a mão. Se contarmos tudo de uma vez só, os sacanas deturpam as histórias centrais, sobrevalorizam as secundárias e bancam toda uma campanha de difamação e desmentidos. Nossas provas são fantásticas, mas, como conseguimos, lembra? Essa gente tem muito dinheiro para contratar advogados que vão truzidar as informações que garimpamos e, se bobear, ainda processa o banco, que não protegeu o sigilo das contas dos valorosos policiais.

— E como a gente sai dessa? perguntou Lola.

— Vamos soltar um rumor, explicou Beto. É mais eficaz do que fogo na grama seca, pega que nem rastilho. Todo mundo vai sair correndo atrás para provar ou refutar o que tiver sido dito. Os próprios repórteres serão nossos melhores aliados. Jornalista quando pega num osso cheio de carne só larga por outro mais rico em informações. E aí, pouco a pouco, vamos liberando mais informações, como se a competição entre os profissionais da imprensa estivesse ela mesma fabricando mais provas. Vai ser difícil distinguir o que parecer resultado da investigação dos repórteres e o que estiver sendo plantado. Em algum momento, porém, o efeito sobre a opinião pública e a pressão da sociedade sobre as autoridades vão dar conta do que queremos, botar essa putada atrás das grades.

Beto não confessaria em público que, de sua parte, o jornalista que acionaria seria, claro, o Nico. Tanto quanto os outros membros da força-tarefa também se reservavam o direito à discrição, para não comprometer seus contatos na cidade, cultivados desde os bancos escolares ou nas noites de Brasília, segundo a velha prática de que toda rua deve ter duas mãos. Hoje, eu, policial, lavo a sua. Amanhã, você – jornalista, advogado, garçom, frentista ou flanelinha – lava a minha, jogo muito difícil de jogar, se os jogadores forem identificados.

O impacto dos primeiros boatos superou as expectativas. Não houve jornal que já no segundo dia não exibisse manchete com provas ou contraprovas de sua própria redação quanto às denúncias ventiladas, com promessa de novas revelações nas próximas horas. Nos gabinetes das Secretarias de Segurança e da Justiça, para não mencionar a antessala do governador, as colunas de mercúrio batiam no teto do termômetro político, e as autoridades disputavam os microfones em exercícios infindáveis de ataque e defesa. Na 10ª DP, o ambiente não se distinguia de qualquer outro da polícia. A preocupação de todos era com a corporação. Ali não era, nem se podia suspeitar que fosse, fonte de campanha alguma.

Poucos dias após o início de imensa ebulição pública, Tadeu interrompe Beto para informá-lo:

— O Potro acaba de cometer suicídio.

Potro era o apelido do delegado-assistente, um dos primeiros a ser relacionado no esquema das peças roubadas, desconfiança que se tornara gritante quando se conheceu a movimentação de sua conta bancária. Beto pensou, inclusive, se o Potro não era um dos chefões da banda podre da polícia. Seu nome passara a ser dos mais citados nas matérias jornalísticas. E, agora, suicidava-se. Confissão de que estivesse até o pescoço na bandalheira? Medo de não conseguir provar sua inocência? Vergonha pelo que fizera? O delegado não engoliu qualquer uma dessas possibilidades. A ganância mata, voltou a recordar, e gritou:

— Vadico, entra em contato com a polícia de Riviera de São Lourenço. Peça a eles tudo que tiverem sobre o suicídio de um empresário ligado ao setor imobiliário de anos atrás. Quero tudo, relatório do legista, depoimentos, fotos, tudo. Essa nova morte por suicídio tá difícil de aceitar!

Como se vocês ainda não soubessem

Tião considerava-se um profissional liberal, só faltava a carteirinha, houvesse uma associação de classe. A dimensão profissional era obrigatória, do contrário não teria sobrevivido tantos anos. Preparava-se para cada trabalho como um atleta olímpico, com a diferença de que, no final da prova, ao subir ao pódio, cumprido o contrato à perfeição, não teria quem o aplaudisse nem o homenageasse com um hino, menos ainda lhe tirasse uma foto para a edição matutina dos jornais de todo o mundo. Também era liberal, porque cobrava por seus serviços e, diante do continuado e crescente êxito em suas prestações, cobrava como gente grande.

Daí um primeiro problema. Como receber e, depois, depositar no banco o dinheiro recebido? Os contatos com os contratistas começaram por caixa postal. Ficou muito complicado, mesmo depois que ele mesmo passou a alugá-las. Preferiu comunicar-se pelos jornais. Na coluna de Despachantes, no *Globo*, *Estado de S. Paulo*, *Estado de Minas* e *Correio Braziliense*, ele anunciava seus serviços, sob o título de "Despachos Especiais", apenas isso e um número de celular. Quem lhe chamasse com perguntas de qualquer tipo, ele desconversava ou respondia de maneira insatisfatória. Só interessavam as chamadas que, de imediato, indicavam um outro número de telefone. Ele anotava, destruía o celular que vinha usando e retomava o contato de uma cabine pública. Essa tinha sido a combinação que acertara quando usou pela última vez uma caixa postal. Querem falar comigo?, então comuniquem-se pelo número que eu indicar nos anúncios dos jornais. E completou:

— Quando precisarem de meus serviços, basta publicar, nos mesmos jornais, "Procuro Despachante de Cargas Especiais" e especificar um telefone, que eu entro em contato.

Tudo bem, isso funcionava para fechar os contratos. Mas como fazer para receber o dinheiro, concluído a contento o "despacho especial"? As barcas para Niterói serviram durante um período. O embrulho ou a maleta era entregue a alguém na viagem de ida e, ao chegar, passando pelos que aguardavam o embarque para a viagem de volta, o material mudava de dono. Dificultava o rastreamento, mas, na segunda vez, conhecida a jogada, tinha-se de ser mais criativo nos despistes, fosse com uma alternância de táxis, fosse com o uso de motoqueiros conduzindo na contramão, fosse sabe-se lá como. Importava não deixar saber quem receberia, enfim, aquela grana.

Tião não se iludia, porém. Sabia que aqueles esquemas não eram à prova de bala, um dia acabariam desvendados. Por enquanto, pelo menos, ele estimava ter conseguido enganar os pagadores. Como argumento principal, recordava, Ainda estou vivo, não estou?, certo de que quem lhe pagava nunca desistiria de reaver a maleta, para ganhar duas vezes – no despacho do desafeto e no serviço de graça. Tião sorria ao avaliar a contrariedade de seus prováveis perseguidores e, por via das dúvidas, seguia ele mesmo o maleteiro, quem tinha trazido a maleta com o pagamento. Ele confiava na arrogância dos bandidos, nunca imaginariam que alguém os fosse vigiar. Assim, Tião pôde chegar a um primeiro ponto de parada. Sabia que era um intermediário pé de chinelo, mas valia a pena observar o movimento. Daí acabou localizando mais dois outros quartéis e, uma tarde, resolveu aprontar. Assaltou um mensageiro, que não podia acreditar:

—Tu tá maluco? Quer morrer? Sabe pra quem eu tô trabalhando? É pro Seu Erasmo, cara! Ele vai te comer vivo e jogar teus restos pros tubarões!

Ao abrir a maleta, depois, em local seguro, tão logo fez o mensageiro dormir um pouco, com um direto no queixo, Tião verificou que se tornara proprietário de uma bolada de dinheiro. De um lado, ficou aliviado; fosse droga, teria de jogar tudo no mar, mas dinheiro era sempre útil. De outro, sentiu um frio na espinha, Isso vai dar merda!

Dito e feito. Mal tomou conhecimento do "assalto", o pessoal do Erasmo partiu para cima do bando do Oscarito, um traficante novo na área com ares de ambicioso. Só podia ter sido coisa da gente dele. O pau rolou feio, o céu escureceu de tanta pólvora, os tiros vararam a noite e, de manhã, ambas as tropas contaram baixas e decidiram conversar. A guerra estava atrapalhando os negócios, o dinheiro nunca seria devolvido nem as mortes desfeitas. O melhor era selar a paz, torcesse o nariz quem quisesse. O importante era estancar a perda de receita. Pacto fechado.

E Tião pôde, então, ocupar-se tranquilo de outro problema de delicada gravidade. Como depositar o dinheiro que ganhava, de maneira honesta, ou seja, fruto de seu trabalho, e os incidentais, por exemplo o recuperado de dentro da tal maleta? Não cabia aparecer diante do caixa de um banco e pôr sobre o balcão 10, 50, 100 mil reais. Uma vez até daria para aceitar, mas com periodicidade regular, digamos a cada dez dias, duas semanas? Era arriscado demais. Alguém ali dentro acenderia uma luzinha vermelha, e os "homens" viriam fazer um monte de perguntas sobre a origem daquela fortuna.

Primeira providência, multiplicar o número de bancos, não só de agências bancárias, mas também de bancos mesmo, se possível em cidades diferentes. Aí teve a inspiração dos céus.

— Boa tarde, gostaria de abrir uma conta.

— Ah, pois não, dirija-se, por favor, àquela senhorita na mesinha da esquerda, ela cuidará do senhor.

— Boa tarde, sou comerciante de peças antigas, antiguidades, sabe? Gostaria de abrir uma conta, o banco tem agências em outros estados, não tem?

— Tem sim. Depois de ajudá-lo a abrir sua conta, lhe darei todas as informações sobre nossa ampla rede de agências. Posso ver seu documento de identidade e CPF, por favor?

Ele estava preparado para essa exigência. Não era nada difícil obter em cidades grandes brasileiras carteiras de identidade e CPF, o registro junto às autoridades fiscais, sob o nome e na quantidade que se desejasse. Bastava poder pagar pelo serviço. Amante de futebol como ele, escolhia sempre nomes que misturavam os de atletas. Por exemplo, qualquer combinação seria válida com Edson Arantes do Nascimento (Pelé), Artur Antunes Coimbra (Zico), Waldyr Pereira (Didi) Manoel Francisco dos Santos (Garrincha) e Eduardo Gonçalves Andrade (Tostão). Deveriam ser evitados nomes como Roberto Rivelino ou Wilson Piazza, a semelhança resultaria óbvia. Mas Mario Jorge Lobo Zagallo servia, desde que omitido o último sobrenome. Já dispunha de cerca de 12 carteiras de identidade e dos correspondentes CPFs, cada par de documentos para uma conta diferente.

Para arredondar a profissão de fachada, a segunda providência foi organizar viagens, sempre que lhe permitissem os intervalos dos encargos, a cidades conhecidas por suas antiguidades, como as mineiras onde frequentava as lojas especializadas, almoçava e jantava nos restaurantes mais populares, instalava-se nos hotéis mais conhecidos, circulava com intimidade, abria conta em bancos em cada uma das praças visitadas, não comprava nem vendia peça alguma, embora conversasse muito com os entendidos na matéria, de tal forma que, em pouco tempo, já era capaz de manter uma conversação com quem quer que fosse sobre os aspectos mais palpitantes de seu novo metiê.

— Um sonho desde criança, costumava acrescentar.

Era o tal negócio. Às vezes a fachada interfere no interior. Quanto mais Tião perambulava pelos antiquários, tocava e observava as peças, treinando o olhar de especialista para completar seu disfarce, mais suas mãos terminavam, assim por acidente, examinando imagens de santos. Os vendedores compartiam com ele o bom gosto:

— Esse São Jorge é do século XVIII. Já viu o Santo Antônio ali da esquerda?

Houve momentos em que Tião lamentou não ter uma casa. Seria fantástico se pudesse expor e conviver com algumas daquelas obras, em especial o que os entendidos chamavam de santos barrocos, mais em especial ainda uma Nossa Senhora Aparecida negra que encontrou em Tiradentes. Nunca ousou rezar. Estava seguro de que não poderia dirigir palavra alguma ao lá de cima, uma ofensa à sua imagem. Ele não acreditava no perdão, tampouco na confissão. Rezar para quê, então? Pedir a misericórdia divina? Se ele fosse Deus, não daria. Confessar seus crimes? Levaria muito tempo, e, em seguida, ele voltaria a cometer outros. E, além disso, ele não engolia esse troço de culpa. Que culpa tinha ele de ter nascido pobre, quase branco, e sido mantido à margem da sociedade, dos benefícios de que gozam os filhos de gente bacana, como educação, saúde, casa própria, de vez em quando um par de tênis maneiro, um lanche no Bob's e coisas assim?

Portanto, santos barrocos, de um lado, e religião, de outro. Sendo mais fiel à realidade, encantamento pelos antiquários, de um lado, e a vida que levava, de outro. Ou seria possível cultivar coleções de peças antigas nos hotéis por onde circulava? Já era um privilégio poder usar essas viagens de mercador de antiguidades para satisfazer outra função de particular relevância para ele. Em seu ofício, a solidão e a abstinência sexual doíam fundo. Casar-se nunca fora opção razoável. Assistira várias vezes a um filme de Clint Eastwood em que, atuando ele como um fora da lei, respondia à pergunta de uma freirinha – aliás de freirinha não tinha nada, saberiam ele e os espectadores depois – por que ainda não se tinha casado:

— Por que casar? Para ter uma pessoa no meu pé todos os dias mandando eu parar de fazer isso ou aquilo, ou coisa do tipo?

Tião concordava em gênero, número e grau com Clint, embora não deixasse de amargar o peso da solidão. Uma vez ouviu ou leu, já nem se lembrava, que o companheirismo era a muleta da felicidade e da dor. Tudo bem, mas como dizer à companheira:

— Meu bem, vou dar um pulinho ali, matar um cara e já volto, tá?

Simplificou a questão na troca de uma mulher fixa, amiga e confidente por muitas, todas mudas, anônimas e, por isso, confiáveis. Tinha o cuidado de evitar casas do ramo no Rio, em Brasília ou em São Paulo. Os proxenetas mantinham ligações perigosas, não convinha dar mole. Tião não sabia que o ditado era do Barão de Itararé, talvez até achasse ser de sua própria autoria, tanto que o recordava:

— Não sou paranoico, mas que estão me perseguindo estão.

Preferia, assim, recorrer às caras novas das cidades do interior, de preferência em vilas vizinhas às de sua hospedagem. Tudo ia muito bem, as moças colaboravam, conversa pouca, sacanagem muita, e um dinheirinho mais do que bem-pago ao final. Ele não repetia parceira nem casa. Uma vez, no entanto, para seu incômodo, um sujeito com uma tabuleta na testa de cafetão sentou-se à sua mesa no bar e passou a fazer-lhe perguntas sem pé nem cabeça. Ele respondeu com a maior civilidade, só que teve de retardar sua partida da cidadezinha, para poder antecipar o despacho para o espaço exterior do tal rapaz.

Incidentes desse tipo levavam-no a pensar na galeria de encargos contratados ou, no caso, espontâneos que lhe palmilhavam a vida, para estabelecer algumas distinções relevantes. Não amava, por exemplo, os alvos mulheres. Não porque fossem frágeis. Em alguns casos, lendo e relendo os motivos das desavenças, ele chegava a pensar se elas não eram mais violentas e destemidas do que muitos homens. Lembra o caso daquela perua do *Solar*? Que peste! E como foi difícil pegá-la. Por sorte, descobri o batom que ela usava e lambuzei os que encontrei na casa dela com aquele produto fantástico que consegui lá perto da Feira do Paraguai e, quando ela se embonecou toda, caiu dura no chão, nem estrebuchou. Para minha alegria, o dinheiro do contrato veio inteiro, o laudo do legista conclusivo, parada cardíaca fulminante.

O problema com as mulheres pegava por outros motivos. Não havia segurança de poder antecipar-lhes os passos, para se poder trabalhar segundo um planejamento sério. Uma vez, me plantei diante do endereço de uma senhora, para mapear a rotina da sua vida e definir os passos a dar. E o que fez ela?, mudou tudo, saiu quando, de acordo com o padrão das anotações que eu tinha feito com todo o cuidado, deveria estar entrando no prédio. Tive de improvisar. Por sorte, não passava vivalma no momento em que lhe mandei o dardo na altura do pescoço. Eta veneno bom, valeu o que paguei, produto novo e caro, importado de um veterinário de Burkina Faso, ex-Alto Volta, na África, mas não deu susto, a autópsia também ajudou, parada cardíaca fulminante.

Quem vive sozinho saberá reconhecer o hábito, não exclusivo, aliás, dos solitários, de conversar consigo mesmo. E Tião tirara o ph.D. nessa modalidade. Adorava falar consigo mesmo, de preferência para dentro, para ninguém ouvir. Naquele negócio, os ouvidos alheios custavam muito, às vezes a própria vida de quem falasse pelos cotovelos. Portanto, quem o visse de longe, até mesmo de perto, no máximo perceberia alguns leves movimentos de boca, mas não captaria som algum. Ele não brincava em serviço e, em serviço, ele estava 24 horas por dia, 365 dias por ano. Já tinha despachado muita gente. Sabe lá quem poderia estar por ali em busca de alguma forra?

Tião costumava também reclamar – sempre para dentro, recorde-se – contra alguns aspectos de sua profissão. O processo de aprendizado e, nunca esquecer, de aperfeiçoamento desse ofício cobra muita imaginação. Ou vocês acham que existem escolas por aí para formar justiceiros? As Forças de Segurança treinam seus comandos na moita e não aceitam inscrições de fora. Também não têm revistas especializadas sobre a matéria, além da literatura habitual de artes marciais e catálogos de armas e munições. Os torneios em que as pessoas executam as outras são travados na calada da noite, e sob o pacto de silêncio dos mandantes, toda e qualquer assistência está proibida, e quem tiver visto alguma coisa só pode aprender a calar a boca sobre o que viu, senão não vai ver mais nada na vida. É o tal negócio, às vezes me sinto fazendo curvas mais rápido do que qualquer piloto de Fórmula 1, só que ninguém me deu treinamento nenhum para correr assim, nem recebo dica nenhuma lá dos boxes via rádio, mas tenho de dirigir, os olhos vendados, com a segurança de um campeão e cruzar a linha de chegada em glorioso primeiro lugar. É mole?

Os pedófilos eram seus alvos preferidos. Gostava de exceder-se na execução desses contratos, sobretudo com algo que não deixasse margem à dúvida na opinião pública quanto à razão de suas mortes. Uma vez, escreveu a canivete no peito de um cara o nome de três meninos que sabia que ele tinha violentado. Segundo o legista, a quantidade de sangue derramada sobre o chão revelava que letra por letra fora desenhada quando o cidadão ainda vivia. Morto não sangra.

Outro encargo que lhe ouriçava a criatividade era de ladrões da sociedade. Ladrões que roubavam ladrões poderiam ter cem anos de perdão, isto é, se ele não fosse contratado para encurtar-lhes a permanência na Terra. Roubar os cofres públicos significava, para ele, o mesmo que comprometer a merenda escolar, o pagamento de professores, o suprimento dos postos de saúde, a conclusão de obras de saneamento, a construção de casas populares, em particular em comunidades de gente pobre, como cansara de ver acontecer no Cantagalo e, depois, na Cidade de Deus. Não se tratava, portanto, de pessoas que merecessem viver, e, ao serem despedidas da vida, deveriam servir de lição aos demais. Por isso, às vezes ele optava por colar a foto de uma escola pública bem no meio da testa do defunto.

A verdade era que, por conta de seu passado, ele desenvolvera tesão especial por autoridades que usurpavam seu poder. Desde o soldadinho que, com o reforço de outros quatro, enchesse de cacete uma alma rebelde, como ocorrera com ele lá atrás, ainda no Cantagalo, até os agentes do tráfico que, já na Cidade de Deus, cismaram em maltratar os moradores, cidadãos sérios que batalhavam pelo pão de cada dia. Há muito tempo, evitava discussões consigo mesmo sobre a ética de sua profissão. No frigir dos ovos, até ele se dava conta de que só o contratavam aqueles a quem ele deveria estar eliminando, levasse de fato a sério sua vocação de justiceiro. Por isso, de maneira secreta, lá dentro, evoluíra para defender a teoria de que era a sociedade que precisava de seus serviços. Quando ele mesmo se arrepiava todo diante do argumento absurdo, um outro ele desafiava:

— Quer uma prova? Quando aprovam uma lei de maior controle e fiscalização das obras públicas, o que vocês acham que estão fazendo? Estão engordando a poupança dos espertinhos que logo aparecem para cobrar uma taxa de urgência ou o óleo para azeitar os processos. E quando os tribunais inocentam os bandidos que têm prontuários mais longos do que rolo de papel higiênico, o que estão fazendo? Estão aumentando a contratação dos Tiões da vida, para afastar do convívio social, pacífico e ordeiro os que a tal da Justiça não consegue afastar.

O diálogo era dele consigo mesmo. Portanto, durma-se com um barulho desses. Havia encargos que muito lhe ajudavam a acreditar na sua versão de cidadania, como, por exemplo, aquele para despachar o tal empresário lá do interior de São Paulo. Lembra como ele vinha enganando as pessoas com a venda de terrenos menores do que os anunciados? Moleque, pilantra. Ficou surpreso quando seu próprio .45 encostou bem do lado da cabeça e cuspiu fogo como em festa de São João. Bem feito! E o delegadozinho de merda de Brasília, que morava numa casa que até rico teria dificuldade de bancar, e ainda dizia que vivia do ordenado dele? Chegou a me oferecer um pote de dinheiro em troca da vida. Que desaforo! Estourei os miolos dele. Ele deveria é me agradecer. Ouvi dizer que, em alguns países, quem se mata está tentando lavar a honra e as safadezas feitas em vida, como se o suicídio pudesse zerar tudo e não deixar mancha de vergonha para os familiares. Então, eu fiz um favor pr'aquele bandido!

Entre todos os sentimentos, o único que Tião evitava cultivar era o de orgulho. Tinha plena consciência da qualidade de seus serviços profissionais, desde os preparativos, cuidadosos em todos os ângulos, até a fase de execução, expedita e final, com morte morrida ou morte matada, segundo a vontade do mandante, para não mencionar o momento seguinte, sempre problemático, a fuga, mais uma retirada estratégica do que uma carreira para botar distância em relação à cena do crime. Nem por isso – convenhamos, credenciais impecáveis naquela profissão – ele se sentia em condições de ter orgulho.

Na verdade, Tião não sabia muito bem definir esse conceito, o orgulho, mas conseguia identificá-lo. Por exemplo, no amigo, Beto. O duro que ele dera para deixar a vida gostosa do Rio e encarar o vestibular da USP e a sem-gracice, pelo menos para um carioca convicto, da cidade de São Paulo, isso, sim, era motivo de sobra para orgulho. Aliás, quando Tião pensava no Beto, não conseguia disfarçar as saudades do convívio, tanto quanto avaliar, com tristeza, a possibilidade de um reencontro – que torcia para que não acontecesse –, cada um com uma arma na mão.

Todas as vezes que fora a Brasília a trabalho, Tião andara com um olho na frente e outro atrás. Conhecia muito bem as façanhas do Delegado Roberto Pacheco. A fera virara um policial da pesada. Parabéns, cara, por ter desmontado as quadrilhas de sequestro de crianças e de tráfico de órgãos e de droga, e até do pessoal que entrou na minha área, de antiguidades e coisas finas. Põe fogo no rabo deles, põe! Minha torcida é sua, Bebebê, seu Tricolor de merda!, sorria, sem jamais baixar a guarda, porém.

O jantar

É muito difícil julgar a si mesma, avaliava Lia, em mais uma tentativa de situar-se no redemoinho em que se tinha transformado sua vida. A angústia maior era fugir da categoria das perdedoras, daquelas pessoas que, mesmo nos momentos em que acertam, cruzam a rua para escorregar numa casca de banana lá do outro lado, como se a atração para o erro fosse irresistível, hipnótica.

Em condições normais, Lia não se podia martirizar. Nada no plano objetivo a escalava no time das perdedoras. Nascera em um lar com abundância de valores e amores. Daí ter podido construir um tipo de vida de orgulhar seus pais, como o demonstrou sua determinação de ingressar na USP, brilhar como aluna e seguir carreira com forte sentido de missão. Para tanto, enfrentara não poucos percalços, como a tumultuada convivência com Marly, a montagem do dinheiro arquitetada pelo nojento do Erasmo, o impasse que entreviu na relação com Beto e, agora, o choque do suicídio do empresário do Parque Tupinambá.

Tudo acontecera à revelia dela. Não interviera para provocar coisa alguma. Portanto, como poderia supor-se uma perdedora? Mas era o tal negócio, quem não ganha perde, e o que tinha ela para exibir como vitória? Uma posição de respeito e prestígio no escritório, é verdade. Por isso, um horizonte profissional de causar

— Vou querer a mesma coisa,

gesto que, convenhamos, sempre produz bons resultados.

Para evitar qualquer impressão de condescendência, porém, ele consultou-a:

— Posso sugerir o vinho?

E, em seguida, manteve breve diálogo de iniciados com o *sommelier*, para acertarem juntos a escolha da garrafa.

Lia distendeu o suficiente para Ronaldo começar:

— Estou me sentindo um colegial no primeiro encontro com a menina mais disputada da sala. Ela sorriu. Bom!

Ele cruzou os braços sobre o peito, para transmitir-lhe certo acanhamento, como se se protegesse contra algo perigoso, vulnerabilidade que, em geral, gera simpatia, e prosseguiu:

— Você pode achar estranho, mas gostaria de lhe dizer que meu divórcio estava decidido há algum tempo, antes mesmo de eu... de eu pensar em convidar você para jantar comigo.

Há séculos você me convida para jantar!, ela quis corrigir, mas achou que estragaria a noite cedo demais. Deixou a conversa correr, tanto mais porque as cartas já estavam todas sobre a mesa. O que ele estava tentando transmitir era que ela, Lia, não havia destruído lar algum, o que, é certo, sempre soa bem. Lia optou pelo silêncio, sem hostilidade, o que regou de otimismo a estratégia de Ronaldo, que não parou mais de falar. Sua preocupação não era ater-se à verdade. Não existe verdade entre um homem e uma mulher, mas existem mentiras. Se ele falseasse de alguma maneira o discurso, a noite seria encurtada. Cuidou, assim, de relatar situações, retratar cenas, reproduzir sentimentos, entreter inseguranças, reconhecer tropeços, minimizar acertos e, sobretudo, dividir culpas com o peito aberto. Sua vida, sua visão de mundo, seus sonhos e seus reveses brotaram com a naturalidade que convence e a graça que faz sorrir.

— A ingratidão dos relacionamentos, Lia, especulou ele a uma certa altura da noite, é que o amor tem começo, meio e fim, isto é, começa feérico, cresce promissor, mas, um dia, às vezes até de repente, pode arrefecer, transformar-se em amizade, pior ainda, não passar de amizade. Ninguém ama sem ser amigo. Mas há muitos tipos de amizade e de amor. Aí está o desafio maior: conciliar, complementar, harmonizar a amizade com o amor, o amor com a amizade, única fórmula para o chamado amor eterno, infinito enquanto dura, como cantava Vinicius.

Durante todo o jantar, Lia omitiu opiniões. Em parte, porque não pretendia revelar seus sentimentos mais íntimos. Em parte, também, porque de fato se interessou pelas teorias e o modo de falar de Ronaldo. E, em parte, ainda, porque queria ouvi-lo. Se o peixe morre pela boca, a mulher nem sempre é fisgada pela mente, às vezes pelos sentimentos ou emoções. É mais frequente, porém, que a química gerada sobre todo seu ser ocorra pela voz, pelas vibrações, pelos olhos de quem lhe fala.

E, dessa ótica, a noite tinha sido um sucesso. Ronaldo ainda não o sabia, e não seria ela quem o confessaria tão cedo. Pelo contrário, mandou-lhe, inclusive, uma mensagem com sinal trocado, ao anunciar na sobremesa, como se respondesse em poucas palavras a tudo que fora dito, entredito, proposto e insinuado ao longo do jantar:

—Vou fazer o concurso para a Procuradoria.

— Procuradoria?, pensei que você quisesse ingressar na Promotoria do Estado.

— É, esse foi o projeto inicial, mas vou para a Procuradoria da República, que tem jurisdição federal, assim posso um dia até mudar de cidade e continuar empregada, né?

A revelação atingiria Ronaldo como um tijolo no meio da testa. Ela estava por deixar o escritório. Tudo bem, já esperava por isso, ele mais do que sabia da coceira dela pela Promotoria. Mas Procuradoria? Isso poderia significar um dia transferência para outro estado. Para perto daquele delegadozinho carioca, por exemplo! Fiquei tão aliviado quando ele em tão boa hora saiu de São Paulo.

Apenas sua experiência em tribunais conseguiu contê-lo na pergunta, Por acaso, você tá pensando em ir morar em Brasília? Mas foi elegante ao ouvir o projeto de Lia e, cabisbaixo, muxoxeou para si, Vai entender uma cabeça dessas. Ele não se lembra o que se passou a partir dessa altura do diálogo até o momento de depositá-la sã e salva em frente ao edifício dela em Pinheiros. Temia, porém, tê-la perdido, apesar de todas as mensagens em contrário que imaginou ter coletado durante o jantar.

—Vai entender uma cabeça dessas,

repetiu, agora alto, só e derrotado, dentro do carro, a caminho de casa.

Tão logo Lia entrou em seu apartamento, dirigiu-se ao quarto, buscou o telefone e, apesar do horário, discou um número de Brasília e anunciou, Vou me casar, queria que você fosse o primeiro a saber... monólogo cujos conteúdo e implicações já conhecemos lá de trás.

Tivesse sabido à época da conversa que Lia acabara de ter com Ronaldo, naquela mesma noite, Beto poderia até expressar solidariedade ao competidor, perplexos ambos diante da conduta da moça. E ainda dizem que dois e dois fazem quatro na aritmética das mulheres, resmungava o delegado, anos depois daquela chamada, de enlutada memória. Já perdera a conta do número de vezes que recapitulara o telefonema e, antes disso, para doer mais ainda, os momentos de glória que vivera ao lado dela na USP, para concluir sempre patético, E para que repasso tudo isso na minha cabeça?, para alimentar um masoquismo doentio?

Ao fingir que São Paulo nunca existira, Beto tentaria, de novo, excluí-la de vez da lembrança, mas era difícil. Ela mesma invadia sua vida, fosse por alguma frase solta no ar que teimava em retornar a seus ouvidos, fosse por um gesto que alguém fazia e que o remetia a ela, fosse, sobretudo, pelo vazio que habitava suas noites e que bebida nem companhia alguma tinham conseguido preencher. Por sorte, o trabalho ocupava-o de maneira estressante, ou será que ele usava as jornadas na delegacia como terapia para dor de cotovelo, entre outros males?

As investigações que iniciara no rastro do escândalo do roubo dos objetos de arte foram dar num derrame de imundice. Os três suspeitos da 10ª DP, o mais alto dos quais já morto e enterrado, eram fichinhas perto dos demais envolvidos, gente da alta, pessoas que viviam do tráfico de drogas, influência e dinheiro, *malandros de gravata e paletó*, como cantaria Chico Buarque, instalados nos circuitos privilegiados do poder ou em posições de destaque na sociedade, com um único objetivo em mente, enriquecer de qualquer maneira, se à margem da lei ainda melhor, porque assim teriam menos contas a prestar.

Beto e sua força-tarefa foram compelidos a formular o óbvio. As dimensões das quantias, a complexidade das operações e as fichas dos nomes levantados num exame preliminar escreviam, em gás neon, o que estava sendo montado, um baita esquema de lavagem de dinheiro que não começava nem terminava em Brasília. A capital da República parecia apenas funcionar como, de um lado, câmara de compensação das atividades desenvolvidas em muitos outros estados da Federação e até no exterior e, ao mesmo tempo, manto protetor aos principais protagonistas da megaoperação.

Em meio a esse turbilhão, põem sobre sua mesa o relatório que encomendara, semanas atrás, da polícia de um pequeno balneário paulista sobre o suicídio de um empresário. Beto abriu o documento e começou a ler só por ler, a cabeça em outros problemas. De repente, gritou:

— Me deem o relatório do legista sobre o suicídio do Potro, rápido!

E não tardou a identificar a semelhança de circunstâncias. Pessoas felizes e vivazes, segundo amigos e familiares, em momentos profissionais promissores, apesar das denúncias que pesavam sobre elas, suicidam-se, o que, no caso do paulista, desencadearia o acerto de uma complicada pendência imobiliária e, no do brasiliense, inviabilizaria toda uma investigação. Coincidências não existem. Do fundo da memória, Beto recuperou outra história do Rio de Janeiro. Tinha deixado a cidade, mas acompanhava de perto o caminhar dos acontecimentos lá, em especial no ambiente policial. Como foi aquele caso do policial que se enforcou na Praça Central da Cidade de Deus? Ligou para um delegado carioca amigo, pergunta daqui, verifica ali, e uma informação petrifica a alma do Beto. Relatava o delegado do Rio, o processo de investigação aberto ao lado do telefone:

— O cabo cometeu uma série de barbaridades lá no Cantagalo, quando transferiram os favelados para a Baixada Fluminense.

Beto agradeceu ao amigo, repôs o telefone no gancho e muxoxeou, Tô olhando pros dois lados da lei, viu?, seu flamenguista de merda!

— Tadeu, como é que a gente pode levantar todos os casos de morte por causas naturais ou por suicídio de gente graúda ou envolvida com personalidades ou bandidos?

— Não sei, deve levar um bom tempo, e tempo é o que eu acho que podemos não ter, estão chamando o senhor lá da Direção Geral da Polícia, o rumor é o de que vão tirar o senhor daqui.

O Tigre

— Eu já disse que vou mandar o dinheiro... É, hoje mesmo... Imagino que vocês estejam se divertindo muito, né?... Não se preocupem, estou bem e está tudo em ordem... Tudo bem, eu espero mais uns dias, sei que é para o bem das duas... Tá, dá outro nela. Tchau.

Bateu o telefone e ordenou:

— Eunice, se minha filha ligar de novo, diga que saí, viajei, fui pro Japão!

Ele tinha mais era agradecer à filha a gentileza de carregar a mãe mundo afora. Aquela sapa – como se referia a ela, às vezes até na frente dos outros – já não dava para nada mesmo, além de gastar, pedir coisas e encher o saco. Pelo menos, que faça isso lá no estrangeiro. O diabo é que tudo isso acaba sendo muito caro, sempre se queixava. Há anos, não viajava ao exterior. A desculpa era a carga de trabalho. A verdade, a decepção com aquela experiência em Estocolmo. Nem depois de voltar para o Brasil conseguiria atrair a filhinha dos suecos para um programa na cidade do mundo que escolhesse. Era o tal negócio, brasileiro não entende que hora de cama, como aquela senhorita deveria ter para dar e vender, se limitava a sexo, não à sacanagem, que era o que ele tinha a oferecer. E com que atrativos físicos ou intelectuais?

— O que é?

— É o Nove na linha A.

— Hum... Alô, e aí, me conta tudo... Entendi, obrigado, você tá seguro?, não tem possibilidade de engano?... Entendi, já te mando o agradecimento, me liga se tiver mais novidade.

— Eunice, põe o Demerval no telefone.

Ainda bem que tenho amigos em todos os lugares. São ouvidos de ouro. Amigos coisa nenhuma, aliados, comparsas, me ajudam porque também entram no negócio, o dia em que eu deixar de...

— Seu Erasmo, o Sr. Demerval na linha B.

— Demerval, compra todo dólar que puder, e depressa, estão decidindo uma puta desvalorização, age rápido!

Essa percentagem vai ser boa, mais do que cobrirá a viagem da megera lá pelas Europas. Pena é ficar longe de minha filha. Podia ter tido um filho. Herdaria com mais autoridade tudo que estou construindo. Mas a moça tem qualidades. Olha como cuidou dos meus hotéis lá em São Paulo. Nem se tocou que a morte do idiota do Juvenal não tinha sido suicídio. Eta trabalhinho bem-feito!

— Seu Erasmo, o Oito na linha A.

— Hum... Alô, e aí, me conta tudo... Entendi, obrigado, você tá seguro?, não tem possibilidade de engano?... Entendi, já te mando o agradecimento, me liga se tiver mais novidade.

— Eunice, põe o Geraldo no telefone.

E assim corriam suas jornadas de trabalho. Ora era a alteração da taxa de câmbio. Ora, a variação do preço da gasolina. Ora, a notícia de praga na colheita do café, antes que o mercado soubesse. Ora, a apresentação na Câmara dos Deputados de um projeto de lei que pretendia modificar uma modalidade de licitação no momento muito lucrativa para ele e seus cúmplices. Ora isso, ora aquilo ou aquilo outro, tudo informações que bem-processadas se transformariam em dinheiro na mão de algumas pessoas. O desafio era como fazer ingressar de maneira segura nos bancos esse volume de recursos, cuja origem ninguém poderia declarar, e, ainda assim, manter-se do lado de fora da cadeia.

Também aí se projetara Erasmo. Começara com os negócios imobiliários, isto é, compra e venda de imóveis que ou se assemelhavam a lançamentos como o do Parque Tupinambá – terreno cujas dimensões, aliás, poucos proprietários foram conferir, o substituto do Juvenal no projeto foi eleito o empresário do ano por uma ONG ecológica, e o prefeito da cidade foi releito e ainda fez seu sucessor – ou eram áreas que não existiam, não passavam de certidões muito bem-impressas que serviam para justificar "investimentos" novos nas declarações de Imposto de Renda de vários aliados, que, de outra forma, não teriam como explicar o dinheiro que possuíam. Era incrível a margem de sorte desses investidores. Compravam, segundo as certidões, terrenos ou propriedades a um preço e, logo depois, declaravam ter conseguido vender pelo dobro ou triplo do capital investido. Vá saber aplicar o dinheiro bem assim lá no inferno!

Foi quando Erasmo evoluiu para o esquema do tráfico. Esclareça-se. Jamais fumou, cheirou ou se aplicou qualquer veneno. Nem chegou perto de trouxinha de maconha, pacotinho de coca e outras iguarias. Menos ainda distribuiu ou recebeu droga alguma. Sua especialidade era intermediar o dinheirinho acumulado pelos traficantes. Isto é, me passa o que você recolheu nas ruas e não pôde depositar nos bancos que eu e meu pessoal limpamos tudo, cobramos uma comissãozinha e lhe devolvemos o que sobrar, num montante que ainda vai dar para gozar muito bem a vida. Compraram-se e venderam-se casas, terrenos, carros importados, restaurantes, cinemas e até *shopping centers* para "fabricar" dinheiro. Contam que os passes de jogadores de futebol também foram inflados por essa mesma lavanderia de receitas obtidas debaixo dos panos da lei. Até operações de remessa para o Brasil da poupança dos brasileiros residentes no exterior terminaram incluídas nesse processo, à base de, Você quer mandar 10 mil dólares para sua família na cidade tal? Deixa que eu repasso o correspondente em reais aqui a seu pessoal, à taxa de tanto, e você transfere os dólares para minha conta no banco xis, no país ipsilone, número zzz.

Tudo limpo e garantido, era o que Erasmo vendia a seus clientes. A regra que prevalecia se aplicava tanto a quem comprava como a quem vendia. Mijou fora do penico, vai perder muito mais do que o estimado pintinho. Daí o fim do Juvenal, da Dalva, do Potro e de tantos outros que aprenderam na carne que, mesmo ou sobretudo no mundo dos negócios entre bandidos, a lealdade é tão importante quanto suicida a ganância.

Por isso, Erasmo tinha desenvolvido uma ampla rede de informantes. A cada um atribuía um número do Jogo do Bicho. Era para que ninguém no escritório soubesse com quem ele estava falando ou tramando o que quer que fosse. Desconhecia o ditado do Barão, o do paranoico, mas, conhecesse, também o recitaria o tempo todo. Seu informante no Ministério das Finanças era o Nove, porque tinha de ser cobra para obter informações antecipadas sobre a variação da taxa de câmbio. Quanto a seu informante na Petrobras ser o Oito, um camelo, ninguém conseguia distinguir muito bem quem era, do que ele se aproveitava para recolher sobre a mesa de reuniões secretas os bloquinhos deixados pelos homens de confiança com anotações reveladoras dos planos da empresa.

O mais importante para ele era a criação de uma rede de troca de favores. No fundo, não havia proteção mais confiável. Quem tivesse obtido uma informação privilegiada por intermédio dele e, por causa disso, ganhado um bom dinheirinho; quem tivesse podido beneficiar-se da aprovação ou rejeição de um projeto de lei graças às manobras orquestradas por ele; quem tivesse, por fim, conseguido depositar sua suada poupança em uma conta bancária legítima, por conta da limpeza da origem dos recursos capitaneada por ele; eram todas pessoas muito reconhecidas e prontas para retribuir-lhe os favores. Ainda pesava outro argumento demolidor, tinham todos a consciência de que os esquemões montados e conduzidos pelo Erasmo apoiavam-se em documentos que nem brincando poderiam ver a luz do sol. Ali, a rua era, sem dúvida, de duas mãos, hoje você coça as minhas costas, amanhã, eu as suas. Romper esse trato podia ter efeitos trágicos. Não era uma maneira simples de definir lealdade?

Estribado nessa rede de favores, ele pediu providências a respeito de um delegadozinho da cidade que cismara em investigar coisas de seu interesse. Quero ele longe dos meus negócios, cobrara de pessoas que tanto lhe deviam. Ele me persegue e não é de hoje, parece uma obsessão que vem lá de trás, acrescentava. Primeiro, foi na estória da adoção. Tanta gente feliz porque eu encontrava uma criança para ser adotada! Por que, então, a perseguição? E ainda tinha a oferta de órgãos. Eu salvava a vida de pessoas com os órgãos de meninos ou meninas de rua, coitadinhos, que não iam ter mesmo futuro na vida, por que, então, não partiam logo para um mundo melhor e permitiam que outros pudessem continuar vivendo? Mas, não!, lá vinha o tal delegado me azucrinar. Depois, não sossegou até demolir de vez aquele meu negocinho tão próspero de distribuir velharias pelo Brasil afora. Não é culpa minha que muita gente boa esteja disposta a pagar uma fortuna pelo que chamam de antiguidade. Eu só fazia reunir a fome com a vontade de pagar, tirava daqui, de Brasília, coisas a que as pessoas nem davam valor e as levava para onde viravam dinheiro grosso. E não é que o filho da puta do policialzinho veio atrás do meu pessoal de novo? Tive de mandar despachar o Potro, que já planejava ficar mais rico do que já estava. A ganância em geral não é boa para a saúde.

Mais grave de tudo foi quando o delegadozinho de merda saiu farejando o *Solar*. Só que aí eu enganei ele. A Dalva não era moleza, não entendeu de primeira, mas acabou aceitando que, sozinha, ganharia menos e, até, poderia ser tirada do negócio. Era uma paraquedista, caiu numa cidade onde não conhecia ninguém. Se queria ficar só com as meninas de programa, era uma coisa, mas se pensava em partir para o lance da coleta das boas informações, de utilidade para as pessoas que contam mesmo, aí ia precisar de mim, eu é que conheço quem sabe o que e quem dirá o que quer que seja ao preço que neguinho está disposto a pagar. Ela ainda titubeou, mas, por fim, comprou minha versão de como enxergar a verdade da vida. Chegamos a ganhar muito dinheiro juntos. Aí o que aconteceu? Ela ficou ambiciosa. Passou a me esconder acordos e a funcionar pelas minhas costas. Tive de encomendar o suicídio dela. O engraçado foi aquele senador que era o xodó dela morrer na mesma época, também de morte morrida. Como até hoje não consegui conversar com aquele sujeito alto, magro e moreno que elimina meus desafetos, não sei o que ele usou. Mas que parece que também matou o senador, ah, isso parece.

Além do policialzinho, ainda havia outra pessoa que o molestava de maneira particular. Erasmo não se conformava que, dispondo de todos os recursos de um verdadeiro chefão, ainda não tivesse identificado, com nome, endereço e telefone, aquele sujeito de que todos só sabiam dizer que era alto, magro e moreno. Que sujeito competente! Mata, e todo mundo pensa que a vítima morreu de maneira natural ou que tirou a própria vida. É um gênio! E que serviços me presta. Se matasse como assassino, as investigações e as represálias iam acabar explodindo no meu colo. O bicho é bom mesmo. Queria que trabalhasse para mim. Seria a melhor maneira de controlá-lo. Há anos cumpre contratos para mim, eu não sei nada sobre ele, mas acho que ele já deve saber de coisa à beça a meu respeito. Eu não gosto disso.

A cada vez que um de seus capangas retornava sem o pagamento ou qualquer pista nova sobre o assassino, ele recapitulava a coleção de palavrões que aprendera para maldizer a sorte e qualificar, com ênfase, sua tropa de choque. Doeu mais quando, numa conversa ao telefone, decididos os termos do próximo contrato, o tal sujeito alto, magro e moreno não se constrangeu e lascou:

— Você não me conhece, mas eu te conheço, Erasmo. E tem mais uma coisa, se continuar mandando gente me seguir, da próxima vez cumpro um contrato com seu nome na fatura e nem vou cobrar nada da competição, entendeu?, e encerrou a chamada.

Filho da puta! Que sujeito atrevido! O diabo é que ainda preciso dele, do 22, o Tigre.

— Seu Erasmo, o Dezessete está na linha B.

Novo escritório

Eu já tinha percebido alguma movimentação estranha no botequim, tanto quanto situações novas inusitadas, difíceis de definir. Uma noite, cheguei, e o assunto apenas morreu na mesa. Levou tempo para Pancho disfarçar um conserto:

— Bom, o que há de novidade nessa cidade?

Péssima tentativa. Ele nunca se interessava por nada além da sua revendedora de carros, sua família – agora aumentada de dois varões –, e do delegado, nem precisava ser nessa ordem. O que estava acontecendo, então?, perguntava eu. O mais intrigante era quando um deles se levantava, dirigia-se ao balcão, distante do Custódio e de Deus, e conversava com um jovem rapaz ou uma mocinha, mas fingia não conversar, para, logo em seguida, retornar à mesa, fazer um sinal com a cabeça a um dos que tivesse permanecido comigo e, aí, alheios ao horário cedíssimo da noite, se despedirem.

A essa altura, já se pode entender que meu arsenal de seguranças fraquejava e que não parecia haver outra possível conclusão à de uma atitude para me excluir de algo que, decerto, estava sendo montado às minhas costas. Uma vez, tomei coragem e peitei a pobre alma que tinha restado comigo à mesa, para ouvir frase dita com extrema serenidade:

— Cê tá enganado, é impressão sua.

Durma-se com um barulho desses, tanto mais porque, em seguida, veio uma pergunta que não tinha nada a ver com nada:

— E como vai seu livro sobre o delegado?

Ah, só podia ser isso. Não estava pegando bem meu interesse pelo ídolo de todos eles. Ainda não confiavam em mim, não me julgavam do grupo. De maneira discreta, mas inequívoca, estavam revogando – se é que alguma vez me deram – minha carteirinha de sócio honorário do Clube dos Injustiçados.

Senti-me mal de verdade. A leitura dos jornais revelava a podridão mais uma vez denunciada nos altos círculos do poder. E eu imaginava com meus botões o grau de frustração do delegado em não poder se meter nas investigações, já que tinha sido posto "à disposição" pela própria polícia. Devia estar comendo as unhas de raiva e ansiedade. Será que posso ajudá-lo de alguma maneira? Mas, que besteira!, ajudá-lo como, se ele e seus amigos não confiam em mim?

— Que que tá havendo?, provoquei o Nico, na primeira oportunidade.

O velho jornalista não me respondeu e ainda mudou de assunto:

— Como tá sua vida lá no trabalho?

— No trabalho?, bem, por quê?

Nunca tinha perguntado coisa alguma sobre minha vida, profissional ou pessoal. Acho que nem sabia que meu emprego fosse na Secretaria de Transportes. Voltava Nico:

— Soubemos que houve mudanças por lá.

— É. Trocaram de chefe. Tiraram um cara que entendia de engenharia de trânsito e puseram um outro que é uma besta, deve ser apadrinhado de alguém alto no governo.

— Você conhece esse novo chefe?

— Não. Nunca tinha ouvido falar dele. Para mim, é um famoso ninguém.

— Ele é ativo, faz reuniões, cobra trabalho, caga regra, quer dar uma de chefe ou não tá nem aí?

— Acredita se eu te disser que só vi o cara uma única vez e, ainda assim, de passagem pelo corredor? Mas, me diz uma coisa, Nico, por que esse interesse súbito pelo meu trabalho?

— Já ouviu falar de um tal de Erasmo Assunção?

— Não, é cantor de música sertaneja?

—Vai à merda, Rui, não tô brincando não!

—Nem eu, Nico, tá me estranhando?, por que esse questionário?

Foi quando eu senti um volume descomunal do meu lado direito. Levantei os olhos, e o delegado parado, de pé, me estudava de cima a baixo. Em silêncio, sentou-se, por fim balançou a cabeça para benefício de Nico e aguardou o reinício da conversa.

— Rui, tudo tem uma explicação. Estamos precisando da sua ajuda, mas, sendo sincero, não estávamos seguros se podíamos contar com você, sobretudo depois que soubemos que seu novo chefe é um pau-mandado do Erasmo. Não temos muita saída, porém, vamos ter de arriscar e só esperamos não quebrar a cara.

Eu me limitava a alternar o olhar entre Nico e o delegado, na expectativa de ouvir alguma explicação sobre o que me diziam. Esforço inútil, porém. Nico prosseguia:

— Só vou fazer uma única pergunta. Se quiser pular fora, diga logo. Senão, vai ter que ir com a gente até o final.

— Que final, Nico, a sepultura?, tentei fazer humor.

— Pode até ser, você toparia?

Me calaram. Torci para que ainda fossem fazer a outra pergunta, anunciada segundos antes. O delegado me ajudou:

— Rui, as investigações que vamos iniciar não são regulares nem contam com a concordância das autoridades do governo. Na verdade, pode ser até que, quando descubram, venham atrás da gente. Nós acreditamos, no entanto, que temos melhores condições de chegar antes a bons resultados. Você toparia nos ajudar, mesmo sabendo que há riscos de perder seu emprego, por exemplo?

— Delegado, só louco para responder que sim. Todo mundo que eu conheço respeita e confia no senhor. Eu tenho de supor que haja fundamento para isso, mas daí a botar meus fundilhos na janela e no escuro é meio foda, né?

Beto e Nico riram, e o delegado decidiu:

— Se você tivesse me dado qualquer outra resposta, eu teria feito picadinho de você. Disse o que uma pessoa sensata diria. É claro que você confia em mim, como também é claro que você não sabe nem pode presumir como vai reagir ao que vem pela frente. Portanto, o que você está dizendo é que estará conosco desde que se justifique, avaliação que apenas no caminho pode ser feita, nunca no ponto de partida. Então vamos começar pelo começo. Só lhe peço para nos dizer com antecedência se e quando pretende deixar nosso carro, se for o caso, tá claro? O Nico vai botá-lo a par do que precisamos. Tenho de atender a uma outra prioridade ainda esta noite. A gente se vê. Tchau, Nico.

O jornalista mal esperou Beto se levantar para ir em frente:

— Beto ficou conhecido pelo combate que liderou contra a corrupção no Distrito Federal. No início, era uma operação contra ladrões de objetos de arte, mas, rapidinho, a coisa virou história do outro mundo, sobretudo com o suicídio de um policial que de suicídio não teve nada. Estamos convencidos de que ele foi executado. O suicídio foi montagem de um pessoal envolvido numa operação tão grande, lidando com tamanhas quantias de dinheiro que nem tráfico de droga sozinho poderia justificar. Só tinha uma explicação, lavagem de dinheiro grosso. Aí, a merda chegou ao ventilador. As denúncias implicaram ocupantes de cargos muito importantes no governo de Brasília e da República. E tudo indica que deram instruções para anular as investigações conduzidas pelo Beto. Que melhor maneira do que desacreditá-lo, pintá-lo como um bandido pior do que os que ele perseguia? Um mandado de segurança autorizou uma batida no apartamento dele. E imagina o que encontraram? Uma mala cheia de dinheiro, muito dinheiro, tudo em cédula que traficante usa, de 10 e 20 reais, e 8 quilos de maconha e 4 de cocaína.

O cara que teve a coragem de acusá-lo, na frente da imprensa, de tráfico de drogas terminou no hospital, onde teve de permanecer por várias semanas, para curar as fraturas múltiplas, como diagnosticaram os médicos. E, quanto a Beto, nem os mais fanáticos adversários dele dentro da polícia acreditavam ser possível fazer colar aquelas acusações à imagem de um policial que servira e continuava servindo de modelo a várias gerações de profissionais. Aceitaram, então, apenas suspendê-lo pela "agressão injustificada" ao colega e arquivar as demais denúncias por infundadas. Mas o dano já tinha sido feito. Beto teria de ficar na geladeira por algum tempo, sem funções, "à disposição", longe, portanto, de qualquer coisa parecida com investigação policial. Era tudo que o outro lado queria, fora vê-lo morto.

De alguma maneira, Beto pressentiu a trolha que lhe aprontavam. Não era provável que as pessoas fossem conformar-se em serem pegas com a mão dentro do saco de dinheiro e reconhecer isso:

— Ah, sabem de uma coisa, vocês têm toda razão, eu tava roubando mesmo, podem me levar pro xadrez.

Portanto, ele passou a pensar logo no dia seguinte. Primeiro, entraria no purgatório. Depois, no inferno. E, aí, quando todos o supusessem que estivesse morto e enterrado, usaria uma portinhola aberta lá perto da fogueira das vaidades e voltaria para limpar sua reputação. Como providência inicial, na linha dessa estratégia, ainda como delegado da 10ª DP, desmontou a força-tarefa que vinha trabalhando nas investigações e mandou de volta os alunos que pedira emprestado da Academia, sem uma palavra de elogio ou agradecimento pelos serviços prestados. O efeito foi certeiro. Nenhum dos três rapazes nem a moça sofreriam pela conivência com quem estava por cair em desgraça no alto-comando da polícia. Afinal nem o apreço do Delegado Pacheco tiveram. Ao concluírem o curso, poucas semanas depois de serem devolvidos, foram distribuídos pelas várias unidades da polícia do Distrito Federal como seres humanos mortais e correntes.

Com Tadeu, no entanto, Beto teve de apelar para uma repreensão formal, antes de despedi-lo. De outra forma, ninguém acreditaria no divórcio entre os dois. Precisava exagerar no teatro do afastamento. E, ainda assim, tardou até Tadeu ser designado para outra função, como se alguém persistisse suspeitando quanto à verdadeira lealdade do Agente Tadeu ao ex-chefe ou à instituição. Poucos pareciam compreender que não existia essa distinção, pelo menos na cabeça dos dois e de muitos outros servidores públicos, mas, se isso ajudava ao esquema que montaram, que seguissem acreditando.

— O que você precisa entender, Rui, era a importância do que Beto perseguia. Segundo cálculos de organismos internacionais, o montante envolvido no crime de lavagem de dinheiro corresponde a 2% do Produto Interno Bruto de todos os países. É como o Beto diz, se o talento dessas pessoas que atuam para o mal fosse desviado em não mais do que 10% para o bem, é provável que não existisse mais pobreza em lugar nenhum.

— Tá claro, Nico, mas como eu posso ajudar?

— Calma, vou chegar lá, só que você precisa conhecer algumas coisas antes. Não é de hoje que os governos de todo o mundo estão preocupados com o crime da lavagem. Depois do 11 de Setembro de 2001, entretanto, quando os terroristas explodiram as torres do World Trade Center em Nova York e uma ala do Pentágono em Washington, o tema ganhou nova prioridade na agenda política mundial. O diabo é que o terrorista para uns pode ser interpretado como o libertador para outros. Quem não se lembra que Yasser Arafat, líder da Organização para a Libertação da Palestina, grupo que executou tantos atos terroristas nos anos 1970, receberia com

Shimon Peres e Yitzhak Rabin o Prêmio Nobel da Paz em 1994, e que o primeiro-ministro de Israel, Menachem Begin, participou da explosão do Quartel-General do Exército britânico na Palestina, em que morreram mais de cem pessoas, décadas depois, em 1978, também ganharia o Nobel, ao lado do Presidente Anwar al-Sadat, do Egito?

Satisfeito de ter levado a passear sua erudição, Nico continuou:

— Hoje ninguém fala só de terroristas quando combate a lavagem de dinheiro. Todos sabem estar também em jogo um processo criminoso que visa a transformar dinheiro ganho de modo ilícito em dinheiro limpo, para o que será necessário desenvolver todo e qualquer expediente que, um, oculte a origem suja dos recursos e evite, assim, sua ligação direta com o crime; dois, faça ingressar esse dinheiro no sistema financeiro por meio de procedimentos inquestionáveis, acima de qualquer suspeita; e, três, assim, limpe a sujeira do dinheiro, assegure seu retorno legítimo e vitorioso às mãos dos criminosos.

— Nico, eu...

— Calma, cara, só mais um minutinho. Você não tem ideia, Rui, das modalidades, umas simples, outras mais complicadas, que os criminosos bolam para fazer funcionar esse processo de lavagem. Quanto mais pulverizadas as fórmulas e as pessoas, mais fácil fica burlar os controles. O Beto nunca parou de trabalhar no combate a essa loucura, nem desligou os contatos com seu grande amigo Tadeu e os jovens policiais que ele chama de os quatro mosqueteiros. A gente tem avançado em algumas investigações. Já confirmamos, por exemplo, que o facínora do Erasmo está no meio de toda essa imundice. Ele não trafica drogas, não trafica órgãos de crianças, não comanda sequestros nem organiza roubo de objetos de arte. Apenas fica sentado em seus inúmeros escritórios recebendo comissão pela lavagem do dinheiro sujo que todos os outros bandidos ganham nas ruas. Já sabemos de muita coisa, mas não estamos caminhando como gostaríamos. E o problema maior é que não temos podido discutir nem botar em perspectiva, com a regularidade que seria necessária, as muitas informações que coletamos. Precisamos de um lugar novo para nos encontrar. O apartamento de todos nós está vigiado, talvez não durante todo o dia, mas com muita frequência. Alguém na polícia ainda não se convenceu de que Beto de fato desistiu de pegar os bandidos. No caso dele, estamos seguros de que ele é vigiado 24 horas por dia, esteja onde estiver. Já até pensamos em perguntar ao sombra do Beto se não quer dar uma balançadinha no pau dele, depois que ele urinar.

Riu de sua própria piada, artifício engenhoso para distender e introduzir a frase seguinte:

— Precisamos de seu apartamento para nossos encontros. Não pretendemos incomodar. Vamos lá quando você estiver trabalhando. Só em caso de extrema urgência apareceremos à noite. Você nunca precisa dar as caras. Topa?

O cadafalso

Vai entender uma cabeça dessas!, repetia Ronaldo, assim que a porta se fechou sobre o aroma do perfume e o eco das frases deixados por Lia.

— Chegaram os resultados do concurso, Ronaldo. Estou tão feliz. Fui aprovada. Serei Procuradora da República! E parece que vão me chamar logo para tomar posse. Então, você entende, né?, terei de me afastar do escritório. Mas não fica triste, não. Eu aceito me casar com você.

Levantou-se da cadeira, circulou a mesa de trabalho do Ronaldo, deu-lhe um beijo delicado sobre os lábios e saiu.

Logo após o famoso primeiro jantar a sós, Ronaldo recolhera os *flaps* e aguardara, silencioso e ansioso, o próximo passo de Lia. Que veio, aliás. Ela comentaria dias depois que há séculos não se sentira tão bem quanto naquela noite, e, se ele não estivesse acreditando no que ouvia, ela acrescentaria:

— Me disseram que inauguraram um restaurante japonês sensacional na Haddock Lobo.

Ele se pinicou para assegurar-se de que não estava sonhando. Pegou o telefone e fez ele mesmo a reserva no tal restaurante na sexta-feira e mandou-lhe um e-mail a respeito. Não teve coragem de confessar-lhe cara a cara a providência tomada. E tentou continuar trabalhando, como se nada de anormal tivesse acontecido. Já começara a reunião das 16h com cliente novo e promissor, quando seu interfone soou e dele ouviu:

— Sexta, então. Você me pega às nove?

Para abreviar o conto, os jantares renovaram-se uma vez a cada semana por uns dois, três meses, até estenderem-se também a concertos na Sala São Paulo aos sábados, seguidos, como era de se supor, por outros jantares, e, por fim, a almoços aos domingos. Lá pelo sexto, sétimo mês, congresso sexual, como diriam com toda cerimônia os ginecologistas. A expressão vinha, de fato, a calhar, porque, se, do lado dele, tudo era festa, desde a visão do corpo dela à emoção de tocá-la, ao prazer de lambê-la e ao delírio de penetrá-la, de parte dela, não se pode dizer que beirasse a cortesia, mas que se aproximava, se aproximava, tanto mais pelo contraste gritante – bom trocadilho esse! – que ele despendia em paixão e chama.

Portanto, namorando já estavam. Só que ele não ousava ultrapassar linha alguma, menos ainda explorar, mesmo que de maneira indireta e casual, o horizonte de um compromisso maior. Casamento nem pensar. Pois não é que ela respondeu ao que ele jamais perguntaria.

— Sim, aceito me casar com você.

Ronaldo não tinha com quem conversar a respeito de situações pessoais e íntimas. Zenóbio era seu guru na esfera do Direito, mas tocar nesses assuntos com ele era tão procedente quanto pedir à Adelaide, sua secretária, opinião sobre o último projeto de lei em discussão na Câmara dos Deputados de São Paulo. Decidiu sozinho e em silêncio "aceitar" o pedido de casamento de Lia, confiante em que, como em muitas relações, o futuro cuidasse de renivelar a intensidade do amor de parte a parte e operasse milagres em reuni-los sob a magia encantada do matrimônio. Para sempre?

Apesar dos pesares, o casamento mereceria uma senhora celebração. Era o que exigia a projeção social do Dr. Ronaldo Archiboldo, o que esperavam a clientela conhecida e a potencial do escritório, e do que viviam as colunas sociais dos principais matutinos da cidade. Como não poderia deixar de ocorrer, uma e outra jornalista especularia se o romance não teria sido a causa da implosão do primeiro casamento do advogado, debate que se esvaziou em si mesmo nem serviu de aperitivo à festa que mereceu aplausos entusiásticos dos que se regalaram com as cascatas de camarões, sorveram Taitinger a noite toda, aproveitaram para fechar alguns negócios ou iniciar outros, esticaram os olhos na direção de mulheres disponíveis ou a contragosto acompanhadas, tanto quanto dos que se escafederam tão logo os noivos os viram na recepção.

A lua de mel foi em Paris, escolha dela, por motivos que ele entenderia ao chegar à Cidade Luz. De manhã, batiam galerias e museus, cuja lista tomaria as *matinées* de toda a semana. Almoço só em restaurantes estrelados pelo *Michelin*. Não só porque, óbvio, eram os melhores de Paris, portanto do mundo, mas também porque neles se comia pouco – *Nouvelle cuisine* não pesa, sustentava Lia. Logo, ninguém teria sono às tardes, que ficavam, assim, reservadas às livrarias, lojas de disco e às de roupas, nessa ordem. Pelo menos, a FNAC abrigava as duas primeiras, mas as terceiras espalhavam-se por toda Paris. À noite, mortos, voltavam ao hotel, duchavam-se, comiam uma *omelette*, encomendada ao *room service*, e, embalados por um último copo de vinho do dia, mal lhes sobravam forças para comemorar o casamento. Uma semana de fato esquecível.

Tão logo retornaram a São Paulo, Lia mergulhou fundo no trabalho da Procuradoria, onde estava sendo recebida com sentimentos desencontrados. De novo, sua colocação no concurso antecipara-lhe as credenciais acadêmicas. Mas não havia como desconsiderar que ela fosse mulher do sócio majoritário de um dos escritórios de advocacia mais prestigiosos de São Paulo. E aí se insinuavam dúvidas, às vezes pouco sutis, sobre as reais fidelidades dela.

A própria Lia resolveria com categoria e firmeza a questao. Na primeira vez em que o caso do Parque Tupinambá surgiu em pauta, um subprocurador precipitou-se e soltou, fingindo displicência:

— Não foram vocês no Archiboldo que se ocuparam desse caso? O que você pode nos dizer a respeito?

— Assim como vocês confiam em que eu não leve para o Ronaldo o teor de nossas conversas nessa sala, entendo que o mesmo sentido ético se aplique às informações às quais eu tenha tido acesso por estar trabalhando naquele escritório, não é mesmo?

Silêncio sepulcral no ambiente, e todos entenderam com quem estavam lidando. O incidente resultou positivo, porém, porque, a partir de então, ela foi admitida com naturalidade nas principais investigações em curso, e não tardou para mais uma vez destacar-se. Colaborou, por exemplo, de forma decisiva no levantamento de antecedentes e situações que embasaram os esforços de muitos em favor da legislação federal – Lei nº 9613/98 – que, por fim, conseguiu tipificar o crime de lavagem como aquele em que se oculta ou dissimula a natureza, origem, localização, disposição, movimentação ou propriedade de bens, direitos ou valores provenientes, de forma direta ou indireta, dos crimes antecedentes.

É bem verdade que, se, por um lado, o Ministério Público – do que a Procuradoria Geral da República é braço essencial – logrou grande vitória na tipificação do crime da lavagem, assumiu, por outro, a imensa responsabilidade de consubstanciar a acusação com um crime prévio, também chamado de antecedente. Em outras palavras, ninguém seria punido apenas por lavar dinheiro. Teriam de provar a existência de um crime anterior que lhe tivesse servido de base para ocultar ou dissimular ganhos obtidos de maneira ilícita.

Daí porque a carteira de entrada, por assim dizer, da mesa de todo procurador da República regurgitava de processos, todos à espera da identificação dos crimes antecedentes que haveriam de enquadrar os lavadores de dinheiro. Embora alucinante, o volume de trabalho não comportava possível racionalização à base de escala de prioridades. Afinal, o roubo de galinhas era menos grave do que o desfalque do erário, se ambos desembocassem na prática da lavagem?

Num dos raros momentos de alguma descontração, Almeida, justo o procurador da República conhecido pela tenacidade com que combatia os crimes de corrupção, lançou uma tarde discussão de alto teor polêmico. De maneira apenas na aparência casual, ele provocou:

— A pirataria de filmes é um crime terrível que tem de ser enfrentado com todas as armas da Justiça?

Tendo logrado um primeiro efeito desejado, perplexidade ante a pergunta inevitável – e a opção seria o quê, deixar correr solta? –, Almeida foi em frente:

— Um exame de princípios diria que sim. Trata-se, afinal, de um crime que lesa a propriedade intelectual e comercial, e fere a economia do país pela evasão fiscal, além de ocorrer pelas mãos de máfias que vão muito mais longe. Ao mesmo tempo, como explicar ao cidadão comum que, à luz do conceito da economicidade, tão caro ao Direito Administrativo, um bem produzido de modo legal possa custar dez vezes mais do que seu primo pirata? Não discuto a qualidade de um e de outro. Há versões piratas em que, no meio da filmagem, alguém se levanta da plateia de onde foi feita a gravação. Há outras em que o movimento da boca dos atores está fora de compasso com o som das palavras. E ainda tem aquelas, em geral da Ásia, em que as legendas inovam de maneira incrível o que está sendo dito.

Fortunato, outro feroz guerreiro das hostes da Procuradoria Geral, não deixou passar a oportunidade para implicar com o colega:

— Pô, Almeida, tô impressionado com sua cultura geral sobre filmes piratas.

— Ah, não enche, Fortunato. Eu, você e todos nós estamos cansados de ver vários desses filmes aqui mesmo, neste edifício. Portanto, gozações à parte, me pergunto se a diferença de 30 para 3 reais, que é a variação média de preços entre os filmes legítimos e os piratas, explica e justifica os gastos com o pagamento dos direitos autorais e outros, tributos fiscais, lucro das distribuidoras e demais itens previstos de forma correta, em oposição ao que aqueles 3 reais cobrirão, do outro lado da linha, em termos de subemprego de um batalhão de pessoas que vivem desse comércio ilegal? Sem defender a pirataria, volto a pensar na Ásia – Japão excluído – e nos países da América Latina – muitas capitais brasileiras incluídas – para estimar a extensão dessa economia informal e, sem dúvida, ilegal. Em uma palavra, continuarei trabalhando para punir os piratas, sobretudo por sua mais do que provável vinculação a outros tipos de criminosos, mas que essa questão mereceria discussão mais aprofundada, não tenho a menor dúvida.

Seguiu-se, como era de esperar-se, discussão apaixonada com argumentos incríveis e inventivos de lado a lado. O objetivo, no entanto, não era encontrar ou refutar fundamentos jurídicos e filosóficos sobre o tema da pirataria, porque crime continuava a ser. Ali, cabia a comparação com uma academia de ginástica em que o instrutor anunciasse ao final da aula, extenuante de tantos exercícios:

— Hoje, vocês foram todos fenomenais. Por isso, vou antecipar o intervalo de descanso. Todos ao chão para fazer cada um cem flexões.

No Archiboldo & Associados, descansava-se trabalhando, o que, para Lia, caía como uma luva. Até ficar grávida. Quantas mulheres fazem o diabo para engravidar, prometem mundos e fundos, seguem tratamentos caríssimos, hipotecam as últimas esperanças, na busca desesperada da gravidez, ao passo que algumas, como ela, veem o resultado do exame de laboratório e não sabem o que fazer com a notícia. E agora? E agora o quê? Ou você tem o bebê ou não tem. Quer dizer, aborta? É, aborta. Ah, isso eu não vou fazer não. Então, parabéns, prepare-se para ser mãe.

Ser mãe. Não tinha cursinho nem vestibular para isso. Ela não estava segura se saberia lidar com esse futuro. Ser mãe. Bom, bastava repetir o que Dona Berenice fora. E isso incluiria ceder nos momentos de pressão? Ser mãe implicava que alguém seria o pai? Que dúvida é essa? Não é uma dúvida, é uma pergunta, quero ser mãe de um bebê cujo pai seja o Ronaldo? E qual é o problema? É que ele não é o homem da minha vida. De novo, qual é o problema? Dá para pensar em família com um companheiro assim? Mas você tá pensando em família ou na maternidade? Há famílias sem filhos, e filhos sem famílias, pare e pense um pouco mais na criança, no tipo de mãe que você poderá ser para ela.

Lia passou a semana inteira debatendo consigo mesma, às vezes se cumprimentando, às vezes se esculachando, até tomar uma decisão. Será que papai era o homem da vida de mamãe? Ela nunca conversaria sobre isso comigo. Na cabeça de Dona Berenice, Quaresma era seu marido, e marido e homem não passavam de sinônimos. Terei a criança. Será meu bebê, meu! Ainda não amadureci essa estória de ser mãe, mas sei que não serei uma mãe ruim. Procurarei ser um exemplo para ela. Sempre lhe darei toda a atenção, e sei lá quantos outros lugares-comuns que recitou de memória. Aproveitaria, também, para resolver a questão do pai. Tudo bem que houvesse um, consideração que se traduziu em bilhete grudado no espelho do banheiro:

— Estou grávida.

Fácil de imaginar, Ronaldo enlouqueceu com a notícia. Não tinha conseguido ser pai no primeiro casamento e, agora, compartiria a coprodução de um bebê com Lia. Que maravilha! Vibrava e festejava tanto que nem registrou – ou não quis registrar – a contenção dos sentimentos dela a respeito da gravidez, nada que se pudesse classificar como entusiasmo típico de mães. E quem podia reclamar da evolução do relacionamento? Agora, até uma criança haveria para cimentar ainda mais a união!

Enquanto a gravidez permitisse, Lia continuaria reservando alta prioridade ao trabalho na Procuradoria. Os efeitos da Lei de 1998 eram tangíveis. O Ministério da Fazenda criara o Conselho de Controle de Atividades Financeiras (Coaf) que entrara rachando no levantamento e acompanhamento da movimentação suspeita de dinheiro. O Banco Central, por sua vez, abrira o Departamento de Controle de Ilícitos Cambiais e Financeiros (Decif), e o Brasil afivelava, no plano externo, a cooperação com as mais ativas organizações e instituições internacionais, vocacionadas a combater a lavagem de dinheiro.

Tal como estipulara a Lei de 1998, o principal era identificar e estancar o crime antecedente, para o que o Banco Central recomendaria, já em 2001, especial atenção a sintomas de atividades suspeitas, os chamados *red flags*, bandeiras vermelhas, as quais deveriam ser acompanhadas, registradas e comunicadas. Tratava-se de alterações substanciais na rotina da conta bancária, grande atividade por *wire transfer*, operações sem sentido econômico, uso de várias contas simultaneamente, movimentação incompatível com o negócio ou a profissão, relações com paraísos fiscais, estruturação de operações com fracionamento de depósitos ou remessas, recusa em informar origem de recursos ou a própria identidade e inconsistência documental.

Grande parte do trabalho de Lia era dar nomes àqueles sintomas, isto é, descobrir que criminosos estavam participando de que tipo de sujeira, acusada pela atividade suspeita. Só que os bandidos nessa área eram uns craques. Se ela tivesse ouvido Beto Pacheco falar do desperdício de talento dos que praticavam o mal, não poderia estar mais de acordo. Mas, dada a longuíssima interrupção das relações entre eles, Lia teria de conformar-se em produzir suas próprias citações, como a que formulava, aliás, agora, para seus colegas de Procuradoria:

— Fico só pensando se esses caras usassem para o bem o engenho e a criatividade que usam para o mal, o mundo todo seria muito melhor.

Intrigava-a, por exemplo, o caso de Erasmo Assunção. Claro que, respeitadas as prioridades de seu trabalho, ela nunca deixara de engordar o dossiê sobre o pulha. E concluiu que o cara era, de fato, um gênio. Até agora, lavava da maneira mais descarada possível o dinheiro de quem se engajava de corpo e alma no crime, desde sequestro de pessoas a tráfico de drogas, passando pela venda de armas, antiguidades, joias e arte. Mas ele mesmo não cometia crime antecedente algum.

A Lei de 98 qualificara entre os crimes antecedentes aquele contra o sistema financeiro nacional. Mas uma alta autoridade do Judiciário entendeu que evasão fiscal não se qualificava como crime anterior à lavagem. No Brasil, assim, os Al Capones da vida não corriam o risco de terminar na cadeia, e Lia e profissionais como ela preocupavam-se com isso.

Foi quando ela supôs ter encontrado uma fresta na muralha do execrável Erasmo. Desprezível ou não, ser humano ele era, e, como todos nós, tinha suas fraquezas. E a dele era amar ter propriedades imobiliárias. Aí podia residir o perigo para ele, seu cadafalso.

Muito ajuda quem não atrapalha

O esquema funcionava às mil maravilhas. Eu saía para a Secretaria e deixava a chave da porta da frente debaixo do tapete. Quando o Clube dos Injustiçados se dispusesse a trabalhar, bastava entrar e fingir que estava em casa. No meu horário habitual de retorno, entre seis e sete e meia da noite, já não encontrava mais ninguém e, para minha agradável surpresa, nem desordem alguma – uma única vez, percebi um Guimarães Rosa fora da estante, deve ter sido distração do Nico. Sequer a geladeira era atacada. Ao contrário, até engordara de quitutes e refrigerantes. Por sorte, ninguém fumava. O cheiro no ar era apenas de idealismo e ilusão.

Como muitos que têm ideias de jerico na cabeça, entendi que chegara minha hora. Tinha buscado aproximar-me daquela gente por considerá-la de potencial incalculável para meus futuros livros, sem dúvida *best-sellers*. E não fizera mais do que frequentar o botequim. Eles, meus personagens em formação, é que vieram se oferecer a mim. Por outro lado, tentando ser menos egocêntrico, diria ainda que, "a nível de" cidadão, como costumavam agredir o português alguns de nossos contemporâneos, eu não podia desaproveitar a oportunidade de também contribuir para a campanha de combate à corrupção, além de apenas emprestar o apartamento para as reuniões de estado-maior do Clube.

Abri a porta de casa às 15h15 e surpreendi a todos. Pancho levantou-se e teve o bom senso de não me perguntar o que eu fazia ali. Afinal era meu apartamento. Mas Braz não se deu por achado.

— O que você tá fazendo aqui a uma hora dessas?

Meu discurso começou com aqueles argumentos de cidadania, para também ponderar que, se eles ainda não confiavam em mim, era bom lembrar que eu poderia denunciá-los, tanto de dentro como de fora de casa. Eles sabiam que não tinham saída, e Nico decidiu apresentar-me aos presentes.

— Bom, os do botequim você já conhece. Esse é o Vadico, essa é a Lola, esse, o Tiburcio, e aquele, o Zé Mário.

Ou seja, por enquanto era tudo que iam me contar, e eu não podia sequer estar seguro de que essa era uma lista de nomes ou apenas de codinomes. Resolvi aceitar. Ter sido admitido já era lucro. Entrei na cozinha, a pretexto de servir-me de um café. Nico veio atrás.

— Rui, isso aqui não é uma reunião social, é trabalho de polícia.

— E você é jornalista.

— Não fode, Rui, você tá me entendendo, não tá? A gente tá tentando botar um bando de caras perigosos na cadeia. Se eles descobrirem o que estamos buscando, despacham a gente, tá me entendendo agora?

Não respondi. Calei-me o resto da tarde e só ouvi. Como era natural, a conversa demorou a reencontrar seu ritmo. Mas, pouco a pouco, a importância do que de fato estava em jogo se impôs, e, contabilizada minha presença, Braz e Vadico tomaram a palavra.

— Todos os dados que levantamos apontam para dois grupos de criminosos. Os barra-pesada e os que lucram com os barra-pesada. No primeiro grupo, estão todos os que tornariam os membros do Comando Vermelho verdadeiras freirinhas. São caras sem medidas nem limites. Vida para eles é uma banalidade. Despacham desafetos como nós fazemos a barba. Vendem droga na porta das escolas, assaltam residências onde moram velhinhos, estupram colegiais nos matagais das cidades-satélites, exploram a prostituição feminina, masculina e de travestis, traficam armas e matam quem tiver um bom preço por cabeça. É a fina flor da bandidagem. Por sorte, a população desses caras se estabiliza de maneira natural, por conta das frequentes disputas por pontos de distribuição de drogas, carros roubados e armas de última geração, ou, como eles mesmos dizem, de última destruição.

Esses caras entregam dinheiro para o segundo grupo, que se encarrega da lavagem. E são dois os que dominam o mercado do Centro-Oeste, muito mais amplo, portanto, do que apenas Brasília. De um lado está o Horácio, também conhecido como Fica-Longe, o melhor conselho que alguém poderia dar a quem não seja da panela dele, pelo que ele já fez e aprontou não só no interior de Goiás, de onde veio, mas em toda a região central. Só como exemplo, ele costumava amarrar seus desafetos a uma árvore e a um carro e ordenar o despedaçamento do corpo em primeira marcha. Isso no meio da tarde, em plena praça principal da cidade do infeliz.

Do outro lado, aparece o Erasmo, que até sobrenome tem, Assunção. Ele começou em São Paulo, interior, construiu um mini-império no setor imobiliário, enfrenta seus inimigos com o apoio de um assassino que gosta de "suicidar" suas vítimas e de quem ninguém até hoje conseguiu pista alguma, além da descrição de ser alto, magro e moreno. Há alguns anos, perseguido e pressionado em São Paulo, Erasmo deixou seus testas de ferro à frente dos negócios e veio para o Planalto. Leva algumas vantagens sobre o Fica-Longe, porque sabe bajular e envolver os que têm poder e, portanto, tem costas quentes em muitos gabinetes em Brasília.

Nosso objetivo é enquadrar os lavadores de dinheiro. Os outros gângsteres são questão de porta de xadrez e acho que vai precisar de todas as Forças Armadas para pegá-los. O Fica-Longe e o Erasmo são, até certo ponto, mais danosos, porque viabilizam a existência dos piores bandidos e corrompem a sociedade de baixo para cima e de cima para baixo. A proteção deles é a utilidade deles. Ainda não foram executados porque um bandido não pode entrar num banco, jogar sobre a mesa quantidades industriais de dinheiro, não explicar sua origem e ainda pretender abrir uma conta, ter acesso a talões de cheque e, quem sabe, receber alguns conselhos sobre as melhores aplicações financeiras. Isso é a tarefa dos mágicos, como o Fica-Longe e o Erasmo, que um dia recebem seu dinheiro ilegal fedorento e, no outro, devolvem tudo limpinho, deduzida, é claro, a gorda comissão pelo trabalho bem-feito de lavagem. São chamados os facilitadores de negócios, não é chique?

Como fazem isso? De trocentas maneiras. Algumas já até de conhecimento geral, portanto pouco repetidas hoje em dia. É o caso dos bilhetes premiados de loteria. Eu compro seu bilhete premiado, dou-lhe um "x" a mais e apareço diante das autoridades fazendárias agora com minha nova fortuna toda legalizada. Um jornal de Minas noticiou que um grupo de duzentas pessoas ganhou 9.095 vezes em loterias da Caixa Econômica Federal entre março de 1996 e fevereiro de 2002. Cada apostador desse grupo teve em média 45 bilhetes premiados, número na verdade impossível de ser alcançado, caso os jogadores não se dispusessem a gastar com apostas sempre muito maiores do que o que ganhariam, segundo matemáticos ouvidos pelo jornal. Trinta nomes estão hoje indiciados, e a Polícia Federal já abriu cerca de vinte inquéritos so em São Paulo para investigar os "sortudos".

Outra modalidade é usar os doleiros. Está na internet, no *site* do Grupo de Trabalho em Lavagem de Dinheiro e Crimes Financeiros, onde se explica o que é dólar-cabo ou euro-cabo. O sistema é uma expressão brasileira para um sistema antigo e mundial, alternativo e paralelo ao sistema bancário ou financeiro "tradicional", de remessa de valores, através de um sistema de compensações, o qual tem por base a confiança. Podem-se citar três espécies de operações típicas complementares. Na primeira, um cliente entrega, em espécie ou por transferência bancária, reais a um "doleiro" no Brasil, o qual põe à disposição moeda estrangeira equivalente, em taxa pré-ajustada, em favor do seu cliente, no exterior, em reais ou por transferência bancária. Na segunda, o cliente recebe do "doleiro", no Brasil, em reais, recursos em moeda estrangeira que mantinha no exterior e que fez chegar lá fora ao "doleiro". E, na terceira, o "doleiro" aproveita a existência simultânea de clientes nas duas posições anteriores e determina a troca de recursos entre esses clientes, no Brasil e no exterior, atuando como um "banco de compensações" (*clearing*), isto é, movimentando recursos sem que nada passe por contas de sua titularidade.

O dólar-cabo ou euro-cabo é uma mina de ouro em países cujos nacionais, como o Brasil, já vivem em grande número no exterior. Já passa de um milhão os brasileiros vivendo no Paraguai, Estados Unidos, Japão e União Europeia. Esses expatriados mandam para seus familiares ou parceiros de negócios no Brasil cerca de US$ 4 a 5 bilhões por ano, via bancos conhecidos e, talvez, um montante parecido por condutos digamos "informais". Já imaginaram o espaço que existe para maracutaias nessa atividade?

Ainda tem os negócios imobiliários. Eu compro um terreno por 100. De repente, consigo demonstrar as extraordinárias virtudes comerciais de minha propriedade e vendo por 300. Embolso 200% do meu investimento, com a vantagem de poder tudo explicar às autoridades. O mesmo ocorre com antiguidades, obras de arte e joias, cujos preços, além de serem objeto de tremenda subjetividade sempre poderão ser redimensionados pelos novos clientes que, por fim, souberam reconhecer o verdadeiro valor das peças. E quantas pessoas almoçaram e jantaram nos meus restaurantes? Não tem ninguém controlando, basta informar o número que mais me interessar. O mesmo pode ocorrer com meus parques de estacionamento. Quantos carros transitaram por aqui nesse fim de semana de tantas festas e eventos esportivos na cidade?

É infinita a lista de possibilidades de limpeza de dinheiro sujo. Os bancos estão em cima. Qualquer movimentação acima de R$ 10 mil acende uma luzinha amarela nos controles do Banco Central, que já elencou toda uma série de condutas estranhas por parte de depositantes suspeitos, a serem observadas e reportadas. Dependendo do caso, o Ministério Público ou a própria Polícia Federal são acionados. Mas daí a pegar os lavadores de dinheiro vai uma enorme distância.

Nós já temos material suficiente para escrever três romances policiais, mas muito pouco para ajudar os policiais a botar esses caras na cadeia. Hoje, eu acredito que o Fica-Longe é o mais bem protegido. Ele não tem nada no nome dele. Acreditem se quiserem. Ele teve devolução do Imposto de Renda no ano passado, por conta do que gastou em saúde e educação de seus onze filhos e do que pagou de pensão a suas quatro ex-mulheres, do modesto ordenado de músico aposentado do Corpo de Bombeiros de Catalão, em Goiás.

Já o miserável do Erasmo gosta – e gosta muito – de ter propriedades. A grandíssima maioria de seus bens está nas mãos de "laranjas", mas ele tem alguns em seu próprio nome. Acho que, se trabalharmos bem, há uma chance de pegá-lo.

Os relatos de Braz e Vadico levaram várias sessões para assumir a forma que resumi acima. Não fosse a gravidade do conteúdo e das circunstâncias, talvez coubesse indagar à Globo quanto daria para transformar tudo aquilo em novela ou série especial. De minha parte, consegui conter minhas coceiras, mantive-me calado, fingindo de morto, para não renovar em ninguém o possível incômodo diante de minha presença. Ajudava distrair-me com a imagem sempre agradável da tal Lola, que parecia, entretanto, nem notar minha existência. Nossa, que pernas!

Como comentei no início deste capítulo, os que têm ideias de jerico terminam com problemas de saúde. Foi o meu caso. Ouvi tanto sobre os impasses das investigações, as múltiplas possibilidades alternativas de prosseguir farejando provas e culpados, que comecei a considerar o que poderia fazer para ajudar. Tivesse consultado alguém com um mínimo de bom senso, teria recebido a melhor e, talvez, única resposta:

— Como dizia minha avó, muito ajuda quem não atrapalha, ao que alguém sempre poderia acrescentar outra reflexão de igual sabedoria, O mundo não é para amadores, sobretudo o mundo do crime.

Ainda tem risco

O diagnóstico assustava, fraturas múltiplas, escoriações por todo corpo, perda de três dentes, hematomas generalizados com gravidade na região dos olhos, suspeita de lesão cerebral, suspeita de lesão na coluna, quadro que revelava terem sido os ferimentos infligidos com extrema crueldade. De tudo isso, pelo que pude ouvir e entender, só me preocupava a lesão na coluna. No cérebro, era evidente que talvez já tivesse algo irreparável, antes mesmo da sessão ternura a que me submeteram os capangas do desprezível Erasmo.

Eu deveria agradecer aos céus por estar vivo, mas, pensando bem, a opção de sobreviver não resultava tão brilhante assim. Nem precisaria abrir os olhos para confirmar a presença do delegado bufante do meu lado, no quarto. Torcia para que fosse de preocupação com meu estado de saúde, mas temia que se centrasse no meu estado mental, por ter-me metido onde nunca fora chamado. De madrugada, pensei tê-lo ouvido resmungar com o Nico:

— Sempre disse que envolver esse cara nessa história ia dar merda!

E eu pretendia dizer que estava vivo para quê? Para tomar lições e mais lições sobre os erros que cometera? Se bobear, o próprio Braz já deveria ter dito:

— O erro dele foi nascer.

Mas eu estava tão confiante de que poderia, de fato, ajudar. Prestei atenção em tudo que eles diziam e tomei nota ponto por ponto dos detalhes, em particular dos endereços dos restaurantes em nome dos "laranjas" do Erasmo e daqueles poucos que desconfiavam terem ainda algum vínculo mais formal com o rei da escória, que, segundo os rumores, parecia passar tempo ali às noites gerindo seus amplos negócios. Tudo indicava que ele gostasse de sentir de perto o cheiro do pecado, ver e não apenas saber o que acontecia no submundo que ele criara e dominava.

Apostei que pudesse localizar esse esconderijo noturno. Como é que embarquei numa roubada dessas? O pior é que, no final das contas, eu apostara num bilhete vencedor. Só que eu mesmo é que teria de pagar o valor do prêmio. Minha técnica investigativa era simples, por isso acreditava nela. Entrava no restaurante, escolhia uma mesa de lado e, feito o pedido de uma bebida qualquer, puxava conversa com o garçom, fazendo-me do boa-praça do ano, e, quando estimava ser o momento oportuno, indagava, como quem não queria nada:

— Seu Erasmo veio hoje?

Cuidei em referir-me a "Seu" Erasmo, de caso pensado. Não caberia insinuar intimidade com o chefão e supus que era daquela maneira que seus empregados o tratassem no dia a dia, o que deveria evitar desconfianças adicionais. Pois não é que Seu Erasmo me ouviu! No quarto restaurante da noite, estava tão cansado que nem me dei conta, de imediato, de que o número de carros no estacionamento, ocupando, inclusive, parte do canteiro do terreno vizinho, não tinha nada a ver com o dos gatos pingados, distribuídos por poucas mesas. Quando, por fim, registrei a incongruência, um jovem de no máximo 30 anos aproximou-se de mim e disse:

— Seu Erasmo quer ver você. Vem comigo.

Viu como meu faro policialesco estava certo, afinal? Levantei-me apoiado no meu sentido de vitória e passei por uma espécie de corredor que outros rapazes mais avantajados do que o primeiro formavam, como que para indicar-me o caminho da saída. Mal chegamos ao estacionamento, comecei a apanhar. No início, doeu muito. Deve ter sido antes de saltar o primeiro dente e do estalo de uma costela do lado direito. A seguir, entendi, em sua plenitude, o significado da expressão saco de pancada. Como bateram! E com que prazer e precisão

Pena que eu não soubesse rezar, embora nem tempo para isso me tivessem dado. Por isso, concentrei minha fé em desmaiar. Alguma força perversa, porém, manteve-me consciente durante a sofrência, e apenas lá no final apaguei de todo, justo quando já não teria mais nada a testemunhar. O suplício dessa lembrança teria, ainda, como provação suplementar, o paredão de fuzilamento que os membros do Clube dos Injustiçados, ampliado agora pelos quatro mosqueteiros, estariam decerto preparando para cravejar-me de críticas e desaforos, tão logo eu desse um primeiro sinal de vida. Será que Lola se compadeceu de me ver assim, semimorto, sobre a cama, ou já se alinhava com os demais para concluir o serviço inacabado? Minha apreensão só fazia aumentar cada vez que pressentia o Touro bufar, como se a cada minuto se tornasse mais difícil conter sua ira contra mim.

Desnecessário explicar por que, mesmo depois de recuperar meu tino, preferi fingir-me de morto. Não estava seguro de que meu interpelador já tivesse recobrado um mínimo de civilidade. Sem dúvida ajudava o fato de que a operação para implantar os dentes arrancados na selvageria e aparar a mandíbula fraturada me silenciava. Mesmo que quisesse falar — e não queria —, não conseguiria. Os únicos sons que era capaz de emitir se limitavam a gemidos, sempre que tentava puxar mais ar do que permitiam as ataduras em volta das duas ou três costelas quebradas. Os sinais de dor tinham o efeito positivo de alertar as enfermeiras para a conveniência de aumentar a dosagem dos analgésicos e fazer-me de novo dormir.

Mas, ao cabo de uma semana, não havia ator capaz de continuar enganando os que me cercavam. Tive de enfrentar a realidade, que, claro, havia antecipado. O delegado e sua bandinha mais do que ansiavam por ouvir explicação e justificativa críveis para meu comportamento naquela noite de tão dolorosa recordação. Só que, na hora H, quem conduziu o interrogatório foi um cara da Polícia Federal, acompanhado de um representante do Ministério Público e, no pé da cama, do Delegado Pacheco, cujas mudez e contrariedade estampavam-se no rosto fechado.

Eu não tinha o hábito de mentir. Optei, assim, por ficar, sempre que possível, perto da verdade. O tal sujeito da Polícia Federal, também um delegado, começou com pergunta esperada, fácil de responder, portanto.

— Quem fez esse trabalho em você?

— Só deu para ver um, o que eu acho que menos bateu. Era jovem, de cor parda, estatura média e mais gordo que magro. Os outros pareciam estivadores e não abriram a boca. A missão deles era me arrebentar, não conversar comigo.

Era difícil falar entredentes, sem poder movimentar o maxilar.

— O que você fazia ali àquelas horas da noite?

— Tava com fome.

— Costuma comer à uma da manhã em lugares como aquele?

— O senhor pode não acreditar, mas sou escritor, preciso de ambientes novos para dar azo à minha imaginação, e o que poderia ser melhor do que vaguear por áreas fora dos meus circuitos normais?

— Você tem razão, posso não acreditar, quer dizer que você nem viu quem apareceu para te salvar?

— Salvar?, ninguém apareceu para me salvar, olha o meu estado!

— Tudo bem, por hoje, chega. A gente ainda precisa conversar muito, mas, agora, tenho de sair. Te deixo com o Delegado Pacheco, que quer dizer-lhe algumas coisas, de acordo?

Claro que não!, quis responder, mas já era tarde. O delegado da Polícia Federal e o cara do Ministério Público saíram rápido, mas o dos meus pesadelos postava-se na cabeceira da cama. Logo que ficamos sozinhos, disse:

— Sua história quase me mata de rir. Caso ainda não saiba, você está no Hospital das Forças Armadas, o que bem diz da importância da investigação em curso. Apenas minha amizade de muitos anos com o Delegado Pedroza, que você acaba de conhecer, me permitiu permanecer aqui um pouco mais. A Polícia Federal e o Ministério Público tomaram conta do caso, e nós, do Clube dos Injustiçados, como você cismou de nos chamar, também estamos sob investigação.

Apesar da confusão que reinava em minha cabeça, não pude deixar de interpretar como carinhosa a atitude do delegado até o momento, ou será que se tratava de um ardil para suavizar um próximo cacete?

— Antes de lhe fazer umas perguntas sobre o conto de fadas que tentou vender a meu amigo, tenho de lhe contar algumas coisas. A Polícia Federal e o Ministério Público sabem de tudo que estávamos fazendo. Não nos disseram com base em que informação, na pista de quem estavam e a partir de quando grampearam nossas conversas, mas tudo que discutíamos, revelávamos e planejávamos estava sendo transmitido às autoridades. Em seu apartamento, tinha mais aparelho de escuta do que alto-falantes no Rock in Rio. Daí porque, onde quer que Nico, Tadeu, Pancho, Braz e os quatro estudantes da Academia de Polícia fossem, tinha alguém nos calcanhares deles. A expectativa da campana era obter mais provas dos ilícitos do Erasmo e seus comparsas. Era fundamental, entretanto, que nada pudesse alertar os bandidos do cerco que se fechava em torno deles. Por isso, o corpo a corpo com todos nós. O que não puderam prever é que um cara sem a menor credencial para conduzir uma investigação furasse a vigília e fosse dar uma de policial experimentado.

— Desculpe, delegado, não pensei direito, se pudesse...

— Deixa pra lá, Rui. Na sua porralouquice, você talvez tenha até aberto a porta do xadrez para todos nós. Digo a porta de saída, não a de entrada. Ainda não posso entrar em detalhes. Só lhe digo para confiar nos caras da Polícia Federal e do Ministério Público. Eles estão do nosso lado. Por enquanto, eu quero saber se você viu o cara que apareceu no estacionamento e te salvou?

— Lá vem o senhor também falar desse salvador! Que estória é essa?

— É que você não estaria aqui dizendo e perguntando besteira se o tal sujeito não tivesse matado uns caras no estacionamento e impedido seu linchamento. Mas fique tranquilo, aqui, você estará seguro e em boas mãos. Volto amanhã, boa noite.

Tentei dormir logo depois. Deve ter sido como resultado da distensão provocada pelo tom e conteúdo da conversa com o delegado. Nunca o tinha pilhado simpático e solidário, pelo menos comigo. O sono já me entorpecia quando me invadiu um último grilo. Que história era aquela de que aqui eu estaria seguro? Será que ainda corro algum risco? Eu não aguento outra surra! E quem me tirou daquele sufoco?

Uma mão lava a outra

— Confesso que esperava encontrar qualquer coisa, menos você sentada na porta do meu apartamento.
— Por que você não escolheu um prédio que tivesse elevador?
— Para receber só quem quisesse muito me ver.

Ainda com o sorriso estampado no rosto, o peito em festa e o coração a gargalhar, embora tudo contido, sob a aparência da emoção mais corriqueira do mundo, até poder esclarecer o enigma daquela situação – perdão, daquele sonho tornado realidade –, Beto abriu a porta de casa e convidou Lia a entrar. O perfume mudara, e o que mais?, perguntou-se à medida que ela caminhava apartamento adentro e inspecionava o ambiente.

— É a primeira vez que vejo onde você mora.
— Eu sempre discordei do seu sentido de prioridade.
— Quem é?, apontou com o queixo o quadro que dominava a sala.
— É o David de Michelangelo, na visão do Emanoel Araújo. É uma gravura que me acompanha há muitos anos. Estava comigo em São Paulo, mas lá você nunca quis me visitar.

Lia não decidira revê-lo para discutir o passado. Na verdade, discutir era um verbo que ela não pretendia conjugar.

— E aquele?

— É um Carlos Vergara. Apesar de gaúcho, o pintor é para mim uma boa lembrança do Rio, onde ele mora e foi criado, como pessoa e artista, por isso é universal.

— Nossa! Tinha me esquecido de como são os cariocas.

— De que mais você se esqueceu?

É o tal negócio. Em relações em que o passado é uma trava, as frases têm, primeiro, de se livrar do que ainda está ancorado bem fundo lá atrás. Daí o recurso a sentenças que decretam ser a minha versão sobre o que ocorreu ou, em especial, sobre o que deixou de ocorrer naquela época bem mais fundamentada e convincente do que a sua, tanto mais porque você foi, jamais eu, o responsável exclusivo por tudo aquilo.

Mas, ali, apesar de cada um dos dois ter muitas explicações a cobrar, agressões indizíveis a esgrimir e a expectativa solene de confissão pelo outro de sua culpa monstruosa pela separação, intrometia-se irresistível desejo. Falando português claro, a vontade de, senão superar, pelo menos arquivar por momentos o que os apartara, como se prevalecesse, apesar dos pesares, um único sentimento avesso a brigas, em todos os dicionários, capítulos da História e golpes militares, o amor. Isso não quer dizer que, por motivos que nem os mistérios da Criação conseguem explicar, não pudesse esse mesmo sentimento, o tal do amor, também transformar-se, de repente, em flecha mortal.

Lia e Beto olharam-se olho no olho, por fim, alheios aos quadros, às agressões compreensíveis e aos gritos há tantos anos sufocados, e, assim, aplacaram em parte o carrossel de coisas que fazia girar a cabeça e o espírito de ambos, o suficiente para iniciar diálogo objetivo e civilizado.

— Que bom te ver de novo.

— Que bom saber disso.

— Tinha alguma dúvida?

— Digamos que não tinha certeza.

— Ficou sábia com os anos?

— Acha que os anos fizeram alguma diferença?

— Fizeram, sim, você está mais bonita.

Silêncio no apartamento. Era uma linha fora do *script*. Pelo menos, cedo demais na peça. Muitas outras coisas deveriam acontecer e ser ditas, antes de o diálogo assumir conotações mais pessoais e, portanto, bem mais perigosas. Ele se deu conta da derrapagem e tentou consertar:

— Mas você não veio aqui para desfilar sua beleza. Posso te oferecer algo? Temo só ter café e álcool.

— Café seria bom.

Tanto mais por tirá-lo da sala e dar aos dois algum tempo extra para absorver a eletricidade e recalibrar a temperatura do reencontro. Então por que ela foi atrás dele à cozinha?

— Deixa eu te ajudar. Trabalhando até tão tarde em São Paulo, fiquei perita em café.

— Pensei que fosse em mamadeiras.

— Ah, você soube do Naldinho?

Ele não respondeu. E dizer o quê? Que, durante todos aqueles anos, continuara a acompanhá-la à distância, por intermédio do bom Zenóbio? Seria difícil identificar o momento em que se conformou em tê-la perdido. No casamento, não foi. Estava convencido de que o Ronaldo não era páreo para ele. Subiram ao altar por várias razões, que ele se negava a explorar, mas paixão e amor não lhes tinham servido de padrinhos. No nascimento do Naldinho, entretanto, aí a coisa mudaria de figura. Homem algum consegue entender o significado de um filho para uma mulher, mas sabe reconhecer que a maternidade é um sentimento capaz de provocar revoluções inacreditáveis, daquelas que alteram o centro de rotação da terra e o lugar do umbigo do mundo. Por que não o papel dele – se ainda tivesse algum – na vida dela?

A tal ponto o nascimento do Naldinho tinha-o afetado que Beto não o autorizara a crescer.

— Beto, ele não toma mamadeira há um bom tempo.
— É mesmo? Com quantos anos está agora?
— Oito.
— Nossa!, como o tempo passa, né?

Quando lugares-comuns tomam conta da conversa entre pessoas interessantes é porque está na hora de assumir a existência de terrenos minados à frente. E Lia pavimentou o caminho a seguir.

— Beto, apesar das aparências, vim aqui para falar de trabalho. Tinha plena consciência de que vamos andar à beira de abismos incríveis, com todo o passado que tivemos. Mas decidi enfrentar os perigos. Não excluo conversarmos sobre nós, nossa vida, só que a prioridade terá de ser o trabalho.

— Estou de acordo, tanto mais que seria difícil conversar sobre nós olhando para você.

Outro golpe baixo ainda cedo demais. Ela encaixou com elegância. Ele interpretou como nova rejeição. Talvez fosse exagero dele, refletiu, fruto de algum complexo, concedeu, quem sabe ela também não se está coçando para... fantasiou, antes de dar-se conta de que ela já estava na segunda ou terceira frase.

— ... tudo que vocês falavam e faziam, nós acompanhávamos.
— O Pedroza me contou.
— Eu autorizei ele a te contar.
— Autorizou?, ele trabalha para você, um delegado da Polícia Federal?
— Beto, tem muitas coisas que você não sabe. Criou-se um grupo composto de gente de vários órgãos. O objetivo é tentar dar fim à lavagem de dinheiro e crimes correlatos.
— Como é que eu não soube de nada disso?
— Porque só soube quem tinha que saber, é coisa muito reservada. Eu mesmo quis lhe falar a respeito, mas tive medo. E não é segredo que você não ama a disciplina nem a hierarquia. Com o seu jeitão de cuidar dos problemas, sempre eficiente, aliás, os ban-

didos poderiam desconfiar da existência do nosso trabalho. Por isso, guardei silêncio.

— Você chegou a Brasília quando?

— Quando os jornais estouraram o esquemão dos objetos roubados e das negociatas que estavam envolvidas.

— E não me disse nada?

— Não. Entre outros motivos, porque nossa investigação passava pelos mesmos caras, ao lado de muitos outros, é claro, que tinham forçado seus chefes a afastar você das suas funções. Alguns companheiros acharam que você poderia levar o assunto para a esfera pessoal.

— Você inclusive?

Lia guardou silêncio, levantou-se do sofá onde conversavam, fingiu apreciar a paisagem, para disfarçar o gesto de dar-lhe as costas, e acrescentou:

— Me separei do Ronaldo antes de deixar São Paulo. Não resisti a pensar que talvez não fosse o momento mais apropriado para um reencontro. Essa missão para a qual fui convidada, ou melhor, convocada, é muito importante para mim. Estou convencida de que estudei Direito para fazer o que estou fazendo agora e não queria...

Ela não conseguiu terminar a frase que, na torcida dele, se completaria com algo parecido ao risco de retomada das relações entre eles, isto é, de distração do dever a ser cumprido. E ela, decerto, tinha razão, avaliava ele num átimo de tempo, porque ele mesmo estava, agora, bailando entre a importância do trabalho dela, qualquer que fosse, e o horizonte delicioso de recomeçar tudo de novo, só que, desta vez, para valer.

Lia voltou-se para ele e surpreendeu-o, maneira que encontrou de até certo ponto mudar a direção da conversa:

— Meu constrangimento era maior por conta do que lhe devia.

— Devia? A mim? O que fiz para você me dever alguma coisa?

— Ora, Beto, você sabe muito bem, as cartas da Imobiliária Serra Dourada. No começo, achei que fosse coincidência. Mas não podia ser. As informações eram tão úteis quanto oportunas. Só uma pessoa muito interessada em meu futuro poderia estar tentando me ajudar. Queria que essa pessoa fosse... mas não quis me iludir, poderia me decepcionar. Um dia, o velho e bom Zenóbio se distraiu e disse numa reunião, Verifiquei com minha fonte na Secretaria de Justiça..., foi o suficiente para concluir que você e ele trocavam informações, por isso ele tinha tantas informações privilegiadas sobre o andamento de vários processos de interesse para o escritório, e, em compensação, você conhecia toda minha agenda de trabalho para intervir com o envio daquelas pistas sobre os casos mais complicados.

Chegara a vez de Beto calar-se. Desmentir os fatos não poderia. Reconhecê-los significaria aguardar agradecimento, confessar a perseguição à distância, declarar-se, enfim, ainda preso a ela. Nem sob tortura. Mudou o rumo do diálogo.

— E agora o quê?

— E agora estou solteira e feliz...

— Estou falando de trabalho, cortou ele, irritado pelo "feliz".

— Ah, sim, de trabalho, mas não deixou de armar um sorrisinho. Pois bem, eu pergunto, até onde vocês pretendiam ir, sem recursos, sem apoio da corporação, às escondidas e podendo mesmo pegar uma baita punição?

— Você devia ser a última a me perguntar isso. As gravações que vocês fizeram revelam o que descobrimos e acumulamos de provas contra esse bando de patifes.

— Sou obrigada a dizer que vocês reuniram dados de fato importantes, nós valorizamos muito o que vocês nos passaram, mas daí a dizer que são provas é otimismo. Vocês e nós temos provas a rodo. Circunstanciais, porém. Advogados de primeira linha, como serão os que esses canalhas vão contratar, farão picadinho de nossas denúncias e acusações.

— Tá falando sério?

Ela riu e acrescentou:

— Por ironia do destino, o que o mais inexperiente do seu exército brancaleone provocou...

—Tô vendo que aquele advogadozinho não conseguiu dobrar sua língua nem com o sacrifício de um casamento.

— Sacrifício que nada, mas eu estava dizendo que o mais inexperiente do seu exército brancaleone terminou produzindo a melhor prova de envolvimento do Erasmo em alguma espécie de crime. Os capangas encontrados mortos no estacionamento eram empregados fichados do restaurante, restaurante que está no nome da empresa que presta serviços a muita gente em Brasília, entre as quais as empresas do Erasmo, cidadão que detém 51% da empresa que controla a cadeia de restaurantes, que inclui, é claro, o do incidente com seu amigo. E mais. Quando chegamos, quero dizer, quando a polícia chegou, eles não tinham tido tempo de desmontar toda a operação de jogo armado nos fundos do restaurante, que sempre foi fachada para cassino, como os demais da cadeia. Era uma rede de cassinos e não de restaurantes. A confusão no estacionamento, as mortes dos homens do Erasmo, tudo isso criou um clima muito tenso. Demorou até alguém conseguir impor alguma ordem, mas não antes de a polícia entrar em cena e flagrar agentes do crime com documentos valiosos ainda nas mãos. Confiscou-se tudo que se viu pela frente e, depois, fomos analisar o material. Tem coisas bastante interessantes, e isso graças ao seu soldado.

— Pelo menos o Rui foi promovido a soldado agora, né?

— Nunca tínhamos conseguido dar um flagrante. Como na investigação que você conduziu no esquema de objetos roubados, também com relação aos cassinos alguém de dentro da polícia sempre alertava os bandidos. Era chegar e encontrar todo mundo quase em posição de reza. Jogo, que jogo? Mas dessa vez a história foi diferente. Agora vamos vazar essas coisas à imprensa, e o que menos bandido gosta de ver é publicidade dos erros. Os clientes do

Erasmo vão fugir que nem cachorro vira-lata. Ninguém vai querer lavar mais dinheiro com alguém que estará sob os olhos da polícia o tempo todo. Pode acontecer, assim, que os negócios comecem a ir mal, isto é, que os lucros diminuam, momento mais do que propício para as pessoas cometerem deslizes. E aí...

— E como vocês desse grupo tão misterioso e secreto, que não pode nem dar as caras na rua, vão passar isso para a imprensa?

— Estou segura de que o Nico ficará mais do que feliz em nos ajudar, né?

— Ah, agora você vai recorrer ao meu exército brancaleone?

— A não ser que você tenha algo em contrário, tem?... foi o que pensei... e me diga uma coisa, alguma ideia de quem é o sujeito que apareceu para salvar seu amigo?

Do primeiro capítulo

■ ■ ■ **A** senhora não interrompeu sua trajetória, porém, nem demorou para depositar o filho em casa. Ato contínuo, voltou para o carro e partiu com determinação. Ela sabia com segurança aonde queria chegar. E o assassino agora também, confirmou logo em seguida. O endereço era de quem o havia contratado. Por isso, tanta coisa esquisita em toda aquela história... Aliás em tudo que envolvesse o nome fétido do Erasmo.

Tião já havia tomado uma decisão. Só que ainda não a formulara com sujeito, verbo e predicado. Podia ser por conta de deformação profissional. Afinal, acertara um contrato e, no dicionário dele, palavra empenhada, nem precisava ser por escrito, tinha mais valor do que dinheiro em banco. Mas por que a decência acaba sendo um conceito de mão única? Por acaso você dormiria tranquilo sobre palavra jurada que fosse do Erasmo? Mereceria ele atitudes decentes? Daí a decisão tomada.

Demoraria para reconhecer, mas o precipitador decisivo para cortar de vez os laços com o lixo humano que era o Erasmo foi pilhar-se inocente, até infantil. Quem te disse, ridicularizava-se, que o porco do Erasmo mandou matar o empresariozinho do interior de São Paulo para puni-lo por ter enganado os compradores de terreno? Se você acreditou nisso, espera que Papai Noel vai trazer-lhe um presentinho no fim de ano. E, como se isso não bastasse, quem te disse, também, que o policialzinho de Brasília deveria morrer só porque roubou antiguidades de pessoas do bem? Tião, você é um idiota, sabia? Tanto o paulista quanto o candango terão tentado ser mais espertos do que o salafrário do Erasmo, e por isso foram "suicidados", ou você ainda tem alguma dúvida a respeito?

Era o tal negócio, concentrava-se tanto em desincumbir-se dos contratos de maneira impecável que nem se importava com as razões para a eliminação dos desafetos. Caso tivesse de intuí-las, cometia o pecado gravíssimo de substituir informações objetivas por simplificações. O confuso deve e tem de ser simplificado. O complexo, jamais, porém, sob pena de comprometer a análise do conjunto e dar origem a avaliações babacas como as que fizera sobre aqueles dois casos.

Muitas coisas conspiravam, enfim, para Tião estar no limite com Erasmo. Algumas não era capaz de formular, ou tentaria adiar ao máximo a admissão de ter pisado na bola. Outras, no entanto, eram mais tangíveis e imediatas. Por exemplo, por que cumprir o contrato sobre Lia, perdão, Doutora Lia Braga, lera no dossiê? Falando pela porta da frente, por que cumprir qualquer outro contrato para o escroto do Erasmo? Resposta automática, Chute tudo pro alto e mande-o à merda. Resposta mais realista, Falar é fácil. Fica até bonito você contar mais tarde para seus netos – se um dia vier a tê-los – que encarou destemido o Erasmo e sua máfia. Mas, pensando melhor, acha, de verdade, que ele vai aceitar sua decisão de descumprir um contrato a meio caminho e deixá-lo vivo para gozar em algum paraíso no Caribe a dinheirama que ele vem te pagando? Nem se o seu Papai Noel existisse, tanto mais sabendo você mais sobre a vida dele do que ele sobre a sua.

E o que sei sobre ele? Uma porção de coisas, só que nada que se preste a uma simples multa de trânsito. Todas as nossas tratativas foram por código. No início, cogitei, é claro, como garantia adicional, gravar nossas conversações telefônicas, tão logo recebesse o dossiê sobre cada novo contrato, para precisar algumas coisas, tipo, Quando você quer a entrega do pacote?, Por via natural ou induzida?, Mantemos o mesmo preço pelo serviço e repetimos o procedimento para a quitação do débito?, e daí por diante. Quem ouvisse as gravações não entenderia nada e poderia espremer o que quisesse que não conseguiria obter prova de coisa alguma. No frigir dos ovos, teria de ser minha palavra contra a dele e, convenhamos, nenhum dos dois teríamos credibilidade para derrubar a versão do outro.

Mas não tenho nenhuma carta na manga. Só que ele não sabe. Pensa que consegui gravar tudo que se passava na cabeça e na consciência dele, o que, fosse possível, lotaria todas as privadas de Brasília. Não era verdade, porém, nem iria eu convencê-lo de que eu não tivesse trunfo secreto algum contra ele. Paranoico como é, deixa ele se borrar todo com a mera possibilidade de eu poder fazer-lhe dano. Enquanto se preocupa com isso, o ideal seria se eu pudesse despachá-lo de uma vez para sempre. Mas conheço muito bem a geografia e o esquemão de segurança da casa do Erasmo. Já até pensei em reeditar o que aprontei com o Zeca Ferrolho lá na Baixada. Só que a residência da amante do chefão do crime, uma tal de Amália, é apenas inexpugnável.

Por menos que eu goste, portanto, minha melhor opção é ir pelas boas, isto é, pela via legal. Derrubá-lo na forma da lei. Não seria irônico que logo eu, o justiceiro-mor, a soldo do bandido mais afamado do Centro-Oeste, esteja contemplando colaborar com os agentes da justiça? Irônico ou não, é meu único caminho. Já inspecionei a casa da Dra. Lia, quando o garoto dela saiu para a escola, e a empregada, para as compras. Não tem nenhuma peça antiga, mas as estantes estão abarrotadas de Códigos e Tratados, de livros de Direito disso e Direito daquilo. Ela, de fato, vive para isso.

Instalei uma escuta no telefone da casa. Curioso, ele quase não toca, ela não tem muitos amigos na cidade, e os que tem chamam e dizem um mínimo possível, e ela apenas responde, Entendi... Tudo bem... Estarei lá às 4. Eu até já conheço a rotina. Pouco antes da hora marcada, ela dirige sua Honda a um prédio público, em geral ligado a algum órgão de justiça, passa lá umas duas horas. Já tentei entrar e segui-la lá dentro. Os edifícios são muito fiscalizados. Na portaria, perguntam tudo e pedem todas as provas de que você é do bem, vai se encontrar com alguém que se dispõe de fato a recebê-lo e não vai encher o saco de ninguém por ali. Em uma palavra, eu estava excluído. Só me restava observar a movimentação à saída, para ver se identificava algum participante da tal reunião. Impossível. Primeiro, o mar de gente oferecia uma mostra infinita de possibilidades, e, segundo, que perfil de pessoas deveria buscar?

Tudo bem, enquanto trabalho na maneira como poderei ajudar a Dra. Lia a pegar o pulha do Erasmo, me concentro em me manter vivo. Ou já se esqueceram de que essa cidade é o território do Bebebê? Como cantaria Dudu Nobre, tenho de ficar com *um olho no peixe fritando e o outro no gato do lado*. Imagina eu dar um encontrão no Delegado Roberto Pacheco em plena Capital Federal! Sairia faísca para toda parte. Tenho que conhecer tudo sobre ele.

E não era difícil. Tião nunca tinha ouvido, mas, segundo o próprio Beto, quem não deve não teme. Logo, o delegado circulava de maneira bem previsível. Ao trabalho, ele já não ia. Os "homens" não tinham botado ele na geladeira? Saía do apartamento para almoçar sempre no mesmo bar onde quase todas as noites comparecia, para repartir uma mesa com um grupo de amigos, que não variava. No final da tarde de segundas, quartas e sextas, partia para a Julio Adnet e treinava caratê com Gibrail Gebrin. E, nas terças e quintas, eram as aulas com o Sergio Barreto, na mesma academia, para manter o jiu-jítsu em forma, na coerência de uma de suas teorias:

— Toda luta termina no chão. Ou porque você acertou um direto fulminante no cara e ele não vai mais se levantar ou, o mais provável, seu golpe não foi suficiente para botá-lo fora de combate e, agora, será a vez dele de te jantar.

Também examinei o apartamento do Bebebê. Gostei dos quadros, mas faltavam antiguidades, e os sofás e os móveis eram de lojas de carregação. Desculpe, Bebebê, é que agora tô entendendo de decoração. Algo que já me intrigara na casa da Dra. Lia repetia-se na do Bebebê, não havia cofre nem gavetas trancafiadas. Nenhum dos dois levava segredo para casa, mas de segredos sou capaz de apostar que viviam. No caso do Bebebê, bastava acompanhá-lo ao bar para ter certeza.

Escondia minha moto a uma boa centena de metros de distância, convidava-me, com extrema delicadeza, a entrar no depósito de uma loja cujo horário de funcionamento já se tinha encerrado havia horas e se situava do outro da rua, bem em frente ao bar, e seguia passo a passo a movimentação do local. Graças às escutas no apartamento do Bebebê, conhecia muito bem as pessoas à mesa e as armações a que se dedicavam para pegar os principais membros da máfia de Brasília, o que, claro, incluía o imundo Erasmo. Nico visitava o delegado quase todas as tardes, para pôr em perspectiva o que tinham feito até então e o que planejavam fazer doravante, isso um por um. Para mim, era como se me estivesse passando o roteiro completo da peça.

Do meu posto privilegiado de observação do outro lado da rua, apenas dava nomes aos rostos dos presentes e cuidava de confirmar as ações de cada um. Isso implicava que, de repente, lá ia eu atrás de um deles na missão para a qual tinham sido escalados naquela noite. Cada um usava seu próprio carro. Quando não, o tal do Pancho emprestava um. Em geral, o voluntário de turno saía para fotografar ambientes ou pessoas, acompanhar eventos, seguir figurões da cidade e coisas do tipo.

Uma noite, aconteceu. O que eles chamavam de Poeta saiu de fininho, não ouvira plano especial algum para ele, nem vi ninguém lhe dando instruções de última hora. Por isso, não hesitei em segui-lo quando pegou sua Fiat caindo aos pedaços e foi bater num restaurante atrás do outro. Estacionava, entrava, pedia uma cerveja, puxava papo com um garçom, sorria, dava tapinhas no ombro, retornava ao estacionamento, retomava o poderoso carro e fazia as mesmas coisas em outro restaurante. No quarto, eu já começava a bocejar, quando ouvi o que mais me aterroriza à noite, gemidos.

Corri na direção do Poeta e o vi debaixo de uns brutamontes, apanhando que nem boi ladrão. Não pensei duas vezes, cheguei rachando, rompi a traqueia do primeiro, quebrei o joelho do segundo e pus uma ameixa entre os olhos de dois outros. Um quinto saiu desembalado, aliás com minha autorização. Queria mesmo que alguém fizesse o relato do ocorrido e não resisti a sorrir em pensar na cara dos sujeitos quando escutassem, de novo, que um homem alto, magro e moreno – não era assim que até o Erasmo me descrevia? – fizera isso, fizera aquilo e mais aquilo outro.

Posso imaginar que o mandante do serviço no Poeta ia babar sangue naquela noite. Que prazer!, torcia para que fosse o Erasmo. Mas, cuidado, cara, a cada dia que você demora para cumprir o contrato sobre a Lia é um dia a menos na história da sua vida. O Erasmo vai acabar não engolindo seus argumentos e suas desculpas, por mais bem-bolados e espertos que sejam. As desconfianças dele, fritas em molho de pura raiva, vão prevalecer e aí suas perspectivas de vida não serão nada boas. Ainda mais agora, feito o relato da matança no estacionamento.

O pior era que eu tinha razão em me enviar todos esses alertas, tanto mais porque os amadores que estavam dando caça aos canalhas não tinham nada para botar o Erasmo atrás das grades e, assim, impedir que ele viesse atrás de mim. Olha só esse tal de Poeta todo fodido aqui no chão. Que onça ele veio cutucar hoje com vara curta?

O som das sirenes da polícia já varava o silêncio da noite quando Tião deu partida na moto e sumiu de vista, pondo rápido distância da cena de violência.

Passei alguns dias como um robô, desde o incidente do estacionamento. Mantive minha rotina de seguir a Dra. Lia e o Bebebê, olhos e ouvidos atentos a tudo, mas voltava a sentir o vazio que deve rodear o sujeito que se joga de um edifício, ponte ou torre. Não tinha nada para me segurar e deter minha queda vertiginosa abismo abaixo. Aqueles alegres missionários que se reuniam com o Bebebê, tanto quanto ele e aquela mulher cheia de credenciais e amigos na área da justiça, iam levar anos para enquadrar os bandidos. E eu, que sei de muito mais coisas do que todos eles juntos, não posso oferecer a eles nada que seja um pouquinho mais satisfatório do que o arsenal de baboseiras que já acumulam.

Se meu interesse na questão fosse jornalístico ou acadêmico, ponderava Tião consigo mesmo, tudo bem, daria até para esperar dias melhores. Até mesmo se se tratasse de uma discussão sobre cidadania e coisas parecidas, de que tanto gostam de falar as autoridades, a frustração seria administrável. A todos se poderia dizer, Calma que um dia a casa haverá de cair! Mas é a minha vida que está em jogo, e a cada dia as fichas estão desaparecendo de cima das minhas cartas. Eu mesmo não apostaria mais em mim, se o Erasmo sobreviver ao que estão armando contra ele.

O monólogo aflito desenvolvia-se nas proximidades do edifício do Beto, Tião passeando a vista pela porta de entrada do prédio e da garagem, à espera de qualquer novidade. De repente, eis que se assoma a Dra. Lia e, com a classe que Deus lhe deu, para diante da portaria e faz com a cabeça um leve sinal para o vigia, que não hesita em abrir-lhe a porta e permitir-lhe o acesso ao hall de entrada. Nem ensaiou perguntar-lhe quem ela iria visitar. Apenas lambeu os lábios de inveja e voltou a ocupar-se de sua vida.

Cerca de meia hora depois, meu coração em ritmo de suspensão de batidas, vejo chegar o Bebebê. Enfia o carro na garagem aérea, desce, abre a porta dos fundos do prédio, toma a escada, a mesma que ela pegou, decerto ainda deveria exalar seu perfume, e, um minuto depois, ouço:

"Confesso que esperava encontrar qualquer coisa, menos você sentada na porta do meu apartamento."

O desenrolar da conversa me fez rir e chorar. Bebebê estava amando, que diferente! Acho que ela também. Lógico que sim, não ia aparecer, assim, do nada, se não tivesse muito a fim dele. Mas a prioridade agora parecia ser botar os criminosos na cadeia. E esbarravam onde? Se o Bebebê e sua bandinha não quisessem entender, era problema deles. A Dra. Lia declarava com todas as letras, as provas disponíveis não eram provas de nada, um bom advogado destruiria isso tudo.

Bebebê passou a falar de mim, respondendo à pergunta sobre quem, a juízo dele, estivera envolvido no salvamento do Poeta. Claro que o delegado sabia. Porra, como sabia de coisas sobre a minha vida. Acho que tudo que fiz ou pensei em fazer ele já estava a par. Que sacações incríveis as dele sobre mim. Mas o que me tocava mesmo eram o carinho e a amizade que esse tricolor de merda ainda tem por mim.

Apertava-me o coração ser tão incapaz de ajudá-los. Foi quando vi o que estava a centímetros do meu nariz e não conseguia enxergar. O que aconteceu desde a noite no estacionamento? A polícia passara a vigiar o Erasmo. E o que isso provocou? A própria doutorazinha já dissera o que eu não soubera formular, os clientes fugiriam de vista, os lucros deveriam estar diminuindo, e aí Erasmo poderia fazer alguma besteira. E o que escutei nesses dias em que percorri os inferninhos da cidade? Que todos sabiam da campana da polícia, o que, claro, incluía os clientes e, segundo alguns, até os capangas. Era o tal negócio, até mosca sabe quando o lixo não é de primeira.

Então, seu idiota, ainda não enxergou como você pode ajudá-los? Na verdade, ajudar a si mesmo, porque, como você mesmo já disse, se o Erasmo viver, você morre.

Tião ligou a moto e partiu na direção de um endereço certo. Lá, desembarcou e acercou-se rastejando até a residência do Erasmo. Precisava apenas de uma pequena confirmação. Esperou a troca de guardas da meia-noite e pôde contar que saíram seis capangas e entraram seis. Sorriu feliz. Era pouco. A Dra. Lia e as ruas tinham razão, Erasmo tornara-se vulnerável.

Não se movimentou até as três da madrugada. Tinha ouvido, já não se lembrava onde, que este era o melhor horário para um ataque. A noite, isto é, o que quer que se faça à noite, já estaria terminada às 3h, e a manhã ainda não se aproximava. Nesse conjunto de circunstâncias, as pessoas tendiam a baixar a guarda, relaxar, dar uma que outra cabeçada de sono na cadeira, enfim, descuidar-se, o que costumava custar caro, muito caro.

Às 3h01, o primeiro vigia dormiu para sempre, a garganta aberta de lado a lado, o corpo depositado com esmero sobre o chão da varanda. O segundo teve de embarcar depressa. De outro modo, perceberia a ausência do companheiro. Tião deu passos largos e pegou-o de frente, em posição de espadachim, a faca de comando entrando até o cabo. O capanga não soltou sequer um grito, nem gemido nem ar. Nada. O terceiro dormitava numa cadeira junto da garagem. Tião não o quis incomodar e ajudou-o no sono eterno. Tião conseguiu, enfim, penetrar na casa e quase esbarrou no quarto vigia, que morreu com o sanduíche de mortadela entalado na boca. Foi o primeiro tiro da noite, um mero *tuffe*, porém.

Tião permaneceu pelo menos 15 minutos imóvel, ligado, ligadíssimo nos ruídos da residência. Em seu momento, localizou os dois últimos guarda-costas, que usavam a sala de estar como um cinema. Um entretinha-se com um filme, e o outro ressonava no sofá mais distante da janela. James Bond explodiu toda uma ilha, ao mesmo tempo que *tuffe*, *tuffe*, e a antiga fortaleza do crime ficou desprotegida.

Mais 5 minutos de absoluta imobilização, desta vez ao pé da escada, os ouvidos esticados até as dependências do segundo andar.

Tiao concluiu que Erasmo trabalhava no escritório, às 3h30 da madrugada. A coisa devia estar feia mesmo. O aposento ficava no meio de um longo corredor. O justiceiro sentiu alguma solenidade no que estava por acontecer, ele e o crápula do Erasmo ficariam cara a cara pela primeira e, decerto, última vez. Quando escancarou a porta do escritório, teve a impressão de estar sendo aguardado.

— Então você é o homem alto, magro e moreno de que tanto me falavam, foi como Erasmo o saudou, antes de completar, E, se você chegou até aqui, é porque ou eliminou meus auxiliares ou comprou todos eles. O que você quer de mim?, manteve a arrogância.

— Não quero nada. Você não me deve nada. Já recebi tudo pelos contratos que cumpri. Não vou cobrar pelo que envolve a Dra. Lia, porque ela ainda está viva e gozando de boa saúde. A depender de mim, continuará assim, decidi não matá-la.

— E por que não?, o dinheiro não era suficiente?, posso aumentar a quantia.

Tião deu-lhe um tiro no joelho, dor maior, impossível. Talvez perca apenas para o desespero da vítima – quando tiver condições de raciocinar – ao dar-se conta de que jamais conseguirá andar direito de novo, por mais competente que venha a ser o tratamento de reabilitação. Erasmo urrava, e o sofrimento era tamanho que já não conseguia controlar o intestino e a bexiga.

Estampada a humilhação na cara de quem agora fedia e suplicava, Tião deu-se por satisfeito e matou o inominável chefão do crime organizado em Brasília. Aproximou-se da mesa, reuniu toda a papelada à vista e nas gavetas, entulhou tudo em duas sacolas de couro que encontrou pelo chão – uma das quais repleta de dinheiro, que ele não rejeitou – e preparou-se para sair. Foi quando sentiu algo perfurar-lhe as costas. Esquecera-se da existência da Amália, que lhe dava uma segunda estocada...

Os quadros falam

Acho que estou bem na parada. Esse é o terceiro domingo em que Lola chega, cumprimenta todos, dá beijinhos aqui e ali e vem sentar-se do meu lado. Mulher fala por código, eu entendo. Só fingi que não notei para não criar constrangimento, mas, ao mesmo tempo, demonstrei estar feliz. Isso exige sabedoria e técnica. Não seria natural apenas dizer, Que bom você vir para perto de mim. Natural pode até ser, não me parece producente, porém. Olha minha classe:

— Oi, que bom te ver.

— É, que bom te ver também. Puxa, tá cheio hoje, hein?

Tá vendo? Já mudou de assunto. A feijoada dos domingos passou a ter importância em nossa relação. E talvez até seja isso mesmo. Aqui estamos todos os sem-família — à exceção do Pancho e dos donos do bar — tentando constituir novas famílias. A primeira é a do Clube dos Injustiçados. Podem acreditar que, num domingo, Nico apareceu com uma carteirinha produzida lá no jornal dele com meu nome impresso e grandes dizeres para categorizar-me como sócio-atleta?

— Em reconhecimento aos seus exercícios nos estacionamentos de Brasília, ainda teve a desfaçatez de explicar, para a gargalhada geral dos presentes.

Eu já tinha me recuperado da sova do século, como insistia em chamar. O que exigiu mais tempo foi resgatar o ego, diante do fracasso do meu ensaio como detetive. O delegado e todos os demais, Lia inclusive, teimavam em dizer duas coisas, a primeira com ênfase maior que a segunda, tenho de confessar: eu cometi um ato insensato e contribuí para dirigir o foco da investigação policial. Em poucas palavras, fora um porra-louca, mas ajudara a encontrar fundamento para o tal crime precedente da lavagem de dinheiro, sem o que a justiça nada poderia fazer.

Tudo bem, e fazer o quê? O Erasmo não morreu fuzilado? Então, o crime antecedente iria penalizar a quem? O Horacio Fica-Longe não havia sido arrolado em investigação nova alguma. Portanto, a morte do Erasmo enterrava, por assim dizer, o processo. Daí muita gente começar a comentar que preferiria ter visto a Justiça correr seu curso. Isto é, que o demônio tivesse sido preso e viesse a responder por seus crimes em uma Corte de Justiça, que haveria de avaliar com objetividade todas as provas que o flagrante no cassino permitira reunir – pena que não tivessem encontrado mais nada na residência dele, quando por fim a polícia foi chamada ao local do crime. Assim funcionava a democracia, suspiravam convictos, embora frustrados, os defensores dessa linha de ação, opção houvesse existido.

Eu já não sabia de que lado ficar. O sujeito que salvou minha vida teve de matar uns quantos leões de chácara. É crime? Existe legítima defesa de terceiros? Já pensou o tempo que levaria e o dinheirão com advogados que custaria tentar provar tudo isso na Justiça? A Justiça é cega, não esqueça. Claro que não esqueço, mas quem veria de onde sairão, de um lado, a tolerância para respeitar o curso natural da lei e, de outro, os recursos para cobrir os custos do processo? E já tem gente apostando que meu salvador também foi quem despediu o Erasmo. Ah, isso é grave, é crime mesmo. E quem não sabia que o patife estava envolvido até o pescoço em todas as falcatruas conhecidas e por descobrir em Brasília? E por que continuava solto e feliz frequentando os mesmos lugares das pessoas de bem da cidade? Quem cuidava da proteção cidadã, como cobram os políticos? De que mais precisavam para botar aquele homem na cadeia? Tudo bem, mas matá-lo ninguém poderia, é contra a lei.

É contra a lei. Só que todos nós fomos educados por Hollywood, onde, de Tom Mix até os personagens encarnados por John Wayne, para não falar da simpatia coletiva pelo êxito de funcionários do governo como James Bond, com licença para matar em nome do que fosse definido nos gabinetes secretos dos serviços de inteligência. O justiceiro virou nosso herói, nosso ídolo de infância. Do faroeste norte-americano chegamos ao faroeste urbano em todo o mundo. E a discussão ainda tenta demonizar e punir quem faz justiça com as próprias mãos?

Sei lá. No papel, tudo fica tão claro. Mas, confesso, sou suspeito para julgar se o cara que me salvou a vida devia ser preso e julgado pelas mortes que provocou. Temo, mesmo, continuar o raciocínio porque, se minha formação cívica clássica e Lola não me ouvissem, talvez não conseguisse ser tão taxativo quanto à obrigatoriedade da prisão do assassino do Erasmo.

— Rui, me passa a linguiça?

— Claro.

Quase acrescentei um "querida". Teria comprometido a formação do segundo tipo de família que se estava tentando ali no bar do Seu Custódio. Tinha de ir com calma com a Lola. Ela já havia escolhido sentar-se do meu lado. Era a demonstração pública do que havíamos avançado em ambientes mais privados, ela de fato mais do que sensibilizada pelo meu estado de saúde. Que pernas, nossa! Olha só o Braz, não dá espaço para a Verônica sequer respirar. Não é assim, cara, se quiser, depois de te ensino, lembre-se, de amor eu entendo, afinal sou escritor.

Por falar nisso, e vendo o terceiro casalzinho à mesa, me pergunto como saio dessa embrulhada? O personagem principal do meu novo romance – ah, este sim, candidato fortíssimo a todos os prêmios de literatura brasileiros – será o delegado ou o justiceiro? Um defende a lei, o outro faz a lei. Um não gosta, mas tem de viver em sintonia fina com todos os valores das instituições e pessoas que o rodeiam. Às vezes, é verdade, ele também pula a cerca, mas é a exceção. O outro não gosta das instituições nem das pessoas. Pelo menos, não das pessoas para quem tem de trabalhar e as que tem de matar. Que tipo de gente chega a ser assim, hein?

Beto e Lia não faltavam a um domingo no bar. Às noites, já não eram tão assíduos, nem precisavam. Beto voltara a trabalhar com toda a boa máfia. Tadeu e os quatro mosqueteiros foram nomeados seus assessores na Secretaria de Justiça, onde fora empossado como assessor especial do titular da pasta. Braz e Nico continuavam prestando os serviços de sempre, isto é, um passeava pela internet seguindo as necessidades das investigações comandadas pelo Beto, e o outro vazava e coletava informações privilegiadas, além de cumprir com desvelo seu ofício de jornalista, estimulando os leitores a não se conformar em apenas consumir notícias, mas em adquirir o vício de refletir sobre elas e analisá-las.

Pancho cuidava dos negócios e da família. Betinho e Tadeu talvez fossem o motivo maior para Beto e Lia não perderem a feijoada dos domingos. Podiam visitar os amigos durante a semana, mas só em horários tardios, quando as crianças já dormiam. Era bom vê-los aprontando, para desespero dos dedicados avós – Dona Terezinha, do lado do Patrício/Pancho, e Seu Vitor, de parte das gêmeas – e, claro, de Vera, que agora tentava evitar que o Betinho e o Tadeu derrubassem a bandeja que Deus equilibrava entre os clientes. No início, cuidou-se em explicar a diferença entre Papai do Céu e o Deus dali do bar. Mas foi coisa pouca. Os meninos nem se haviam tocado da confusão e curtiam sem preconceitos o Deus ao alcance deles. Pancho apenas vigiava se os pimpolhos mantinham distância prudente da rua e dos carros. De resto, divertia-se com a sapequice deles.

Beto ainda não tinha superado a perda do Tião, sobre cuja vida só tinha contado à Lia. Mesmo durante as investigações, ele decidira não identificar o justiceiro. Amália depôs – por escrito, a fratura na mandíbula, por conta da bofetada que levara do homem alto, magro e moreno, deveria mantê-la algum tempo em silêncio – e jurava ter matado o assassino de seu homem, como ela chamava, tantas foram as estocadas que lhe aplicara ao corpo, antes de ele jogá-la longe com o golpe no rosto. Beto dizia-se, Se ele morreu, como é que ainda pôde enfiar-lhe a mão com toda essa força? E cadê o corpo?

A polícia registrou o desaparecimento de um carro. Era provável, portanto, que, ferido de morte ou não, Tião tivesse conseguido fugir para algum canto. No dia seguinte, descobriu-se uma moto abandonada nas vizinhanças, matriculada em nome de Mario Lobo. Zagallo, completaria de imediato Beto, para, ato contínuo, abandonar pensamentos daquele tipo, que refletiam a esperança de que o amigo não tivesse morrido.

Também por esse motivo evitara identificá-lo. As investigações não ganhariam coisa alguma com a revelação da identidade do assassino. Se ele estivesse vivo, iriam, inclusive, persegui-lo com tenacidade. Para Lia, porém, a atitude do Beto estava equivocada, e ela não tardou em dizê-lo:

— Meu querido, as pessoas estão tentando saber várias coisas. A maioria diz respeito aos de ficha suja e suas múltiplas conexões com o mundo do crime. Mas quem garante, Beto, que o Tião não estivesse a mando de alguém dessa laia?

Beto não tinha como contrariá-la com argumentos razoáveis, a não ser batendo o pé no chão e apelar para frases do tipo:

— Eu conheço ele, Lia, não seria capaz.

— Beto, você conhecia ele. Isso foi anos atrás. Desde então, a vida não parece ter sido fácil para ele. Você mesmo já colecionou uma série de crimes que ele terá cometido. Quem pagou pelos serviços? E por que também não agora com o Erasmo?

Beto recorria ao mesmo expediente emocional:

— Você me prometeu, Lia, que se eu lhe contasse tudo sobre o Tião, você não diria nada a ninguém.

— É, mas...

— É, sem mas, Lia, por favor!

Ele sabia que, de uma maneira ou de outra, a partida estava perdida. Já não era mais importante determinar quem tinha ou não razão, embora um exame mesmo preliminar do caso revelasse com nitidez que o erro de ótica era dele. Como poderia um agente da lei ocultar das investigações em curso o que ele conhecia sobre um dos atores centrais de toda a história? Não obstante essa obviedade, apegava-se ele a uma tênue esperança de que Tião estivesse vivo para poder explicar a contento seu papel em tudo aquilo. E diria o quê? Que estava na residência do Erasmo como vendedor de seguro e que foi o bandido que tirou a arma dele e se feriu no joelho e no meio da testa, isso, claro, antes de dar uma bofetada na própria mulher e cair duro na cadeira?

Não adiantava dar voltas na cabeça. Ele tinha de ver a verdade das coisas. Lia tinha compromissos sólidos com o Direito. E aquela não era a hora de lhe perguntar o que devia pesar mais, sua relação, de um lado, com o Direito ou, de outro, sua relação com Beto, o homem da sua vida, de quem uma vez, aliás, ela já se separara também por questões afetas à carreira jurídica.

A tensão entre eles crescia. Uma noite, porém, ela chega em casa e encontra-o como que saído de um banho de rosas, tamanha a leveza da aparência e a marotice do olhar.

— O que houve?, quis logo saber.

— Eu tinha razão, veja isso.

E passou-lhe um cartão. As frases eram poucas. A primeira dizia, Achei seu apartamento pobre, a Doutora Lia merece uma decoração mais bonita, espero que gostem do presente.

Ela levantou os olhos, um ponto de interrogação estampado no rosto, mas Beto fez com a mão para ela continuar a leitura. A segunda frase era curta e parecia em código, O Araújo e o Maia falam. O cartão terminava com um T enorme, a título de assinatura.

— É do Tião?, era só o que ela conseguia entender.

— É, sim, e espere para ver o que ele te mandou.

Levantou-se, foi ao quarto e voltou com uma imagem de Nossa Senhora Aparecida negra.

— Beto, é linda! Acho que é antiga mesmo, deve ter custado uma fortuna.

Ele apenas sorriu e completou:

– O cachorro não só entrou no meu apartamento e agora critica meu gosto estético, mas também plantou duas escutas, uma atrás do quadro do Emanoel Araújo, aqui na sala, e outra no do Antonio Maia, lá no quarto.

Abriu a mão e exibiu os dois minimicrofones que retirara.

— Quer dizer que ele escutou tudo que conversamos?

— Acho que sim, e, se você se lembrar do que conversamos quando você veio aqui pela primeira vez, teremos algumas respostas.

Ela ficou em silêncio puxando pela cabeça, e Beto ajudou-a.

— Naquela noite, falamos sobre muitas coisas, nosso passado e nosso presente, em particular nosso maior problema, produzir provas convincentes para pegar o Erasmo. Foi também a vez em que lhe contei a história do Tião. E ele quietinho nos ouvindo em algum lugar de Brasília, talvez aqui mesmo diante do edifício. Lembra que dia foi aquele? Foi a mesma noite em que, horas mais tarde, segundo o relatório do legista, alguém enfiou uma bala entre os olhos do patife. Posso ouvir o Tião falando, O que não tem solução, solucionado está, Bebebê. Sem provas, o Erasmo seguiria solto. Então, ele o "prendeu" à maneira dele.

Uma semana depois, Nico procurou Beto na Secretaria e, muito sem jeito, explicou:

— Acho que é a primeira vez que venho aqui, não fica bem para um jornalista manter esse tipo de relações.

Beto também achou estranha a presença dele, mas algo muito especial devia ter acontecido para justificar aquela rara visita.

— Quer um café, uma água?

— E eu lá sou de tomar essas bobagens. Toma, veja isso.

Era um pacote de cartolina pesado. Beto abriu-o e puxou um calhamaço de papéis. Os documentos tinham sido classificados e organizados por temas, pessoas e ordem cronológica, com nomes, endereços e telefones assinalados. Só faltavam as fotos. Estava tudo ali. A morte do Erasmo não enterrara seu mundo do crime. Talvez agora muitas coisas pudessem ser por fim esclarecidas.

— Como é que isso veio parar nas suas mãos?

— Me chegou hoje por correio expresso. Veio apenas com um cartão do lado de fora. Quer ler?

— Não, leia você.

— "Sei que, como o Bebebê, você também se interessa por esses assuntos. Diga a ele que estou cumprindo com o meu lado da lei. T."

Este livro foi composto na tipologia Joanna MT Std,
em corpo 11,5/15,3, e impresso em papel off-white,
no Sistema Cameron da Divisão Gráfica
da Distribuidora Record.